U0556516

创意写作书系

从零开始
写故事
非虚构写作的
11堂必修课

叶伟民　著

Write a Story from Scratch

11 Mandatory Courses for
Writing Nonfiction

中国人民大学出版社
·北京·

前 言

叙事的浪潮

在写这本书之前，我已经当了多年记者，又写了多年专栏。后来机缘巧合开了一些写作课，其中与中国人民大学出版社的"故事写作营"合作最为长久。

这些课程，来去已近三千人。我因此认识了不少写作者，也见识过形形色色的创作生活。维系我们的不只授受之间，还有某种始料不及的热情。每期结束，我都以为后会无期了，但很快，班主任又发来一份满满的报名单，有老熟人，也有新面孔。

很多个夜晚，我们远程相见。隔着屏幕和千山万水，感受彼此思维的涌动。他们中有老师、心理医生、科研人员、警察、留学生、全职妈妈、作协会员、创业者、下岗女工，甚至还有视障者……我从未想过现在的写作者背后，竟有如此多的职业和身份。他们表面差异越大，精神交集就越珍贵。此后漫长的日子里，与其说我与他们分享经验，不如说我们互为坐标。写作的真义，也在这相互遥望中沉淀展露。

我逐渐明白，这么多人渴望书写，不是偶然，是时候到了，就像清风拂面百鸟啼鸣那般自然。过去，成为作家无异于星际旅行那般遥远。普通人仰望那些闪耀的笔尖，总觉得写作应是被老天爷亲吻过脑袋的稀奇事。

拜新技术所赐，眼下普通人也能触摸星河。地球在变小，个体在变大，再细微的声音也能被听见。人们渴望表达，学习表达，并在表达中自证、自省、探索、创造……社交媒体在去中心化的同时，还交织成无数麦克风和毛细血管。所有声音，不论分贝大小、频率高低，都能如石子入水，激荡涟漪，成为一个个努力伸展的圆。

不管是内心驱使，还是时代使然，相比过去，走出书斋的写作的确更面目可亲。人们眼前，不再只有高不可攀的精英媒体和文学杂志，手里的方寸屏幕，便装得下世间万千。只要你坐下来，打开电脑，敲下第一行字，文字的旅程就开始了。

我很庆幸从记者这条路切入写作。在纸媒的黄金年代，我走过很多路，访过很多人，从众多优秀的前辈同行那里积累了些许文字经验和本领。后来有了课程，不敢懈怠，竟也找到了一些行之有效的教学方法。

不过，我也是收获者，输出和回馈总是双生，我的生活也变得有趣。每天总有些美妙时刻，如坐车、走路、候餐、超市排队……我会打开公众号后台和微信，那里躺着不少留言。有好消息，有人收到第一笔稿费；也有坏消息，有人又一次投稿未遂；更多的是迷茫，例如不知道该不该坚持下去。

有些是我的学员，更多的是陌生人。除极个别，他们的年龄我都经历过，知道他们正面临什么。我会回答他们，尽管很多人只来这么一回，但值得。就像远道而来的旅人，偶尔敲了我的门，只求一口凉水，我递上碗，换声谢谢，仅此而已。

偶尔忙，这个美妙时刻一再推迟，有时候甚至超过零点。在漆黑的后座，如果没有唠叨的司机，这些声音就在屏幕里格外清晰，像漫长甬道突然闯入的孤灯。这是我们拥有的生活，除了片刻交会，大多如平行宇宙般遥远，偶尔微光相照，便尤感慰藉。

这是一场正在兴起的叙事浪潮所抖落的水花。在纷繁的点滴里，有句话留在我脑际，它来自某位学员的留言，像为自己，更像为所有人鼓劲：

"如果热爱，那就开始吧。"

《冷血》以降

我的非虚构写作，是从特稿开始的。2006 年，我来到广州，加入刚创刊的《南都周刊》。这是一份立志以《纽约时报杂志》为品质标杆的新锐刊物，到处洋溢着对"特稿"的热情。

我领到的第一个任务是去湖北采访一名警察，他因发帖揭露当地交警罚款内幕而遭处理。我转了几趟车，沿货运铁路走了很久，才在一个小镇找到了他。这是我见过的最具个性的警察，热爱摇滚和地下文学。编辑很兴奋，认为那很"特稿"。

对我而言，那是一次非常不堪的写作经历。这个"特"字让人云里雾里，我起码重写了三遍，每一遍都筋骨寸断，感觉某种范式正在被打破。媒体时代也大致如此，市场化转型敲碎"脸谱化"的新闻，特稿无疑是其中有力的一支。但在相当长时间里，它的术语色彩远大于外界认知。一名特稿记者可能不止一次窘迫地解释：我的工作嘛……大概就是将真事写得好看一点。

此后十多年里，我一直追寻这类"可以写得好看点的真事"，去过雨灾中的城市、大地震后的废墟、萤火虫漫舞的山谷、大旱下的黄河故道、变革中的缅甸农村、反华浪潮下的越南……对一个年轻作者来说，它们既是积累，也是窗口，从起点便赋予我更大的格局和视野。

也正因为对"行走"和"在现场"的恪守，有一段时间，我几乎每天在不同的城市醒来。但无论走到哪里，我都会带着两本书，一本是《普利策新闻奖（特稿卷）》，一本是《〈华尔街日报〉是如何讲故事的》。它们可谓当时流传最广的特稿写作范本了。

它们吸引我的，除了实用和口碑，还有更多，例如某些沉积已久、闪闪发亮的东西，就像被矿工头灯首次照亮的深井煤层，隐含着演进的密码。《普利策新闻奖（特稿卷）》收录的作品中，最早的是发表于 1978 年的《凯利太太的妖怪》，《巴尔的摩太阳晚报》记者乔恩·富兰克林把一场脑部手术写得跌宕起伏，简直像历险小说，二十多年后仍广被模仿。

后来，非虚构写作潮起，标志之一是 2015 年白俄罗斯作家阿列克谢耶维奇夺得诺贝尔文学奖。一夜间，稍碰过点笔墨的都能谈两嘴非虚构了。还有人说，非虚构接过特稿的棒，这实在是本末倒置。前者之悠久辽阔，早就从文学圣殿的深处萌发，此后与虚构文学不断交会交融，最终长成现在的样子。要探源这一路径，就要回到 1960 年代的美国。

非虚构写作的概念就形成于此时期，一说以《冷血》为开山鼻祖。作家卡波特花了 6 年时间，采访记录了 6 000 多页的笔记，以全新的手法再现堪萨斯州一宗灭门凶杀案，连载于 1965 年的《纽约客》。

作品相当成功，至少从大众反应来看是这样的。人们没有见过这样写新闻的：说它是小说吧，但事都是真的，也区别于传统小说，只陈述事实不做评价，打破上帝视角带来的不真实感；说它是报道吧，却又远离范式，摒弃一板一眼的平铺直叙，使用大量文学和电影手法，悬念、特写、侧叙、闪回、蒙太奇……这种新奇的糅合，让叙事环环相扣，悬念迭起，读者不仅获得了事件全貌，也得到了艺术上的享受。

人们用硬币投票：《冷血》发表后，杂志迅速售空，刷新了周销售纪录；次年结集出版，又占领了报纸版面和电视节目，跃居当年美国畅销书第一位。有媒体评价其为"近十年来的文坛巨著之一"。

非议也不小，例如小说家玛丽·麦卡锡就说《冷血》"不伦不类"。书评人斯坦利·考夫曼也有点看不上："对这类作品加以评价是荒谬至极的事。"

顶着光环和喧闹，一种新的文体诞生了。卡波特把它称作"非虚构小说"。好玩的是，几十年后它在中国甫一走红，赞誉之余，非议也不断。典型如："非虚构"这三个字不算完整定义，好比你问我早上吃了啥，我说没吃豆浆油条这样答非所问。这些观念挑战，虽然我不完全认同，但每一次讨论，我都仿佛听见细胞裂变的声音，那是新的肌体在生长。

卡波特之后，非虚构写作如种子落土、春露浸润，迎来了好季节。20世纪两次世界大战和战后延绵不绝的冲突，使越来越多作家从乌托邦式的书写中走出，转而叩问现实，催生了一大批经典作品。如美国诺曼·梅勒的《夜幕下的大军》《刽子手之歌》，盖伊·特立斯的《王国与权力》，斯特兹·特克尔的《美国梦寻》，威廉·肯尼迪的《铁草》，理查德·罗兹的《原子弹秘史》；苏联格拉宁和阿达莫维奇的《围困纪事》，阿列克谢耶维奇的《我是女兵，也是女人》，西蒙诺夫的《生者与死者》……

非虚构写作进入中国，则是稍后一点的事了。因为在20世纪末，中国还有另一强势文体——报告文学在统治。以徐迟的《哥德巴赫猜想》为代表的一大批作品，充满对科学的尊重和对知识分子的肯定，兼具一定的批判精神，开一时之风气。

1990年代后期，报告文学潮退，留下的遗产和遗憾几乎一样多。而现实主义文学的大树上，黄叶底下藏着新芽。全球化和互联网的兴起、个人意识的觉醒、虚构创作想象力的枯竭……都助推了非虚构写作的新世纪浪潮，并敲打起中国作家的书斋。

不过，非虚构写作在舶来初期无甚波澜，一度只在专业圈里打转。直至2010年，《人民文学》倡导"非虚构"，才有了点潮流的样子。当年该刊的《"人民大地·行动者"非虚构写作计划启事》，有一段话代表了主流文学圈对"非虚构"的理解：

> "人民大地·行动者"非虚构写作计划的宗旨是：以"吾土吾民"的情怀，以各种非虚构的体裁和方式，深度表现社会生活的各个领域和层面，表现中国人在此时代丰富多样的经验……要

求作者对真实的忠诚，要求作品具有较高的文学品质……特别注重作者的"行动"和"在场"，鼓励对特定现象、事件的深入考察和体验。①

"对真实的忠诚""较高的文学品质""'行动'和'在场'"……这些表述，既承接了方兴未艾的全球非虚构写作浪潮，也提供了中国语境下的阐释，敦促作家走出去，远离"二手生活"。

非虚构来了，现实主义精神如何回归、续接、发展，众多议题催生了新的文体实验。无论是对真实的准则、文本追求还是价值内涵，非虚构写作都提供了新的可能。

中国作家也以作品回应了这个命题。像贾平凹的《定西笔记》《我是农民》，杨显惠的《夹边沟记事》，冯骥才的《一百个人的十年》，李娟的《阿勒泰的角落》，陈庆港的《十四家》，梁鸿的《中国在梁庄》《出梁庄记》，曹锦清的《黄河边的中国》，阎连科的《北京，最后的纪念》，陈白尘的《牛棚日记》，慕容雪村的《中国，少了一味药》，安顿的《绝对隐私》，张辛欣、桑晔的《北京人：一百个普通人的自述》，徐晓的《半生为人》，王小妮的《上课记》，乔叶的《拆楼记》《盖楼记》，还有丁燕的《工厂女孩》，等等。

这些作品有早有晚，也非严格出版于 2010 年后，但《人民文学》按下非虚构写作的加速键，这些作品的价值得到重新挖掘，起码是一次对"真实精神"的溯流求源。仅仅数年，非虚构写作在中国已蔚为大观。

现实比小说还精彩

在《南都周刊》的两年时光甚是美好。那里有个传统，每位记者入职，都会收到一个资料包。里面是些"范文"，大致分为两类，一

---

① "人民大地·行动者"非虚构写作计划启事. 人民文学，2010（11）.

是普利策特稿奖作品，二是国内同人佳作。这简直送来一个新世界——我没有进过新闻课堂，从隔了几光年远的物理专业慕名而来。当然，这又是另一个漫长的故事。

我像追偶像剧般熬了数夜，看完里面每一个字，还存进掌上电脑，到哪都带着。时间变得有光，无聊也渐少光顾。在地铁、餐馆、飞机、深山和所有能得片刻闲暇的地方，我都随心所欲地读它们。尤其是在写一些艰难的文章前，我会躺在床上与之对视，某些光景会泛起，连同一些莫名的执念，会狠拍我的肩膀，勇气也就随之灌满了。

在这些文字的养料里，有篇匆匆收录的长文因没翻译，同事间谈起不多。但我被其标题吸引——《最后的敬礼》，2006 年普利策奖获奖作品。早期特稿，特别流行"最后的××"型题材，那种永葬于时光尽处的叹息与孤独，尤显忧伤文艺。

我搬来词典，硬把它看完了。故事是这样的：贝克和凯西是好友，一起进海军陆战队服役，后者上了战场，前者却成为"阵亡通知官"。每天，他就像死神的信使，敲开各式各样的门，递上远方的坏消息。他必须保持职业的面容和站姿，但同为人子，他也想与这些悲伤的母亲一起哭泣。一天，贝克手里的阵亡通知书，不是别人，正是好友凯西，而其妻子已怀孕数月……

作家福克纳曾言："人类内心冲突是真正且唯一值得书写的对象。"在那个心绪翻腾的晚上，我比任何时候都要深刻理解这句话。什么是好故事？就是你岁月静好，喝啤酒吃炸鸡的时候，我悄悄告诉你在地球某个角落，一位阵亡通知官正躲在黑暗中独自哭泣。这是真实的魅力，也是真实的力量，而现实往往比小说还精彩。

新知带来的愉悦远不止于此。每周我最期待的，是主编的邮件，他会分享"箱底货"或新发现的好作品，还附上几百字的点评。同事间的回复和评论就更有意思了，大至选题立意，小至结尾余韵，都能吵出一万种意见。如果还谈不拢，就评刊会上继续。万一红脸了，就赶紧张罗去撮一顿。几杯下肚，不仅没事，还互相抱着念诗。

当时我还没意识到，我正身处中国特稿最黄金的十年。此时，《举重冠军之死》《野马的爱情》等经典已发表，躺进无数年轻作者的收藏夹里，而更大的惊喜《系统》还在路上。时值纸媒的全盛时期，无论从彰显实力还是积攒口碑考虑，特稿都是标杆产品之一。以此为核心的"军备竞赛"四起，组建"特稿部"成一时风气。

现在回头看，"特稿"特也不特，就是一群人将非虚构写作的方法论，应用于新闻叙事领域。而乘传播效应之便，特稿也在传媒业、新闻院校和写作爱好者中加快了非虚构写作的普及。

而这一时期的硕果之一，是储备了大量成熟的作者和生力军，在随后的自媒体时代助推非虚构写作真正走向全民。

全民写作浪潮

非虚构写作新一轮好光景，大概是从 2015 年开始的。

当年 10 月，白俄罗斯作家阿列克谢耶维奇夺得诺贝尔文学奖。要知道，非虚构作家在瑞典文学院历来不受待见，上一部非虚构作品获此殊荣已是半个多世纪前的事了，它是丘吉尔的《二战回忆录》（1953 年诺贝尔文学奖）。

正因如此，那一年的诺贝尔文学奖显得意义非凡。记者出身的阿列克谢耶维奇，大半生都在访谈和写作，追寻二战、苏联解体、切尔诺贝利核灾难等大历史，《锌皮娃娃兵》即是其中再现苏联阿富汗战争的经典之作。

这着实鼓舞了全球诸多同行，包括遥远的中国。作家邱华栋称之为"非虚构文学的胜利"。一年后，阿列克谢耶维奇来华，出席 8 月的上海书展。她对记者说："在时代背景下，所有人都是相关的，都要为发生过的事情负责。"

当年一部好莱坞现实题材电影《聚焦》也遵循类似的箴言。它改编自一段真实的故事——《波士顿环球报》六名编辑记者克服重重阻力，追查天主教牧师性侵儿童的事件。2016 年 2 月，《聚焦》从《荒野猎人》《大空头》等大热门中突围，夺得当年的奥斯卡金像奖最佳影片。

在东方，以真实案件为背景的《踏血寻梅》横扫香港电影金像奖；《湄公河行动》等也成为中国电影"IP 热"里最耀眼的一支。

非虚构叙事的高光还惠及更多写作者。中国向来不乏"草根文学""打工文学"的土壤，它们求存于地摊和火车小推车，经《故事会》《知音》、贴吧、论坛，再进军网络。素人写作延续下来，渐成新风潮。一时间，从门户网站、杂志到内容创业者，"非虚构"成为新宠儿。一批新平台和非虚构项目，在深度和广度上均开始了雄心勃勃的尝试。

得益于互联网和新媒体，所有人不分年龄、职业、地域均能获得同等的表达权利。他们的作品不用再藏于抽屉，或经历漫长且依赖运气的发表链条，而是直接参与市场竞争，获得传播、融资和影视改编的回报。

整个 2016 年，中国影视版权交易弥漫着"地理大发现"式的荷尔蒙，冲刷出一批非虚构明星作品，如《太平洋大逃杀亲历者自述》《黑帮教父最后的敌人》《1986，生死漂流》《生死巴丹吉林》等，都交出了不错的商业成绩单，最高售出百万元级电影版权。

水涨船高，一些素人的文本，也有数万元至数十万元的版权交易。不少人认为：非虚构写作的商业模式找到了。

当然，定论尚早，资本涌退也有时。商业化程度只是衡量行业价值的一个指标，尤其对精神色彩浓厚的写作领域来说，金币本身不是终点，而是催化剂和放大器。非虚构写作的价值被重新发现，往上跻身艺术殿堂，往下沉淀为"全民写作浪潮"，它是这个时代更为宝贵的部分。

我们为何而写

我与中国人民大学出版社的写作课始于 2017 年；我受邀在其主

办的"创意写作国际论坛"上做了一场讲座。听众有高校老师、职业写作者，还有来自各行各业的爱好者。课后，他们将我围住，热情与困惑扑面而至。我听得最多的想法是：如果有一套标准化、可拆解、重实用的课程就好了。

这既是呼声，也是需求。不久后，我接到人大社老师的电话，想开发一门视频教学与在线直播相结合的写作课。我觉得挺有挑战性的。那年冬天，我走进北京的录播室。老实说，如果当时有人告诉我，日后学员将数以千计，那我是无论如何都不敢相信的。

五年来，与其说我教授了一门写作课，不如说我在书斋里远行，隔空遇见了一群人。他们来自不同的地方，年龄、身份、境况各异，唯一相同的，就是想写作。他们对文字纯真赤诚，爱得直来直往，无疑是当下非虚构写作最鲜活的底色。

一股浪潮兴起，人们常常会被表象乱眼，习以为常之后，便觉得理应如此。莫问西东，这自然不是坏事，但路是一步一步走过来的，前行一段后，终究要自问：我们为什么要写作？

这成了每期写作营的开营问题。学员要迅速翻一遍内心，端出初衷。答案五花八门，甚是有趣。有人为驱散孤独，有人为治愈，有人为好奇，有人为实现八岁那年的愿望，有人为用笔画剖开自己，有人为"穿越生活而不失语"，有人为经历不同的人生，甚至还有人为"永生"。

有一期，我将开营问题改了一下：写作路上，你都遇上了哪些幸福和坎儿？这下有意思了，就像好奇的孩童，将棱镜偷偷转了半圈，却意外发现隐藏在寻常日光里的斑斓。课程群里，大大小小的欢愉、向往、忧愁、躁动在流淌，在翻滚，交织成一曲复调：

> 我爱绘画，爱摄影，爱舞蹈，张扬而翩飞的艳丽色彩同年轻的肉体挥发的淡淡热气，街头巷尾的插科打诨和民间民俗的神秘悠远，精彩的世相经过曲曲折折的变形，流淌到我的笔尖，裹上冷静和克制，扔进跃动着火焰的熔炉，噼里啪啦，炸出一屋世间

百态。

——Luna（故事写作营第 5、6 期学员）

陪着女儿备战中考，她考上了想去的高中，我写出了第一部长篇小说（尽管很渣）。写作真的让我痛并快乐着。

——羽子令（故事写作营第 5、6 期学员）

我要以大胆的姿态去展示自我，将自己脑袋里所有的小涟漪连接成一片天蓝色的湖，无论写得好与不好，我都会充满愉悦。

——南北（故事写作营第 3、5、6 期学员）

这样的我，那样的我，他们都根根分明地立着，在那头的世界里，交错间，仿佛完成了某种仪式——何为"我"。

——周春（故事写作营第 5～7、12～14 期学员）

真的很难，也许又不难，看设定的标准是什么。不强求，遵从内心，从喜爱、认可出发和接纳，遵从一切美好背后的自然规律。

——冯暖（故事写作营第 4、5 期学员）

…………

这些声音听过越多，越觉得自己走进了一幢房子。它应该是粉红色的，就在一处不期而遇的巷子尽处。推门，迎面一整墙烟头，代表燃尽的过往。阁楼上藏着少女的碎花裙、老照片、旧报纸、千奇百怪的钥匙、空了的香水瓶、咖啡杯、油灯、座钟、怀表……你可能已经猜到几分，是的，这是个真实的地方——伊斯坦布尔的"纯真博物馆"，作家帕慕克为他的小说建造的记忆之地。我恰好去过那里，觉得这是极尽浪漫之事。

因此，我读着那些"写作路上的幸福和坎儿"，脑子里跑过许多五颜六色的小楼。它们是每位写作者的"人生博物馆"。有人装点成旧日老屋，有人布置成梦境花园，有人当作树洞，有人重门深锁。这应了修辞学家肯尼斯·伯克所言："故事是人生必需的设备。"

我更愿意将故事理解为"参照系"。生活如雾航，故事如灯塔，你只有尽可能多地触摸它们，才足以照亮险途。故事还可以是镜子、慰藉、警示、指引……我们写自己的，读别人的，就像交换人生，让有限的时间装进更多的体验，生命也就变得丰厚绵长了。

《故事》的作者罗伯特·麦基说得比我好："故事并不是对现实的逃避，而是一种载体，承载着我们去追寻现实、尽最大的努力挖掘出混乱人生的真谛。"

如此想象关联，再反观"我们为何而写"的母题，答案就越发清晰了——不管为的是什么，终究不过为人生。

想通这一点，我对课程的理解也有了些变化。许多个批改作业的夜晚，带着对人的理解走进作品，眼里尽是可爱和生猛。即使有幸以师者之名略加建议，也能不止于文法，更可打气鼓劲，让每一支笔循着主人的烙印，用力呼吸，自由书写。

致谢和关于本书

这本书得以出版，我要感谢一些人。没有他们的耐心和宽容，我可能坚持不下来。写书是个寂寞的活儿，像一个人的马拉松，还尽是深山小径，没人在旁吆喝几声，大概率是要退赛的。

这些声音来自很多人。先是费小琳老师（时任中国人民大学出版社新媒体出版中心主任、创意写作书系策划人），她最先向我约了这本书。当时我刚在中国人民大学做完一场讲座，她送我出校园，说想出本更本土化的非虚构写作指南，希望我来执笔。

费老师是资深出版人，想法却比年轻人还先锋。合作至今的"故事写作营"也是她提出来的。敬佩与信任在前，我也大大咧咧地应了下来。

事实证明我过于乐观，课书双开，常有难兼顾的时候，最后常常是书稿来让路（做课的确也更热闹好玩些）。承蒙陈曦和邹艳霞两位编辑不嫌弃，鼓劲之余，还不时寄来一些新书，说是以供参考，实则暗示交稿。

再后来，杜俊红编辑接手故事写作营和书稿，更是把催稿艺术推至新高度。例如忙完某个书展，她回来分享盛况，冷不防感叹一句："真期待下次书展能摆上您的书。"夸也夸了，催也催了，如何理解，非常考验我的脸皮。

除了以上编辑，我还要感谢我的太太油小姐。在憋稿的日子里，我全靠她亲手调制的大麦茶和水果酸奶支撑；另外还有一干损友，擅长反向激励，以激将法诓了我好几顿馆子，也不知道是不是编辑派来的。

最后，还要感谢历期故事写作营的学员，他们提出的问题和困惑，都是极好的研究样本和思考索引，也是本书的养料来源之一。所谓教是最好的学，他们既是我的学生，也是我的老师。

至于本书的内容，是按照分解思维来设计的，即沿非虚构写作的流程大卸八块，打回零件状态，方便读者探"底"，弄个明白。因为只有把"底"摸透，才好一通百通，不管在什么领域和场景都游刃有余，继而有所独创。

于是，我将非虚构写作的方法技能拆解成 11 块，分别对应本书的 11 个章节。横向可分为选题、采访、材料整理、情节、结构、人物、文笔、风格等；纵向则有开头、中段、结尾、修改、练笔等。

分得这么细，除了力求全面，还想带来更灵活自由的阅读。若承蒙不弃，全本通读自然好；如果想重点补补短板，或想自选顺序，就跳着读，章节间相对独立，可随意组合；此外，既然聊非虚构，我也力求寓理于事，用了不少作家、学员和我自己的创作故事，如嫌解说烦闷，读读它们也不错。

此外，每章末尾都附有练习，若喜欢可以试试。它们没有标准答案，目的是通过求解，研磨和提炼我们的想法和积累，温故之余，说不定还会有新的化学反应。

最后，感谢翻开这本书的各位。欢迎大家来我的公众号"叶伟民写作"，分享、提问、交流甚至争论，相互取暖，彼此鼓劲。

目 录

第七章　人物写作三部曲

第八章　高潮、结尾、修改：最后的冲刺与回响

第九章　工具箱 1：向一切发问

第十章　工具箱 2：像福尔摩斯，穿越信息海洋

第十一章　开始写，不要停：搭建你的写作训练系统

后记　非虚构＋：故事的新半径

第一章 人人都是故事家

有人说故事像说着自己，有人说着自己像说故事。

——汪曾祺

有个雕刻家和小男孩的故事。雕刻家在工作，刀锋划过笨头笨脑的大理石，削去粗粝，曲线渐露，马头、鬃毛、躯体、四蹄依次出现。与其说是雕刻，不如说是把多余的部分去掉。

骏马呼之欲出，把旁边的小男孩看呆了。他问雕刻家："你是怎么知道石头里藏着马的呢？"雕刻家觉得这个问题格外有意思，想了想："石头里什么也没有，但我心里有马。"

这个故事还有很多版本，例如雕刻少女或可爱的小动物，但背后的隐喻是相通的：为什么同是石头，普通人看到坑坑洼洼，雕刻家却看到艺术品呢？

写作也同理。作家的妙笔让我们困惑：过的都是日子，为什么我们只看到琐碎和乏味，人家却能洞察世事，针砭人心？

真相就是故事家的口袋里藏着一把钥匙，能从庞杂的信息里点石成金，提炼出戏剧性元素。这套千锤百炼的"故事哲学"，从古至今支撑着所有的艺术形式。

可能与你哀叹的相反，故事不在远方，而在你的经历里，在你的年轮里，也在你熟视无睹的日常里。每个人都是"故事矿藏"，不管你有没有发现，原石就在那里。你无须烦恼甚至恐惧，纵使它们看起来那么捉摸不定。

它们并不神秘。即使是没有受过专业写作训练的人，也能通过学习，掌握破译好故事密码的方法。正如美国女作家薇拉·凯瑟所说："人类来来去去就那么两三个故事，它们不断被重复，仿佛它们从未被重复过一样。"

到底什么是故事？

世界上有很多问题似乎不证自明，例如"1＋1＝2"，或者"两点之间直线最短"，故事也大抵如此。什么是故事？即便问个孩子也会被嘲笑："啥？你没上过幼儿园吗？小蝌蚪找妈妈、奥特曼打怪兽都没听过吗？"

我想起大学时，有门基础课叫"光学"。不学还好，学完你问我啥是光，还真说不上了。看似司空见惯的东西，突然像玩变脸，一会儿是粒子，一会儿是波，简直要把人"忽悠瘸了"。

故事也是如此。我们听得最多的语言，不是训斥，不是哀求，不是说服，而是故事。关于它们的记忆，在枕边昏灯下，在爷爷膝盖上，在收音机旁，在图书馆里……我们一直在享受故事，也自以为懂得故事，然而一旦要创作故事，情况就不一样了。

这就像从未掌勺的美食家转型厨师，对着满眼食材一筹莫展。这和我们写第一笔时何其相似，明明看过故事万千，下笔却卡住了，而且越琢磨越迷惑，甚至陷入自我怀疑——世间纷纷攘攘，可写之事却寥寥。故事，到底是什么呢？

这就是常说的"看山不是山，看水不是水"的混沌态。为此困扰的人还不少，例如有位学员的提问就颇为典型：

> "故事"这个词，邻居大妈讲两口子离婚分财产打架的八卦，好像是个故事；外星人入侵地球，打算消灭人类，也是个故事。但两个事情的幅度明显不同。
>
> 什么能算故事，什么不能算故事，可不可以把"故事"二字本质解析一下？
>
> ——简兮（故事写作营第 6 期学员）

回答这个问题前，我想先说说赫拉利的《人类简史》，里面有句话蛮打动我：人类偶然获得的讲故事能力，是使得人类称霸世界的工具。这么说来，讲故事还具备进化意义了。当时，我脑里浮现出以下场景：

> 狮子包围了部落，袭人无数，伤亡满地。

　　人王率众出击，战至一人一狮，决战。

　　人王终胜狮王，英名永流传。

　　对于这个极简故事，我们只要稍加琢磨，就会发现更多。遭遇危机——千钧一发——解除危机，这三段代表戏剧艺术最基本的结构——三幕式结构，即开始、发展、结局。从千年前的古罗马剧场到现在的好莱坞银幕，都受其统治。

　　这样的结构很稳固。**故事要有困境，还要处理困境，最终提炼意义。**就像前述的人狮之战，如果人狮不相遇，就没有困境，也就没有然后了。而人狮相争，无论胜负，大自然都是无所谓的，不过是正常的优胜劣汰。但人类却会赋予其意义，创造出英雄、勇气、奉献、牺牲等抽象概念，实现某种道德感召和精神图腾。

　　没有困境，就没有故事。人生在世，终究会遇到他的"狮子"。因而我们写故事，一定要思考：他的"狮子"是什么？又该到哪里寻找他的"狮子"？最后他战胜"狮子"了吗？……

　　说到底，**故事就是关于人与困境的哲学。**

　　关于故事的本质，罗伯特·麦基的总结我也喜欢。奥妙就在他《故事》一书的封底上——故事，是生活的比喻（Story is metaphor for life）。不过有人说这翻译不精确，metaphor 应为"隐喻"。我更喜欢后者，它更具语义张力。

　　与隐喻相对应的，就是"投射"。读者和观众会将自己代入故事中的角色，包括他们的欲望、困境、对抗和挣扎，最终观照思考自己的人生。这些都是故事的功效与价值。

　　回到上述"外星人入侵和两口子吵架哪个才算故事"的迷思。之所以说其具有代表性，是因为它犯了"只看其表，不思其里"的通病，过于浅层、狭窄地理解故事要义，从而限制了对故事的想象。

　　我们都看过电影。花几十块钱，就是希望在两个小时里挠中两个点：爽点和泪点。这其实是故事的两个旅程：一个是外部的，剧中人如何升级打怪，最后有所结果；另一个是内部的，历经考验，内心世界发生不可逆转的变化。

这一外一内，是我们理解故事的两条路径。而浅层的认知，总会过度放大外部路径，即情节、场面、矛盾冲突等因素，似乎非天崩地裂山呼海啸不足以称为故事，却忽略了更强大的内在冲突。前者虽好，但后者才更隽永，也更逼近故事的精髓。

世事何其多，为什么只有少数才值得付诸笔下？因为它们通过展示人在极端条件下的选择与对抗，带来新的生命启示，并被我们沉淀为经验，最终反哺生活，修正人生。

"真实"的契约

中国人讲究"名正言顺"。非虚构写作舶来后，在概念上着实费了些周章。它很难定义，无论文本形态、文体边界还是精神内涵，都在纷扰中试探前行。这好比文学的洋流久无新事，忽现新大陆，人们正要欢呼一番，却在满眼袋鼠、鸭嘴兽等新物种前难以言表。

非虚构作家、学者梁鸿曾评价："'非虚构文学'已经变成一个被讨论过多的名词，质疑、嘲弄、否定和肯定、赞美、吹捧如钱币的正反面，加速消解这一名词的确定性，让人越发摸不着头脑……它正处于舆论风暴的中心，在接受考验。要么，灰溜溜如无数个走过的各色潮流名称一样，消失得无影无踪；要么，它最终从内到外被赋予确定的意义，和小说同起同坐，平分秋色。"①

这种似是而非，在我的课上也时常出现。某次课后讨论，有人提问，还带点不好意思："请问非虚构写作……能虚构吗？"我很感意外，这不和问"叶老师您贵姓"差不多吗？但很快，我不得不正视这个问题——看似答案不言而喻，课程群里的"可（虚构）派"和"不可（虚构）派"竟对阵起来，声量还旗鼓相当。

不久后，又发生了"寒门状元"事件。某大号旗下团队"虚构"

---

① 梁鸿. 非虚构写作的"故事". 青年作家，2018（4）.

了一篇"非虚构",讲其出身贫寒的"高中同学"对抗命运,最后却死于绝症的故事。因人为集齐众多社会痛点和大众情绪,该故事最终引发现象级传播。很快,网友陆续发现多处事实和逻辑矛盾,质疑杜撰毒鸡汤。创作团队则回应称:"文章不是新闻报道,这是一篇非虚构写作……在细节上,我们做了许多对真实情况的模糊化处理。"

言下之意很明显——这是非虚构,别用真实要求我们,稍微虚构一下怎么了?我对这个逻辑很惊愕,继而愧疚:正因为非虚构写作普及不力,才让人有机可乘,披着"真实"的外衣贩卖焦虑,最终扭曲、蒙蔽真实生活的逻辑和人们赖以生存的经验。

知乎邀我对此写点东西。我在标题上即亮出态度:这可能是非虚构写作被黑得最惨的一次。

此后,我意识到非虚构写作科普的急迫。一旦课上再有人纠结"非虚构能否虚构"等问题,我就会非常明确地告知:**真实是非虚构写作的红线,可以有无法穷尽的真相,但不能虚构**。在真实性标准上,它和新闻报道并无二致。

为什么非虚构写作对真实如此苛刻?从浅层说,"非"字打头,语义也无丝毫暧昧闪烁,就不必横生怀疑了;从深层说,故事真假是作者和读者间的"契约",就像电视剧会打上"本故事纯属虚构""根据真实事件改编"等字样,丑话说在前头,看不看,怎么看,便是你情我愿了。

然而,如果有人偷换概念,暗中撕毁"契约",假当真卖,那就是存心坑人了。因为读者相信你,并希望借助你的故事构建存世经验。掺假这事,无关多少,只关有无,和建楼时偷埋根橡皮泥柱子差不多,塌起来每块砖都逃不掉。

闯过"真实"关只是第一步。在非虚构写作中,"真实"既是基准点,也是争议点。因为人们会习惯性地认为,"真实"等于"绝对真实",即穷尽事件所有信息,类似小说的全知全觉。但现实逻辑是,且不说能否抵达"绝对真实",即使能,那也只是档案而非故事,而文学却天然要叙事。于是,矛盾来了。我们一旦叙事,视角、结构、情节就诞生了,自然顺序将被重组,场景将有所选取,我们可能会先写人物的老年,再回溯其青年、童年。现实原本的模样便遭解构,那这还是"绝对真实"吗?

这悖论,成了"非虚构文学"饱受争议的根源,也为日后偷梁换柱留下隐患,以致"非虚构可以虚构"等怪论横飞。我的看法是:**让法则归法则,手法归手法,非虚构写作与小说技法再怎么融合,也丝毫不影响两者在真实性上的分野。**

非虚构写作的现行定义是"一切以现实元素为背景的写作行为"。我更愿意加三颗铆钉助其具象和稳固——真实、文学、意义。

非虚构的"真实"不是对生活的愚忠和克隆,而是提纯、萃取、抽丝剥茧式的再创作。例如第一年、第二年、第三年依次发生的事情,可按第二年、第三年、第一年的新次序来叙事,但里面的人和事必须是真实的,是有信息来源且经得住考验的。或者说,每个零件必须真实,但作者能按照不同的逻辑、结构、立意,组合成功能、体验各异的整体。

非虚构名作《巴黎烧了吗?》中译本封面有三句话:1 000 天采访,事事有根据;800 人口述,人人有下落;536 段经历,句句有出处。我认为这是对非虚构精神的绝佳写照。也可以看出,"真实"只是非虚构写作的基础而非全部,后者还有更重要的任务:**通过记录、思索真实,呈现事物背后或显著或微妙、或当下或深远的问题与意义,最终认识生活,理解人生。**这才是非虚构写作的汪洋大海,也才是它能跻身文学殿堂的根本。

人人都是故事家

"真实"的准绳一旦拉起,非虚构写作就有了圆心和半径。在过去半个多世纪里,非虚构写作由早期"新新闻主义"所热衷的公共议题，逐步拓宽到回忆录、口述史、田野调查、职业故事、群体纪实、个体经历、游记等。社交媒体兴起后，其边界更是加速延伸。

纵然选择越来越多，"写什么"对初学者而言却仍是首要难题。在我的写作课堂，就有不少人为此发愁，像首次出行的旅人，总贪图远方，于是漫无目的地追赶、模仿，最终迷路。还有学员问我：人生太苍白了，是不是要经历些痛苦，或者放下现在，过一些不一样的生活，才能写得好呢？

此类"窄化"的理解不在少数，还带点"围城"的色彩——好故事总是别人的，无聊透顶的却是自己的。殊不知，**写作的矿藏不在别处，首在当下，在你已经或正在拥有的生活里**。所有的自贬、焦虑与迷茫，不过是"灯下黑"。

如何辨析、开采、萃取你的矿藏，是找到写作方向的关键，就像本章开头那个雕刻家，手握蛮石，心有骏马。关于这个问题，美国推理小说作家劳伦斯·布洛克写过三点体会：

1. 选择自己的写作领域。 我十五六岁时，就认定自己注定要成为作家，我没想过要写哪类东西。当时我疯狂地阅读二十世纪那些大作家的小说，从斯坦贝克、海明威、沃尔夫，到多斯·帕索斯、菲茨杰拉德，还有他们的文坛朋友及其他相关名家。当时我非常坚信，有朝一日，我会写出一本伟大小说……

我开始阅读大量不同类型的书和杂志，试图发现自己能写的东西。我不介意它是否伟大、是否有艺术性，甚至是否有趣，我只想发现自己究竟能写什么。

2. 你务必读得下去……假如你对某种类型的故事连读都读不下去，就别浪费时间了。

3. 寻找认同的作家。 我这辈子都酷爱读书，轻而易举就能找到自己喜欢读的故事类型。只是后来我明白，某种故事类型我读得下去，并不意味着我写得出来……

一个故事能否对你产生影响，在于你是否认同里面的角色。

如果你读这个故事时既认同里面的角色，又认同作者，那你应该能写得出这类故事……

我读（伊凡·汉特的《丛林小子》）的时候深受震撼。与其说我认同故事中的角色，不如说我认同作者伊凡·汉特……我也决心以犯罪小说为主业……

在你通往作家的道路上，决定写什么类型的书，是关键一步。①

这些来自小说家的建议，对非虚构写作也同样有效。我的一位朋友就遵循类似的路径，用科普敲开写作之门。他是中国追萤第一人、华中农业大学教授付新华。我们结识于 2007 年夏天，当时我刚好看到一则豆腐块报道：付新华在一个环境发展会议上呼吁保护萤火虫，它们正在消失。

这个提议浪漫但不主流，环保在中国虽呼声不小，却不精细，更不用说具体到某类小虫子。如果不是某个尽职的记者写下这么几句，我可能还不知道有人干着这么冷板凳的工作。我觉得这是个不错的故事胚子，于是找了过去。我们第一次见面在一个半地下室，旁边是一溜昆虫培育间。我第一次知道苍蝇还有这么多种类。

接下来几天，我们一起去了很多地方，城郊湖畔、夜半深山、村庄、稻田，还有坟地。汶川地震一周年，我们还一起去了映秀、卧龙，在巨灾后的土地里寻找这些一退再退的虫子。我在两篇特稿《再见萤火虫》和《寻萤记》中记录了我们的旅程。

我们成了很好的朋友。付新华至今仍为萤火虫奔走，做 NGO，做科普，引入社会和商业力量。其中一个方式最为难得——写作。他开自媒体，还出书，《故乡的微光》《一只萤火虫的旅行》《萤火虫在中国》《水中的光亮》等都是当下颇受欢迎的科普读物。

我很佩服他，科研之苦，呼吁之难，哪一样都不轻松，还要保持

---

① 布洛克. 布洛克的小说学堂. 徐菊，译. 上海：上海文艺出版社，2014：4-8.

相当的书写产量，更是不易。他有时候会找我推荐书，或聊聊写作技巧。写作对他来说不是目标而是工具。他未必想成为职业作家，而是知道把热爱之事以文字流传，以影响他人，扭转观念。

这个想法并不特殊。在问答平台上，我还认识不少警察、程序员、律师、老师、手工艺人，他们同样从最熟悉的领域"挖矿"，且都有丰厚的斩获。同样，他们未必想成为职业作家，也未必想要写文学作品，但写作已成为他们存世、生活和表达的方式，从而使他们获得互联网时代写作的红利。

第一锹矿

写作是个人之事，少有相同的起点和路径。很多新手随大流，舍近求远，无视屋后大山巍峨，却羡慕他乡美景，这就很吃亏了。向往远方没有错，但不妨先看看脚下，挖好第一锹矿，可能让你起步更快。从布洛克的建议出发，我们不难找到答案。

1. 我喜欢什么？

确立写作方向需要借助支点，兴趣就是其中之一。不要轻视自己的爱好，大如环球探险，小如跑步钓鱼，都能成为你选题的源泉。正因为喜欢，你也能更容易坚持下去。

2. 我擅长什么？

喜欢的和擅长的常常是一件事，但也未必。就像布洛克，从小喜欢科幻，却写不好，后来尝试了推理小说，才觉得心应手。如果爱好和专长一致，选择就容易得多；否则就优先你擅长的，那是你最有竞争力的领域。

例如，喜欢羽毛球的保健医生，喜欢旅行的律师，喜欢健身的室内设计师，毫无疑问，写你擅长的是更好的选择。当然也有特殊情况，如果在专业领域已声名显赫，那么写写心头爱倒也无妨，好比写烹饪的著名演员、抒发诗情的科学家、分享摄影的大学者。但对新手或普通人来说，聚焦比多元好。

3. 我能给什么？

写作虽是个人创作，但不考虑读者需求，和无视用户体验的产品经理一样，终究还是孤芳自赏。读者为何而来？一定是你提供了有价值的东西，解决了他的某些问题。笼统来说，**必须让读者有所得（有用），有所乐（有趣），有所感（共情）或有所悟（道理）。**

你能给什么？只有从读者角度想清楚这个问题，选题、内容、风格才清晰。不过，吸引读者自然重要，但要注意过犹不及。过度迎合市场，只是一时的热闹，终究会反噬作品的价值。

4. 我想要什么？

每个人写作的目的各不相同。有人想当职业作家；有人想在专业领域输出意见，提升影响力；有人想建立个人 IP，做自媒体；有人想提升表达能力，得到更好的职业机会；也有人想提升个人气质和魅力；更有人无甚具体原因，仅仅因为热爱。

知道为何而写相当重要，如果愿望和现实、心志和能力不匹配，就会因经年累月的落差而痛苦，这种错位最终会浇灭创作的热情。相反，知道要去哪、写什么，怎么写自然是水到渠成的事情。

 案例

写什么，我这样找到答案

以上四个问题就像漏斗，一层层缩小范围，直至答案浮现，如图 1-1 所示。我以自己为例，拆解选择过程，把这四个问题重新回答一遍。

首先，我喜欢什么？我的答案是：写作、读书、旅行、电影。显然，备选有点多，不可能都作为主方向。于是交给第二题：我擅长什么？

我喜欢什么？

我擅长什么？

我能给什么？

我想要
什么？

图 1-1　通过四道漏斗式选择题，一步步找到写作方向

我纠结良久，最终去掉旅行和电影。原因有二：一是我的音视频制作水平有限；二是当了父亲之后，就想着把更多时间留给家人。这意味着，无论从技能优势还是生活方式来看，我在旅行和电影方面的创作都不会太有优势。

那就扬长避短吧。此时，经过前两道题的过滤，我的选择已缩小到写作与读书。

继续交给第三个问题：我能给什么？或者说，我能给读者提供什么价值呢？我把这个问题一分为二：情绪价值与实用价值。前者提供体验，例如创作好作品，当个作家；后者解决问题，例如分享干货，当个读书博主。这两种都有市场，孰轻孰重，我一时没有主意。

我决定交给最后一题：我想要什么？我心底的声音是：深入生活，写出自己满意的非虚构作品。这时，"写"与"读"的天平最终倾斜，我放弃"读"这一方向。

这下，答案算清晰了。不过，我并不想孤注一掷，考虑再上一道"保险"。创作是长跑，一部好作品可能动辄花费数年甚至更久，这中间的空档怎么办？能不能一鱼多吃呢？

同时，我还有一个优势：有幸得到过正规系统的写作训练，而且还在不断学习。把这一路上的积累、心得、经验分享出来，于己，能深化记忆和理解，倒逼自己思考、整理、提炼，形成自己的写作知识体系；于人，能帮助有需要的人减少试错成本，拨开迷雾，开启写作之旅……怎么想都是双赢的事情。

我想清楚了，最终将写作方向定在"作品创作＋方法分享"，远近结合，艺术与实用并重。我自觉很适合自己，并一直走到现在。

50 岁开始写作，晚吗？

以上种种，做到并不难，不需要多么长远的战略和勇气，要的仅仅是开始和坚持。我的故事写作营里，有一位学员很特别，她叫林中溪，曾是下岗工人，后来做过代课老师，开过洗车店、修脚店，跑过保险，在饭店洗过碗，还去北京当过保姆。50 岁时，她决定写作。

她报了我的故事写作营，而且连续参加两期。我对她印象很深，课上她提问最多，课后作业也交得最快。然而，在这么多次接触里，我丝毫没有觉察到她的年龄和阅历，误以为她是个温和上进的年轻人。写作营课程密集，能把日课、练笔、结营作品打通关的人不多，她是其中之一。

后来，她给媒体投稿，由于方向混乱，写得很痛苦。我给了一些建议。一段时间后，她再发来的就是作品链接了，而且还是国内几个知名的非虚构平台。

我知道她的经历则是后来的事了，反正相当意外。于是，2020 年7 月 26 日的故事写作营直播上，我邀请她来分享，其中谈到对写作方向的摸索和碰壁很翔实，也很真诚。以下为精华文字实录：

我 1989 年大学毕业，分配到老家县城一个企业工作。2003

年下岗，下岗后干过多种职业，当过私立学校代课老师，开过店、跑过保险、在饭店洗过碗、在火锅店当过帮工，还在四十大几的年龄当过北漂。近两年在食品厂当工人。

最近几年，已经退休的我在打工之余，重新拿起笔，在人生的下半场，想试着捡起学生时代的写作梦想。我给自己提出的口号是——写作从50岁开始。

有写作的想法，并不意味着有写作的能力。开始写作时，我走过很多弯路。那时，我看到观点文很火爆，我也想写观点文，按照那些套路，故事加评论、总分总等结构写作，可是挖空心思，也找不到合适的案例，观点也是陈词滥调，没有新意，费了很大的劲憋出几篇文章，不是失去时效性，就是质量堪忧，自己看着都不满意。

我想了很久，究竟什么原因呢？我有些灰心，对自己也产生了严重怀疑，感觉自己不是写作的那块料，心想，到饭店洗盘子也比写作挣得多。

后来听了叶老师的课。叶老师说，要写自己擅长的领域。这个对我启发很大。以前写观点文狗血文，之所以不成功，是因为那不是我所擅长的。我想，我的人生和职业经历都可以说很丰富，我为什么不能写非虚构呢？

我已经是退休的人了，人生经历、职业经历相应来说丰富一些。我就在自己的经历中寻找素材。

那时我在一个食品厂打工，车间里大多数是四五十岁的妇女，很多都像我一样是下岗工人。为了生活，大家都很努力，每天辛苦劳动，还乐观向上毫无怨言。

我就把这个事情写出来，表现中年妇女的勤劳和吃苦精神。稿子投出去后，经过编辑老师的沟通修改，最终在国内最具影响力的非虚构大号"人间"发表出来。当五千多的稿费打到我账上时，我高兴极了，我终于成功发表文章了（这篇文章题目是《中年底层女工：能当个机器我就很开心了》）。

由于我本人就是下岗工人，经受着时代浪潮的冲击，对社会转型带来的阵痛有着切实的体验。我有很多同事、朋友也都是中年下岗，我熟悉她们艰辛的处境和艰难的生活，我想，这就是叶老师课上说的，社会转型对个体的冲击，是特定的历史阶段的产物吧。但是，她们坚忍的意志、不屈的奋斗精神，也是人性的闪光点。

因此，我的关注点就投注在她们身上。我的一个女同事，夫妻双方先后下岗，下岗后干过多种职业。在深圳，夫妻二人开过工厂，最后工厂倒闭，两人又开始四处打工。十多年过去了，社会发展日新月异，但他们却从原点又回到了原点。他们和很多下岗工人一样，被时代高速运转的列车远远抛下。

但是，我这个同事，在四十多岁的年龄，开始自学考司法考试，想考取律师证，考了三年都因只差几分落选。她并不气馁，决心一边打工一边自学，继续考试。她说，考上了，也不一定从事律师工作，但就是对自己的一个证明。

这个事比较打动我。我就把她的经历写出来，这篇文章题目是《四十多岁了，她还想考证改变命运》。这篇文章在"人间"发表后，引起读者热切的讨论。有人在文末评论说，这么大年纪了，考这个证没有什么用处。也有人佩服她的进取精神。

我还有一个朋友，也是夫妻双方下岗，她在家带孩子上学、打零工，她丈夫在外打工，后来为了生活，凑钱买了一艘货船搞航运，一次事故，船被炸沉了，她丈夫溺水身亡。

为了讨回公道，朋友忍受身心的巨大创伤和煎熬，无数次往返事发地，终于给丈夫讨回了公道，得到了赔偿。这篇题为《为亡夫打官司，是她倔强了半辈子的缩影》的文章也成功发表在"人间"上。

我还写过一篇反映传销骗局的文章，还有根据自己经历写的有关"扶弟魔"的故事，都发表在"人间"上，每篇文章稿费五千左右，我很高兴。这样几篇文章的成功发表，给了我很大的信心。

表面上看，我仅仅发表了这几篇小文，也不过 6 万字左右，但在发表这几篇文章的背后，天知道我经历了什么。

1999 年，是我工作 10 周年的日子，那个 10 年，在我的生活中也发生了很多事情，我想把那 10 年的经历写下来。于是，我断断续续写了 3 年，写成了一本 30 多万字的小说。当然，现在看来写得很幼稚，但却记录了很多素材，如果那时不写，可能很多事情早已忘了。

后来，博客时代到来，我又写博客，也断断续续写了几十万字吧。近年，我又写公号、头条等，也是断断续续地写。

说这个的意思，是让大家坚持写作，所谓"台上一分钟，台下十年功"。这发表的几万字，背后是有百万字的练习作为基础的。也劝大家，不要像我这样，几次放弃，几次拿起。

我长期生活在社会的最底层，了解底层百姓的挣扎和痛苦，他们是沉默的大多数，他们默默承受着命运和时代强加给他们的一切。我最熟悉这种生活。

我知道因为能力所限，笔力微弱，我写不出什么鸿篇巨制。但是俄国著名作家契诃夫说过，世上有大狗，有小狗，所有的狗都叫，但都按照自己的声音去叫。所以，我能写什么样，就写什么样吧。①

——林中溪（故事写作营第 4、5 期学员）

---

① 林中溪. 50 岁开始写作，我是如何做到单篇稿费 5 000＋的？.（2020－07－27）[2023－08－30]. https：//mp. weixin. qq. com/s/ij8ppESmhbaff3SSR3baKQ.

练习：故事家迷路了吗？读者知道答案

写作如马拉松，如果方向错了，那么越努力只会离目标越远。写作第一步，是重新认识自己，重新定位自己。然而，当局者迷，我们需要邀请更多"旁观者"重新把脉自己的写作方向。

提示：

1. 四道选择题，倾听真实的自己

参照第四节中的四个问题和案例，回答它们。这背后是一个逐步缩小范围的推导过程，一步步放大并倾听内心的真实声音。

（1）我喜欢什么？

（2）我擅长什么？

（3）我能给什么？

（4）我想要什么？

2. 举棋不定？请旁观者来验证

上述四道题，越到后面越难，或举棋不定，或即使通关也心有怀疑。不要急，可以加一层检验，请旁观者来当"军师"。

（1）找"第一读者"。

如果你每次有新作，都想给某个人看，他就是你的第一读者。和他聊聊，展示你对上述四道题的推导过程，听听他的意见，看看他眼中你写得最好的类型，与你的判断是否一致。

（2）试试大数据。

如果你没有第一读者，或你们的意见相左，那么还可以到问答平台求助"大数据"——在每个方向回答一道题，看看哪个更受欢迎。

例如，你在"旅行故事"和"职场故事"中摇摆不定，就到知乎上各找一道该领域的问题（关注数、回答数要相当）来回答，看看哪个回答读者反响最好。

应注意的是，上述步骤都只是引导和辅助，最终写什么，还是取决于你心底的意愿。写作既要悦己，也要悦人，如不悦己，一切都无意义。

学员范例

希望在养老院推广创意写作

未来写什么？现在不太好回答，因为我在工作间隙写，都是写到哪算哪。会写比较贴近生活的文字吧，散文、随笔和小说，现在小说很少写。写不来动辄百万字或几百万字的网络小说，感觉那简直像爬字机器，另外挺厌烦直接标红加粗抛观点的网文，所以自己对在网络上发文章有些抵触，还是倾向于传统写作。

随着人口老龄化，且老龄化人口知识素养越来越高，我觉得创意写作还是很造福社会的，很多人或许可以在后半生通过写作丰富自己的生活。我希望自己首先坚持下来，能证明写作非天授，是可以学习、锻炼的，然后或许以后也可以在创意写作领域兼职。我很期待在像养老院这种机构中看到创意写作，我觉得还是很可能的。

——Mr. Wang（故事写作营第6～14期学员）

导师点评

从优势领域出发，寻找最大公约数

Mr. Wang你好，看到你说未来想加入推广创意写作，尤其是"证明写作非天授，是可以学习、锻炼的"这句话，内心深感振奋。这也是故事写作营正在致力推动的事情，欢迎与我们同行。

我读过你的作品，也听过你的分享，印象最深的是你的全球经历和内心能量。你去过很多国家，结识过世界各地的人，这是非常好的优势，能助你打造核心竞争力。

建议你以此为写作起点和圆心（如海外生活、全球旅行、人文地理等），再逐步外延，尝试更多题材，同时根据读者和市场的反应调整，取其最大公约数，你的写作方向就能在这个过程中逐渐清晰了。

供参考，预祝创作之路顺利、愉快。

——叶伟民

第二章 打破冷启动魔咒

我在提笔写之前，总要给自己提出三个问题：我想写什么，如何写，以及为什么写。

——高尔基

◆ 酿激情、学方法、养习惯

◆ 优质的写作素材从哪里来？

◆ 找到好故事，只需三步

◆ 案例解析：小入口，大宝藏

我第一次为"故事"沉思，是在 2009 年的西安。时值严冬，我在城郊踩着积雪寻找张国。所有媒体都在找他，这个出身陕西农村的外派工程师，干了件很轰动的事——在巴基斯坦遭塔利班绑架，49 天后成功越狱。

是的，塔利班，就是你从电视上看到的恐怖分子。我敢打赌，不管你曾将他们想象得多么青面獠牙，都未必料到全球恐袭故事里会有中国人的身影，而且是手无寸铁地逃出生天。

然而，当张国真的站在我面前时，我只看到了一个失魂落魄的男人。他哆嗦着，频繁往炉子里加煤。但很显然，火焰驱赶不了恐惧。最后，他什么也不干，把头埋进双掌。我也停止发问，将寂静留给烈火、沸水和眼前这个满是故事却无从说起的同龄人。

张国的故事是这样的：2008 年，他以工程师身份被外派至巴基斯坦，一次执行任务时和同事龙晓伟一同遭塔利班绑架。49 天后，二人越狱，最后只有张国一人成功。

我曾在《南方周末：后台》一书中记录过这次寻访。文章开头有我和张国见面的细节：

> 张国开始在我面前掩面抽泣起来，此时我们的访谈才开始了不足 20 分钟。无论我多么小心翼翼地提问，"塔利班"三个字都如芒刺般插进他因恐惧而收缩的大脑皮层。
>
> "不说了行吗？"这个 29 岁的陕西男人用近乎恳求的目光看着我，我似乎要听见他伤口裂开的声音。在一阵难以自持的颤抖过后，张国开始抽烟，咳嗽。
>
> 这是 2009 年 2 月 26 日，一个大雪纷飞的星期四上午，我第一次见到张国——一个被巴基斯坦塔利班绑架了 49 天后成功"越狱"的传奇人物。

　　这个极富个人英雄主义色彩的故事，曾让我在接到选题后保持了相当长时间的兴奋。在飞往西安的飞机上，我开始勾勒对张国的幻想——他会凶猛如史泰龙，冷峻如《越狱》里的迈克尔，还是精明如《肖申克的救赎》里的银行家？事实最终还是嘲笑了我的一厢情愿——当我走进这座位于西安西郊的冰冷廉租房时，它的主人只是一个在重度抑郁症困扰下惶恐不安的农村青年。

　　张国的讲述自然从他的病情说起。他说他害怕睡觉，梦里塔利班士兵会用刀子割他的脖子；他说怕到人多的地方，噪声让他如临大敌；他甚至拒绝了所有朋友的探望，他为过去发生的事感到莫名羞愧。

　　这种混乱的逻辑和畸形的敏感在很大程度上给采访造成了困难。我完全明白对一个抑郁症病人的过去刨根问底是件多么不敬的事情，但职业规范却敦促我去完成一个尽量完美的叙述，在后来的数天时间里，这无论对张国还是我来说，都是一种痛苦。[①]

我不打算马上和盘托出这个故事，因为后面的部分还需要它。接下来，我想向你展示的是，在非虚构作者眼中，写故事就是做工程，既要遵循工序，也要激发创造力。

就像建筑艺术家，奔涌的想象力背后，并非随性任意，而是一以贯之的理性和严谨。**看似恣意挥洒背后，是早已精心设计的蓝图。**

酿激情、学方法、养习惯

新手写作，问题一箩筐：基础差，找不到方向，写出来没地方发……甚是烦扰。老话说"万事开头难"，年轻时拂耳而过，现在回头看，确无半点鸡汤。太多人热血三分钟，就永远倒在起点。

"开头难"之甚者，是冷启动。像原始人擦出第一簇火苗，大亨

---

① 叶伟民. 逃出塔利班的中国第一人//邓科. 南方周末：后台：第三辑. 广州：南方日报出版社，2010：117-118.

当年背着化肥袋走出村口，未来文豪小心翼翼粘好首封投稿信……它们相当折磨人，却意义非凡，带着混沌初开的色彩。

"冷启动"除了难，还有魔咒——**不是过度崇拜天赋，就是过度迷恋努力**，最终两极摇摆，纠结内耗，却总迈不出第一步。

我喜欢搜集作家的起步故事，对村上春树的印象最深。写作前他开酒馆，欠了一屁股债。某个午后，他躺在草地上看棒球赛，喝着啤酒吹着风，突然冒出念头："没准我也能写小说。"

他在自传中这样回忆："似乎有什么东西慢慢地从天空飘然落下，而我摊开双手牢牢接住了它。它何以机缘凑巧落到我的掌心里，我对此一无所知。当时就不甚明白，如今仍莫名所以。理由暂且不论，总之它就这么发生了。"[1]

当晚，他买来纸笔，在后厨写下《且听风吟》，而后获得"群像新人奖"。自此，世界上少了一个酒馆老板，多了一个作家。

这是典型的天才故事，老天爷赏饭吃，学是学不来的。但那"神启瞬间"却值得我们琢磨——看似轻描淡写的背后，实如地幔般炙热。**激情，才是最长效的引信。**

这是我想说的第一点——**酿激情**。这必须是真激情，很多热爱只是错觉，随众或为稻粱谋，而非灵魂的差使。优秀的作者大多是被文字下了"降头"的。

不过，天赋与激情不能解决所有问题，写作终究是技能，而且是可习得的技能。阎连科曾说："如果成为作家是一个楼顶，确实有电梯可以一搭而上。"所谓电梯，就是成熟写作方法与技巧。看书、上课、向高人请教都是途径，并且最好慢练，莫求速成。这是第二点——**学方法**。

第三点就老生常谈了——**养习惯**。最好把写作练成如给手机充电般自然，不写一写当天就不算完。"作家中的劳模"村上春树每天写

---

[1]　村上春树. 我的职业是小说家. 施小炜，译. 海口：南海出版公司，2017：30.

10 页纸，约 4 000 字。灵感充沛也不多一字，早点写完早点歇；文思枯竭也不少一字，大不了晚点吃饭。

写作是长跑，跑得稳比跑得快更重要。要相信时间的力量。哪怕你每天写 500 字，一年也有 18 万字，比起一本书的篇幅也不遑多让。

如果你刚开始写作，那写起来比什么都重要。而今碎片化阅读和学习日盛，随时随地练笔是必须，也是现实。加上手机等移动工具越发智能，练笔更是多了花样。在我看来，从易到难，可分五个阶段建立写作习惯。

（1）**随手记。**无论何时何地，遇到一个好想法、一个有趣的场景、一句动人的话或一段精彩的阅读摘要，都记下来。你会发现，生活原来早就为你建了一座如此丰富的素材库。

（2）**日记。**想到什么写什么，除了能重温人生，更重要的是，知道时间都花在哪了。

（3）**思考片段。**比起前两者，这一类是更深思熟虑的产出，代表你对某件事、某个现象、某个道理、某个观念的看法。它是你思维的投射。你可以给自己设任务，每天写一条并发在社交媒体上。我会在微博发每日微练笔，如图 2-1 所示。

 叶伟民写作
2023-4-21 来自 iPhone客户端

你打算写点什么？这个问题要是放在 30 年前，答案大概会是诗歌、小说或散文。

如今再问，你会发现答案已大不同。笔头的半径在延伸，医生会写诊室奇遇，警察会写破案传奇，CEO会写商业思考，产品经理会写产品哲学……

似乎一切都可以通过写作重塑，在各领域酿造新思想和新语言。写作的创新既在笔下，也在笔外——如果你的经历和职业足够独特，创新就容易得多。

多生活，多体验，永远比拥有多少藏书重要。

图 2-1 我的每日微练笔

（4）**回答问题。**以上是碎片式写作，灵活自由，缺点是不成体系。到此阶段，我建议你尝试写千字文，力求言之有物，言之有理。

如果你仍觉得难以驾驭，可以到问答社区回答擅长的问题。以问题引导思路，同时获得粉丝和创作动力。而且，这些答案改一改，就是一篇主题明确、条理清晰的文章了。我在知乎上会回答一些问题，如图 2 - 2 所示。

新手如何开始练习写作？

 叶伟民
2022 年度新知答主

那就分享一下当年做编辑时带新人入门的方法：四元素写作法，是个蛮有效的"笨"办法。写了很多年特稿，偶得一些话，总是平庸得精彩，比如"好医生都是从病历堆里爬出来的"大概来自某次久远的采访，受访人欲表现其… 阅读全文 ∨

▲ 赞同 1.5 万　　● 310 条评论　　✈ 分享　　★ 收藏　　⚙ 设置

图 2 - 2　我的知乎回答

（5）作品。 写到一定程度，你可能会挑战长文甚至出书，这是更漫长、更耗心力、更需自律的征途。很多作家对写作生涯都有回忆，他们也痛苦过，只是最终留在了书桌旁。

千言万语，无非几句：

在不同阶段做不同的事；

写比不写好；

先写完，再写好；

坚持，已经赢了许多人。

优质的写作素材从哪里来？

发现自身"矿藏"，找到写作领域和方向，启动笔尖并保持运转……如果这些都发生了，那恭喜你，你开始了生命里了不起的时刻，就像远航的巨轮拉响了第一声汽笛。

然而，写作路上不总是浪漫。大多时候，**灵感也是靠不住的。** 如村上春树所说，写作是彻底的个人体力劳动。也就是说，日积月累所带来的回报，要远比偶尔的文思泉涌靠谱得多。我们需要寻找、搜集、积累生活的馈赠，像燕子筑巢般搭建自己的素材库。

无疑，这是笨工作，突击不了，也延宕不得，必须日复一日，永无止境。蒲松龄整部《聊斋志异》就是用茶水换来的。为了搜集素材，他在路边摆茶摊，凡有故事奇闻者，皆免费获饮，整个就是"我有酒，你有故事吗"的古代版，而且他一坐就是二十多年。

两百多年后，这些故事滋润了蒲松龄的山东同乡莫言，后者摘得诺贝尔奖，在演讲中致敬："我们村里的许多人，包括我，都是他（蒲松龄）的传人。"

在积累写作素材上，中外作家都有着惊人的共识。细心搜集一下名人轶事，有几位是值得说道说道的。毛姆从 18 岁开始随手记创作素材，50 年记了 15 大本；莫里哀也差不多，袖筒里藏个笔记本，偷偷记下人们的谈话；易卜生常去咖啡厅，假装看报，暗地里却观察路人；杰克·伦敦想到啥就写在小纸条上，然后贴满房间。

作品大多是作家与时间相伴的结果，靠的是经年累月，而非冲动和急智。而我们的彷徨、痛苦、沮丧乃至放弃，大多来源于过高的目标和对过程的误解。**正确的"写"，是日拱一卒，以时间换空间**，而非总幻想一击即中、一劳永逸。

海量阅读

从广义上说，现代人的阅读量比任何时代的人都要大，不过支撑这个结论的是对话框、朋友圈、手机弹窗和 App 信息流。碎片化阅读是剂迷魂药——好像读了很多，却又脑袋空空。

原因很简单，它们都是信息孤点，相互间没有联系，就像碳酸饮料或奶茶，让你明知无益又难以割舍。想靠这些小屏信息来学会写作，无异于想靠淋雨来学会游泳。

海量阅读不等于阅读一切，还是要**回归到经典读物中来**，也就是那些经历漫长的考验仍熠熠生辉的著作。卡尔维诺在《为什么读经典》一书中有言："经典作品是这样一些书，我们越是道听途说，以为我们懂了，当我们实际读它们，我们就越是觉得它们独特、意想不到和新颖。"[1]

简言之，就是常读常新。经典作品能给予最大密度的智慧和启示，既让人高山仰止，也如涓涓细流般滋养人。这是我们创作的不竭源泉。

再到实操层面，如何发掘积累新选题？如果你是记者或撰稿人，那么大众媒体、社交媒体自不必说，当如一日三餐般规律，它们能帮助你及时捕获一些快选题。此外，优质期刊报纸也不要放过，其内容视野更宽，也更注重叙事深度。

若还有余力，还可以涉猎专业论文、行业期刊、通讯、报告等。如果你关注甚至跑某些条线，那么其相关协会、机构、单位的官网官微也该关注。

只有阅读范围足够广，才能增大发现题材的机会。前述付新华和萤火虫的选题，我就是从一个豆腐块会议信息看到的。当时是在天津某环保论坛，付新华呼吁关注萤火虫生存危机。虽寥寥数句，我却直觉里面有故事，细心保存下来。

即使你是业余创作，多关心时事、多读经典也肯定不会错。比如遇到某篇对你深有启发的作品，就尝试从模仿写起，说不定能助你少走许多弯路。

发展消息源

阅读虽方便，坐一室可知天下，但毕竟是二手信息。在传统媒体时代，发展消息源或"爆料人"是抢占一手信息的做法。它永远不会过时。故事的起点和中心始终是人，各行各业都有消息灵通人士，和他们成为朋友能让你更容易掌握先机。

在报社时，有个老记者特别能打电话。他有个宝贝笔记本，里面

---

[1] 卡尔维诺 . 为什么读经典 . 黄灿然，李桂蜜，译 . 南京：译林出版社，2006：5.

记满了专家、官员、高管、消息人士的电话号码，隔三岔五他就会打一遍。很多头版就是这样聊出来的，还是很让人眼红的独家。

多参加会议、论坛也不错，可以建立关系网和消息渠道。长期保持联系和互动，哪怕简单如朋友圈点赞和留言，混个脸熟也是好的。

即使你不是记者，多交朋友也总不是坏事。2003年普利策特稿奖作品《恩里克的旅程》，讲了一个洪都拉斯少年八次穿越中美洲去美国寻母的黑血故事。这么好的选题是怎么来的呢？作者索尼娅曾回忆，当时她家的钟点工来自洪都拉斯，一天在厨房的闲谈中，对方想起远方的儿子，悲从中来。索尼娅才得知，这副平日热情灿烂的笑脸背后，是一片千疮百孔的土地，还有源源不断走上野兽之旅的少年。她的直觉告诉她，那里面有故事，而且是不一般的故事。

是得来全不费功夫吗？这恰恰就是功夫。走出书斋，多认识人和生活比什么都重要。**好故事不会主动走到你跟前，它藏在生活的漫流里。**你只有成为这长流里的浪花一朵，才可能摸着它泛起的涟漪。

但要注意的是，要以低姿态去交流。这是聊天、请教，不是采访，更不是指点和审问。不要让别人感到有压力，气氛越轻松，收获的惊喜就越多。

记笔记

记录是良好的习惯，更是写作的基本功。我们总是感叹经历平凡，缺乏灵感，总渴望奇遇降临。殊不知每一天都是馈赠，只是需要我们沙里淘金。笔记，就是用来定格转瞬即逝的生活闪光的。

在记笔记这件事上，不只是今人，古人就很拼。像白居易，在书斋里摆满陶罐，每天把所见所闻所感写下来，投进去，每隔一段时间再倒出来，整理成篇。同是唐代诗人的李贺，随身带着布袋，灵感一来，就写成小纸条放进去。

前面提过的毛姆，也是个笔记狂人。他记得是如此详细，最后还整理出书。在《作家笔记》里，他回忆一生，觉得多亏了当年的烂笔头：

> 看到让你眼前一亮的东西，你就把它记录下来；原本你心中意识流延绵不断，阻塞了脑海，这个记录过程就能让你把这个事物分离出来，或许还能让你牢牢地记住它。我们都有过不错的想法，有过真切的感受，本觉得将来应该能用得上，但我们太懒了，不做记录，最终把它们忘了个精光。[①]

1920 年代，毛姆来到中国，原本打算写本游记，结果笔记记得极详细。后来他放弃写书，直接出版笔记，就是后来的《在中国屏风上》。

还有更多这样的作家。果戈理绝对能称霸笔记界，你大概可以把他想象为一个文字"松鼠症"患者。他有一本叫"万宝全书"的大笔记本，天文地理、风俗民情、趣闻轶事……就连和朋友吃饭的菜谱，也照单全收。

此外，达·芬奇、契诃夫、托尔斯泰、莫里哀、杰克·伦敦、纳博科夫都是各式各样的"笔记狂魔"。如果你觉得这些都太远，那再看看眼下的高效人士——很多企业家和学者都是"笔记控"，比尔·盖茨、巴菲特、理查德·布兰森、经济学家威廉·贝弗里奇等都有随身携带笔记本的习惯。

他们通过书写和记录，搜集整理漫散的信息和思绪，再提炼新知，内化为智慧。这就是他们终身学习的诀窍之一。

总之，**随手记是最灵活、门槛最低的素材积累法**，一个本子或一部手机就够了。随手记又可分"泛记"和"有主题地记"。前者是你不确定未来还会写什么，就把生活的馈赠先照单全收；后者是你知道当下要写什么，例如一本科幻小说、游记或健身指南，从而有针对性地积累。我电脑中整理的笔记如图 2-3 所示。

---

① 毛姆. 作家笔记. 陈德志，陈星，译. 上海：上海译文出版社，2015：7.

【笔记】人

【路人】地铁上的人
【老伴】一对老夫妻和两颗柚子
【孩子】地铁自觉罚站小男孩
【怪人】麦当劳讨食物妈妈
【老人】大兜路迷路老人
【大妈】广碧要塑料袋的阿婆
【公司】助理Linda小姐
【外国人】杭州亚运会上的阿富汗…
【矛盾】善良和笨
【奇葩】上海外滩的丝巾大妈和独…
【油腻】上海停车场的找车哥
【打饭姐姐】41楼那个咋咋呼呼的…
【搬运工】老板娘和四个面包
【中年】电梯里的口哨程序员

影帝为我加油

去加油，像往常一样在车内按开油箱盖：“92，200。”正开门，那头一声“雌……”，又长又响，像深海章鱼同时拧开十罐大可乐。

循声望去，加油工挤着左眼，用手揉了又揉，委屈得像油箱刚抽了他一记耳光。加油工黑且瘦，长得处处袖珍，唯独门牙大得吓人，感觉昂一昂头就能犁地。

“哎呀，这油气太大了，滋滋往外喷，把我眼睛都糊住了。”

“不能吧？头一回听说油箱还喷气。”我说。

“温度高，车也老了，汽油燃烧不充分。”大门牙开始捅排气管，竖起黑巧克力似的手指，“老弟你看，这积炭，刮下来够刷一面墙了。”

他成功引起我对座驾的怀疑。十年老车，兢兢业业，腿脚有力，没想到先闹起了肚子。下个月又得续保，换轮胎，大保养，大几千银子等着呐，怕不是医了头，又痛了脚……

“车老如人老，该补就补。”大门牙一嗓门把我嗷醒，“加瓶东西，去去积炭就好了。”

图 2－3　我的部分笔记

建立个人资料库

仅仅积累是不够的。素材的出现是杂乱且无规律的，分门别类整理就显得非常重要。就像工厂，仓库物料井然有序，才能清楚家底并迅速调用。没有归类、关联的素材只是死信息。

那整理什么，又如何整理呢？这个问题好像不言而喻又似是而非，很多人甚至从来没想过。对材料整理的本质不想透，就会导致很多无用功。

在纸媒仍统治信息传播时，曾流行剪报，这就是早期的材料搜集整理术。从报纸上剪下豆腐块，分门别类贴进笔记本。日后调用，循着标签开卷立得。

可见，标签很重要，或者说，**整理的本质就是材料的标签化。**拿什么做“标签”很重要，也很自由，可以按不同的关键词来设立文件夹。如果是日常积累，标签就可以大点，如文学、哲学、历史、经济、商业、电影、音乐等；如果是具体选题操作，那么章节、小标题、时间、空间、人物、问题等都可以。你甚至可以根据自己的习惯和需要，创建一套自己的标签。图 2－4 所示的是我的部分电子笔记标签。

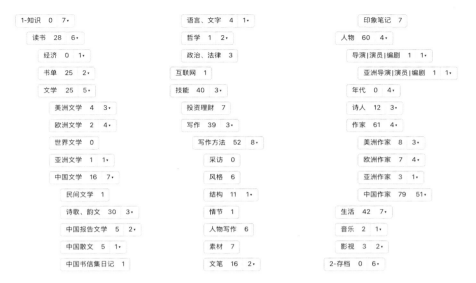

图 2 - 4 我的部分电子笔记标签

很多写作者都有独创的资料整理法。《〈华尔街日报〉是如何讲故事的》的作者威廉·E. 布隆代尔，就在书中介绍了"6 个盒子整理法"，即以历史、范围、原因、影响、反作用、未来为标签整理采访记录。总之，最能帮助你组织和推动叙事的，就是好标签。（关于如何用笔记软件打造个人资料库，请详见第十章。）

如果把写作比作练拳脚，积累素材就是扎马步，须功在平日，大浪淘沙般从生活的漫流中发现潜在选题，同时延伸触角，充实"弹药库"。待真正提笔上阵时，可调动的消息源和素材才足够丰富，才能厚积薄发，信手拈来。反之，关门空想，所读所见所闻只是匆匆过眼，灵感也不会凭空光顾，无事可写，无话可说，写作者就会陷入恶性循环，最终不得不缴械投降。

找到好故事，只需三步

我的写作课上有许多迷茫的人，他们怀着巨大的热情和自信，却总遭打击。L 就是其中一位。他常向我诉苦："我常常会写哭自己，但是别人看来却毫无波澜，有时候甚至还有点尴尬。"

这样的学员还不少。我非常理解他们，至少我还是新手的时候，也干过不少傻事。我也遭遇过类似的苦恼：一些精心创作的故事发表后，满怀期待却等来寂静或挑刺；另一些无心之作，却收获赞誉不断。

是的，我曾经也和你一样，实在弄不懂读者到底喜欢什么，为什么他们有时候冷漠无情，有时候扭头便走，有时候又泪流不止。

不管承不承认，写作多少有些自恋作祟。对世界、对他人说点什么，收获触动、共鸣乃至艳羡，终究是件美好的事情。不过，作家的长成，却是从降服自恋开始的，起码在文字上是这样。

一个生物学观点让我对此越发认同——人类在驯化万物的同时，也在自我驯化。简单说，人类祖先结束了荒蛮故事，群聚而居，面孔变得扁平，攻击性被潜藏，共同遵守某些文化规制。有科学家认为：自我驯化是人类进化的关键，因为个体间更容易协作和理解。

这个结论很有意思。写作也类似，我们在驯化语言的同时，也在驯化内心。写作是自由的，但不绝对。成熟的作者，纵然情绪汹涌决堤，也要手执缰绳，心有路径。否则，便成了应激反应的奴隶。

自怜和自嗨这两个坑

但凡有过写作经历的人，大多曾掉进过两个坑：自怜和自嗨。或沉湎于小情绪，或莫名激昂，自我感动得不要不要的，便以为完成了文学的任务。对于这些幼稚病，卡尔维诺是吐过槽的："这些年我一直提醒自己一件事情，千万不要自己感动自己。人难免天生有自怜的情绪，唯有时刻保持清醒，才能看清真正的价值在哪里。"

写作让人着魔，越是这样，清醒的头脑才越难得。曾有学员发来习作，这是位小伙子。他在介绍创作背景时几乎声泪俱下，大意是人生路上，幸得一大姐，一路上包容相助，他才得以走过风雨。再看其作，果不其然，通篇是感慨、感激、感叹，见情不见事，见感不见理。

这就尴尬了。如果是感谢信，那这么写倒也无可厚非。但若是写给大众看的，就属自怜和自嗨了。作者没有从个体经历延伸到公共经验，也没有从个人情感上升至公共情感，读者自然不知所云，更别说共情或共鸣了。

所以，对写作者来说，换位思考非常必要，只需自问一个问题：人家不打游戏不躺着，为啥要花时间来看我写的东西呢？回答好这个问题，"自怜和自嗨"两兄弟就能被关进笼子里。答案也不复杂，即上一章提过的四个"有"：**必须让读者有所得（有用），有所乐（有趣），有所感（共情）或有所悟（道理）。**

定选题的学问大多在此。写作之旅，起点可以非常个人或细微，但要往宽处走，往更多人的最大公约数走，尽力拓宽故事半径，收揽进一些"大东西"。这些"大东西"，既可以是社会问题、群体困境、精神迷失、文明危机，也可以是隽永的道理，如伦理、善恶、真伪、是非、价值观等。

非如此不可！如果你自觉写作已深陷流水账和碎碎念的泥潭，那么大多是因为从未推开那扇通往宽处的门，自己把自己写"小"了。

情节、问题、意义

说了这么多，该到实操了。判断一个选题，有很多方法，我个人推荐三段法，即"情节—问题—意义"，如图 2-5 所示。

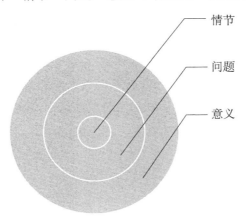

情节

问题

意义

图 2-5　选题研判三段法

如果把定选题比作闯关，以上三段就是大关。它们是半径依次扩大的同心圆。一个选题若能穿透到底，就如打过十八铜人阵，可以下山了。而围绕"情节—问题—意义"的研判，可以简化为三个问题。

1. 情节：事件的发展变化精彩吗？

从叙事美学看，事件的发展变化是否冲突丰富、跌宕起伏、逻辑自洽、细节饱满？里面的人物是否有困境？他抗争了吗？结果如何？……

2. 问题：对现实有批判或关怀吗？

事件大小不要紧，但要有延伸，背景要辽阔，且有代表性和公共性。这样，叙事半径就拓宽了，选题也将超越个案，事关你我他。这也是读者读下去的动力，因为它可能发生在任何一个人身上。像道德危机、公共治理、食品安全、城乡二元、贫困差距等，都是当下被高频关注的问题。

3. 意义：思想足够深刻隽永吗？

在情节和问题之外，选题还要能传递一些深刻的道理，甚至具有哲学色彩和终极意义的思辨。它们事关世界与人生的"根问题"，值得永世探索，比如人性、善恶、平等、伦理、极权、人类命运等。

如果一个选题能闯过以上三关（起码闯过两关），就算成立了。这不仅适用于叙事性作品，对于更多类型的写作来说，"问题"和"意义"的标尺同样重要。

可能有人在心里喊了：化简为繁，不服！不过，简单是写作的表现形式之一，但写作却不只是为了简单。这一点，王尔德说得比我好："艺术的目的不是简单的真实，而是复杂的美。"

这是诸多艺术形式都在遵循的东西。例如电影，《卢旺达饭店》是我的心头爱，它根据真人真事改编。我们可以用"三段法"来检验一下。

情节：一个饭店经理在卢旺达大屠杀中挽救 1 268 名难民的历史

片段。

问题：战争、种族仇恨、屠杀——现代文明之耻和黑暗篇章。

意义：在那片嗜血荒漠中，这位小经理成为唯一的人性闪光处，让我们重新审视人性又最终不绝望于人性。

这个故事完整穿透了以上三层，不仅展现了一段史实，还有宏大、深刻和复杂的延伸，因而也具备了艺术之美。

再来看曹筠武的特稿《系统》[①]，它一直是新闻写作的范本之一。同样，我们将三个"同心圆"模型与之对照。

情节：玩家在网络游戏《征途》中的奇幻经历。

问题：游戏设计者通过金钱、权力、杀戮的刺激，控制和奴役玩家。

意义：人性的弱点和"丛林社会"的缩影。如本文编辑李海鹏所言："在本质上，《系统》是一篇关于极权资本主义的报道。"

在其发表的 2007 年，写这款游戏的作品不少，但最终被记住的不多。《系统》之所以是其一，与它更具雄心的探索密不可分。

情节还是思想，总得有一样

好选题是需要顶层设计的。而找不到好选题，借口可能很多，原因无非两类："看不见"和"看见了而不知"。

有人看到，有人看清，有人看透，这个决定了选题设计的境界，也决定了同一个东西，有人写成小学作文，有人却能写成经典。

例如，去过地坛的人千千万，但唯有史铁生的《我与地坛》，对一个老园子里的寻常日子赋予了如此曼妙的哲思：

> 地坛离我家很近。或者说我家离地坛很近。总之，只好认为这是缘分。地坛在我出生前四百多年就坐落在那儿了，而自从我的祖母年轻时带着我父亲来到北京，就一直住在离它不远的地

---

① 可扫描本书后折口二维码，在拓展阅读资源里阅读全文。

方——五十多年间搬过几次家。可搬来搬去总是在它周围，而且是越搬离它越近了。我常觉得这中间有着宿命的味道：仿佛这古园就是为了等我，而历尽沧桑在那儿等待了四百多年。①

情节、问题、意义，这"铁杆三兄弟"互牵互合互进，组成了丰富的选题光谱。通过不同的排列组合，我们能得到从表征到内核均迥异的作品。

如果只有情节，无问题、无意义，便大多是琐事绯闻，来得快去得快；如果有情节、有问题，无（弱）意义，那么就是调查报道；如果情节、问题相对较弱而意义较强，即类似《我与地坛》这样的思想随笔、散文。

如果把"问题"视作某种批判精神，那么我们还能得到一个更简化的结论：上乘的选题，**要不情节取胜，要不思想取胜，总得有一样**。那些白开水、裹脚布式的文章，大多是写作者不得要领，在选题研判里迷了路。

案例解析：小入口，大宝藏

时隔多年，我还记得那个和编辑讨论一场中学生历史征文比赛的夜晚。我们并非关心文学或忧心教育，而是琢磨：它到底是不是好选题？

可能有人要掩面摇头了：浅水一摊，费这劲干吗？有这种想法的不在少数，从某些消息稿的标题就能看出来，大概如"中学生写史升温，忆苦思甜创未来"此类，套路生硬，堆砌口号，散发着懒惰和僵化的气息。

我们为之可惜，觉得里面应该有更多东西。纵使我们尚不清楚那是什么，但一些不安分的念头已泛起。我决定联系主办方，随即收到

---

① 史铁生. 我与地坛. 北京：人民文学出版社，2011：1.

近千篇作品。

作者都是中学生，大多是 90 后甚至 95 后。时值 2011 年，即使最小的 90 后也开始上初中了。这仅仅是一代人的年轮吗？还是新社会学概念的亮相？他们与历史相遇，又是怎样一番波诡云谲……

读着少年的家史，推演着背后的时代映照，一个选题的研判之旅就开始了。

写作的任务之一，是从纷繁浩瀚的表象里提炼人生的真相。就如穿越大洋、徒步沙漠，乍看每个方向都行，但如果把前路交给运气，等着你的就可能是巨浪和沙尘暴。老舵手和骆驼客不会这样做，他们无论观天、看地、测月，都是在提前避险，降低试错成本，祈求一路坦途。

2011 年，我在《南方周末》发表了特稿《写历史，九零后有话说》[1]。选题线索寻常且偶然——一场中学生征文比赛。然而，小切口里常常藏着大图景，需要一层一层剥开且借助有效的分析模型。

当时我就是用"情节—问题—意义"这"三个同心圆理论"来做立意分析。以下将通过拆解这一案例，还原选题研判的详细过程。

情节够精彩吗？好奇心会为你指路

有些选题显而易见，如大事件、灾难、极端气候、大案、战争等，大开大合，但毕竟是小概率事件，就如露在地表的金矿，虽俯首可拾，却不常有。大多数故事如璞玉，内里价值连城，外看却如粗石，识别它们不能仅靠运气。

当时摆在我眼前的"中学生写史"就是此类选题，看似寻常，细思辽阔，就像一扇暗门，摸着了，里面可是大草原。也正因为其隐蔽，大量案头工作是少不了的，就像 20 世纪的淘金客，翻遍河床，

① 叶伟民. 写历史，九零后有话说. 南方周末，2011 - 11 - 24.

才可能摸着那丁点让人疯狂的东西。

在看完近千篇参赛作品后，我注意到一个高二学生的自述，他叫雷宗兴，做了这么一件事：

他和外婆感情很好，无话不说，唯独每每问及祖上，老人总是言辞闪烁，自叹"出身不好"。这个 90 后很困惑，又去问太公（外婆的叔叔），结果对方一字不吐，还叫他"别乱问"。

老一辈到底藏着什么秘密？雷宗兴更好奇了。他先在家族内调查，得知祖上曾出过"汉奸"——外婆的爷爷郭葆琳，民国时当过大官，却成了此后几代人的"黑历史"。如今时隔半个多世纪，早已无人提及，但老一辈仍抬不起头。

雷宗兴决意弄清真相。他通过网络搜索，查史料、文献、论文库、旧档案和二手书，得出结论：郭家高祖郭葆琳是近代科学功臣，不是反动派。

雷宗兴把这些不解和努力，写成《被找回的家族记忆》，以少年之眼记录了一次寻根之旅。

很多地方语焉不详，情节也不甚完整，我却看出了好故事的轮廓，因为好奇心会为我指路：

（1）郭葆琳是怎样从大学者变成"反动派"的，半个多世纪来，其家族经历了什么……

（2）孩子的困惑无畏，祖辈的沉默惊惶，都有过哪些较量，谁胜谁负……

（3）当新技术遇上思想枷锁，孩子如何突破一层层障碍，打开历史的黑匣子……

（4）孩子揭开真相后，家族接受吗？老人又有何变化……

疑问如豆子在我脑中乱蹦。这些让人欲罢不能的"信息坑"，正是好情节的召唤。而只有情节精彩，故事才可能冲突丰富、跌宕起伏、逻辑自洽、细节饱满。

相反，如果你自觉一眼望穿、乏味无趣，排除个人喜恶等因素，这样的选题可能就要出局了。

问题够重大吗？超越个案，抵达共性

闯过情节关，选题就击穿第一层标准了。别高兴得太早，明星绯闻、猎奇野史、小道消息也很精彩，但它们值得写吗？浅薄之事，消遣尚可，难登纸墨。

真正的好故事，是能对抗时间的，因此对其筛选要更严苛。"问题"是第二只拦路虎，即：故事背后是否有公共价值？它是否足够重大？是否与多数人相关？是否影响我们的社会与生活？例如，道德危机、公共治理、食品安全、城乡二元、贫富差距等，都是当下被高频关注的问题。

对于"中学生写史"一事，在了解完基本事实后，我开始预采访，与主办方、老师、历史教育者、社会学者、调研机构等电话交流，目的是找到个案背后的"大问题"。在预采访中，我至少意识到以下几点：

（1）21 世纪以来，公民写史已成为全球浪潮。

（2）历史课堂教育保守滞后，年青一代面临历史认知危机。

（3）90 后是互联网原住民，已有部分人对课本外的历史产生兴趣并自觉探索。

我还获得了更多细节：雷宗兴的外婆叫郭庆萍，她的爷爷郭葆琳是大学者和政要，母亲马玉芬曾是演员，和上官云珠、胡蝶等名流交情颇深……雷宗兴像闯进迷宫，既兴奋又艰难，为此研究了数个昼夜。

这是没有历史包袱的一代，他们比父辈更抽离、更客观乃至更勇敢地正视往事，他们也是时代进步的新起点和新浪潮。选题挖掘至此，已超越个案，抵达共性，最终对现实有所批判，有所关怀。

意义够深远吗？世界与人生的根问题

闯过"情节"和"问题"两关，选题就基本成立了。不过，要打通关，还有更大的挑战在等候，那就是"意义"，即探寻在故事和问题之外，作品是否还能传递些普适的道理，甚至更具哲学色彩的思辨。它们事关世界与人生的"根问题"，值得永世探索，比如人性、善恶、平等、伦理、极权、人类命运等。

至于雷宗兴，他最终破解了家族历史谜团。事实上，郭葆琳早已得到公正的历史评价，他的著作仍在流传，一些科研机构和高校也尊其为中国农业科学的先行者。只是家中老人从不知晓，年复一年活在纸枷锁之中。

在预采访后期，一个细节敲开了最后一扇窗。雷宗兴问外婆："您当时就住洋楼坐汽车，要是拼爹的话，我还比不上您呢，您怎么老说出身不好呢？"

这个小冲突太棒了，微言大义，把历史推至历史观。这不就是"一切真历史都是当代史"的克罗齐命题的具体写照吗？这意味着，选题已从现实层面上升至哲学层面——"意义"立起来了！

就是它了！至此，选题不仅预判成立，还得到以下采写方向。

情节：一群 90 后追寻并揭开家族历史的真相。

问题：历史课堂教育保守滞后，年青一代面临历史认知危机。

意义：我们该如何对待历史，推动史观进步？

带着它们，我就可以出发了。当然，而后的采访会不断印证或修正这个方向，但无论变数几何，我始终知道要去哪。就像深谋远虑的水手，任凭风起浪涌，只要头顶有星空，心中有罗盘，就不惧迷途。

练习：三步画出设计图，为选题注入灵魂

　　故事无立意，就像人没有了灵魂。写故事，也绝不仅仅是罗列事件，更重要的是挖掘背后的思想。只有立意深刻，作品才真正反映时代、思索时代。

　　请参照本章第三节的"三步选题法"和案例，给你最心仪或准备写的选题画个设计图。

　　提示：

　　1. 情节：事件的发展变化精彩吗？

　　用一句话概括这个故事，并且使它尽量吸引人。例如"两位中国工程师被塔利班绑架，其中一位徒手逃出生天的 160 天"，或者"相隔 2 000 公里的高考：一个北京女孩和一个农村女孩的人生冲刺"。

　　不管情节更侧重外在冲突还是内在冲突，把握准反差点是关键。一定要打磨好这句话，它代表你是否真正清楚自己到底要写什么。

　　2. 问题：对现实有批判或关怀吗？

　　换位到读者角度，替他们回答这个问题：这个故事和我有什么关系？这要求我们的选题不能是个案，而是某个公共问题的切面或时代的投影。

　　3. 意义：思想足够深刻隽永吗？

　　不管情节多么精彩，批判多么有力，故事最终还是要落到人身上。要想作品隽永，就要尝试回答更深远的问题：故事背后要传递什么道理，展现什么样的人性？

学 员 范 例

晚到 30 年的芭蕾课

　　我希望写自己练芭蕾的故事，因为它是我人生的一个侧面。芭蕾

契合我的个性，加强我的个人品质，是塑造我人生的一股力量。

故事本身是我年轻时学芭蕾，因为政审没通过，没有走上专业道路。30年后重新拾起，依然热爱，且功力不减。以退休年龄为界，普通人无所事事，官员们倍感失落，精英们还在追名逐利，芭蕾习练者（虽然写的只是我自己，但确有一些人）追随自己的心愿，与多数人形成对比。

更深一层的意义在于如何对待生命，如何绽放生命，怎样追求美好，追求自由，追求上帝赋予个人的价值。

——陈苑苑（故事写作营第8～11期学员）

导师点评

寓理于事，以小见大

苑苑你好。仅仅是你对梦想的坚持，这个故事就让人期待。何况这不是简单的重拾少年梦的故事范式，里面有对人生和时代的观照。芭蕾舞只是入口，它很小，但背后所关联的历史切面却很宏大。我们有理由相信，这将是个不错的故事胚子。

听完你在课堂上的分享，尤感你人生经历的丰富和跌宕。写作最宝贵的财富之一是见识与阅历，你比他人更有优势写好这个选题。万不可将其写小了，尤其在"问题"和"意义"层面，要用学舞这件事为针线，把时代的变迁、现实的观察和个人的思考串起来，寓理于事，以小见大。

最后一段提炼得很好，有李煜"万顷波中得自由"的味道。你笔下的人生，如能写尽艰辛，终达洒脱，则立意更超然，价值更隽永。期待佳作。

——叶伟民

第三章　玩转故事结构，做时空魔法师

作家好比一个建筑工程师，要设计一座大的城市建造，他将先确定一条中轴线，然后各种建筑群围绕中轴线星罗棋布，疏密得体，而每一个建筑群中又自成一个完整的布局。

——姚雪垠

- ◆ 叙事的蓝图
- ◆ 真实的重构，重构的真实
- ◆ 玩转结构，先要玩转时间
- ◆ 常见的基本结构类型剖析

几经定位和寻找，你可能已经找到适合自己的写作方向，也挖掘出了不错的选题。此时你如踌躇满志的将军，站立高岗，沙场点兵，望着无垠大地，准备大干一场。

不过，任何工程都有工序，还得准备原材料。非虚构写作既然要还原真实，细节自然无法虚构得来，那采访、材料搜集、整理等环节也就无法回避，只是不同类型对此的需求程度略有不同。比如自传、游记、随笔、散文等，写的都是亲历之事，就无须过多采访，但仍需做材料整理、细节求证等补充工作；如果写的是人物传记、群体回忆录、特稿、历史著作等，故事都在别处，采访和材料处理就必不可少，否则"真实"就无从谈起了。

正因为不同写作者对采访的需求各异，我将采访、调查、材料处理等内容整合为"工具箱"，放在后面的第九、十章，供自行参考。无论如何，案头工作还是多比少好，它将直接影响结构、情节设计等后续环节的质量。

在我的课堂上，既不做案头也不做设计、急着下笔的人不在少数。他们摩拳擦掌，雄心万丈，恨不得下一刻就要飞起来。有些学员迅速完成初稿，快得连自己都吓着了，然后喜滋滋地交了作业。然而，世事吊诡，事情太顺利，往往藏着魔鬼。

不出所料，批改作业时，我看到的不是故事，而是事无巨细的交代、铺陈堆叠的材料、漫漫洒洒的细节，还有那筋脉尽碎的逻辑。他们大多忘记了情节，或者不知道如何展开情节，放任思路胡乱游走，写到哪是哪，最终在碎碎念中迷了路，再也绕不出来。

这些垮掉的作品，均无视故事的内部支撑。**世间万物，大至宇宙星体，小至原子分子，能恒定运行至今，首在结构的稳固。而结构的**形式，又决定了世界的样子。无论你喜不喜欢，抱不抱怨，它就在那里，如太阳东升、水往低流那般不可撼动。

这个定律，故事也逃不脱。就像再特立独行的建筑师也不敢造悬浮的宫殿，写作者也不能凌驾于结构之上，靠掷骰子或看心情安排情节——毕竟，我们的作品是写给读者看的，而非写给抽屉封藏的。

数千年来，经创作者尝试探索和大众审美筛选，一些结构方式沉淀下来，成为故事创作中绕不开的金科玉律。**码字和码砖一个道理，心无版图，都是纸糊。**近百年前，梁启超就说过："文章一部分是结构，一部分是修辞。前者名文章结构学，后者名修辞学。"

结构就是这么硬核。它代表着行文的全局观，让情节更坚固，让冲突更剧烈，让结局更迷人，无论虚构还是非虚构，概莫能外。

叙事的蓝图

流水账是故事的敌人。出门前照了照镜子，买的煎饼果子有多辣，坐公交车怎么挤，撞见熟人又聊了什么……结果，读者都睡着了，你仗剑屠龙的高光时刻却还没出来。

叙事混乱，大概如此，以致好端端的戏剧冲突被糟蹋。结构就是来解决这个问题的。**如果故事是大楼，结构就是蓝图；如果故事是交响乐，结构就是指挥；如果故事是探险，结构就是向导。**

结构：情节的时空编排艺术

那究竟什么是结构呢？罗伯特·麦基在《故事》里这样说："结构是对人物生活故事中一系列事件的选择，这种选择将事件组合成一个具有战略意义的序列，以激发特定而具体的情感，并表达一种特定而具体的人生观。"[①]

这个定义有三个关键词：选择、战略、情感。它们既是递进，也

---

① 麦基. 故事：材质·结构·风格和银幕剧作的原理. 周铁东，译. 天津：天津人民出版社，2014：30.

是因果。**写作不等于生活，**不能有闻必录，需要取舍，而这些精选后的事件，可以通过有意识的排列组合，激发读者的某种情感和观念。

如果你嫌这个解析文绉绉的话，普林斯顿大学教授约翰·麦克菲（非虚构作家何伟的老师）的说法可能更实用些，他在专著里花了相当长的篇幅谈结构，无奈精彩却漫散，我尝试帮他提炼一下——**结构是事件在时间和空间编排上的艺术。**

换句话说，**结构反映与解决的，是情节的时空关系。**

在我的课堂上，结构是让学员常感困惑的一环。部分人压根无此概念，还有部分人则将之与其他元素，如素材、节奏、风格等混淆。某次课后辅导，我用建筑做了以下类比：

> 结构就是"柱梁"。是卯榫结构，还是框架结构，还是砖混结构，还是泥砖结构，只是形式上的不同，背后要遵循共同的法则。结构不会是随意或任意的，因为地球在限制我们。任何结构都要以抵抗万有引力，让房子不能倒塌为目的。所以，无论我们去到地球哪个角落，也无论那里的建筑看起来多么迥异，拆开里面柱子横梁一看，基本结构都是一样的。故事结构也是一样，看似千变万化，其实都有底层框架。

> 素材好比建筑材料。无论是水泥，还是大理石，还是烧土，还是竹子、木头，都是附在"结构"外层的东西。哪里用水泥，哪里用木头，哪里用大理石，哪里用竹子，建筑师会做出选择。配搭合理，房子才是艺术品，不然用水泥瞎抹一遍，就丑到家了。

> 至于节奏，就更细致具体了。大理石墙转角弧度怎么设计，连廊两边的竹子如何相映……行走其中，才会觉出别有洞天、心旷神怡。

> 最后是风格，那就是所有元素综合展现的结果。这个是巴洛克风格，那个是罗马风格，那个是古典主义风格……因线条、色彩、对称等元素运用上的差异，而呈现出不同的派别特征。但你

从外往里一层层扒，会发现美的建筑都是相似的，它们结构合理，线条优美，布局巧妙……既有共同交集，也有各自独创，所有这些构成了我们这个多姿多彩的世界。

——节选自第 8 期故事写作营某次课后讨论

三幕式：最坚固的元结构

刚才说过，结构就像宫殿柱梁，再雕龙画凤，也要遵循万有引力定律。同理，结构要支撑并处理叙事的次序，也一定存在最基础的模型。这个模型极其简约，且早已被我们熟知，大概是小学作文的常识——**开头、发展、结尾**，也称**"三幕式结构"**，最早能追溯到亚里士多德那里去。

这三幕可换个更形象的说法：开头、混乱、结尾。一开始（第一幕），人物要产生欲望或陷入困境，于是采取行动，不可逆转地开启冲突（第二幕）；然而情况越来越糟，引发最后的对抗（第三幕），人物迎来结局，或许赢了，或许输了，也或许是开放答案。只有经此跌宕，故事才完整，戏剧冲突的力量才得以完全释放。

更简单点说，**第一幕遇到问题，第二幕尝试解决问题，第三幕解决（或未解决）问题**。

就像"两点之间线段最短"之于几何学，以三幕式结构为基座，从戏剧、小说到电影，人类叙事艺术才得以有今日之繁荣。这是前人试错并总结了几千年的规律，世界各国都通用。中国古时的"起承转合"，与三幕式结构亦是殊途同归。极简三幕式结构如图 3-1 所示。

为什么是三幕式结构，而非四幕五幕？又为什么只有它能成为元结构？我也曾经想过这个问题，后来在美国畅销书作家詹姆斯·斯科特·贝尔的《超级结构》一书中找到了答案：

我们天生被设定为用三幕的方式接受事物，大自然就是按照这种方式设置的。

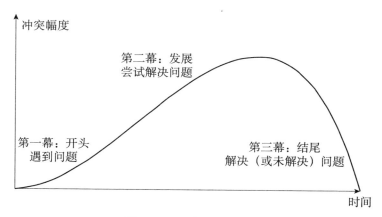

图 3 - 1　极简三幕式结构

　　我们出生后都会拥有一个儿童期（第一幕）。我们把最多的时间用于成人期（第二幕）。如果我们拥有一个漫长且完整的人生，我们会在第三幕时进入生命的黄昏期。

　　我们在早上开始一天的生活，起床，喝咖啡（如果我们没有这么做，就是把第一幕搞砸了），为那一天余下的时光做好准备。如果我们从事的是全职工作，我们就会把一天的大部分时间用于工作（第二幕）。我们可能会出去享受快乐的闲暇时光，这是到第三幕了，我们在那里放松一下，然后去睡觉……

　　他们（读者）天生就是这样接受事物的。①

　　故事家坚信，**三幕式结构就是最底层、最坚固的结构**。不管你喜不喜欢，是否觉得老套，它都真实存在，因为大众脑中的"审美代码"早已写好。谁是这个程序员不重要，重要的是它已然如此。

真实的重构，重构的真实

　　明确了三幕式结构的地位，变化、糅合、创新就成为可能。虽然

---

　　① 贝尔.超级结构：解锁故事能量的钥匙.李安，译.北京：中国人民大学出版社，2019：18 - 20.

现在有观点反对三幕式结构，觉得其守旧，束缚想象力，但我觉得，时间早已做出选择。就像猪牛羊鸡鸭鹅，它们是人类祖先经上万年选择、饲养、驯化而成的基础食材，无所谓老不老土，而且只需在烹调方式上创新，老食材也能有新滋味，甚至变化万千。

故事结构也一样，**三幕式是基准点**，提供了稳定的三角。而时间、空间、人物、主线等，就是辅材与火候，帮助炮制出诸多滋味。纷繁无常只是表面的，剥开内里，依旧万变不离其宗。

结构这一课，相对其他环节要抽象，难倒了不少人。但有意思的是，有些学员跳出理论框架，换个角度去思考，倒也有了新的发现。一位学员在群里分享：

> 昨天去理发，我抱怨耳朵旁边的头发总是翘起来，理发师把两侧里面的头发从耳朵上方剪短，说这样外面的头发就内卷，不会外翘了。然后师傅解释说，我要说明一下，这就是剪发的"结构"。

我觉得很有趣，觉得万事万物总能找到相通之处。我在群里开玩笑说："师傅说得很好，简直是 Tony 界的思想者。"

为什么我觉得结构这部分难讲又难学呢？主要是过去课堂教育过于应试，结构也被讲成了八股，例如什么总分式、并列式、递进式、对照式等等。简单的记叙文或议论文还能应付，一旦遇到复杂情节，就难以招架了。

因此，我们要**摆脱旧经验，回归底层规律**，从三幕式的元结构出发，掌握万千作品背后那些变与不变的部分，终而认清结构的牢固、灵活与精妙。

拿好准绳，扔掉镣铐

在很长时间里，我们谈结构，基本是指以小说为代表的虚构写作。确实，虚构文学的历史要悠久得多，探索积累了众多方法技巧。非虚构写作兴起后，便逐渐走进前者的武器库，拿起就用。之所以能兼容，是因为它们有交集——故事。

2019 年，我受邀到"澎湃·复旦"非虚构工作坊讲课，在课上打了个比方：如果要造一匹木马，我们有两种方法。一是把木料搅碎，倒进模具制马；二是找来一整块木头，把马雕出来。两者的区别是，前者是从零到一造马，无中生有，这是虚构；后者是把多余的部分去掉，"有"中再生"有"，这是非虚构。

我们先做极限假设：如果前者工艺足够先进，木料搅碎再生，做到和原木无异，而后者木头纹理均匀，无洞无裂，且大小足够，那么用两种方法造出来的马，你能分辨出来吗？

如果存在绝对理想的条件，那么确实难以分辨，但是在现实中这是不可能的。在结构上，非虚构既有优势又有短板：优势自然是真实，容易激发代入感，但短板也是真实，我们不可能像小说那样天马行空，把情节捏扁搓圆。

然而，**真实不是非虚构的镣铐，而是准绳**。对现实的僵化理解和对事件顺序的盲目遵从，才是镣铐。我们要守卫真实，但不代表我们要把它写成档案。那不是创作，那只是记录。

生活是好导演，却不是好编剧。既然选择了写非虚构，那么这个"编剧"工作作者责无旁贷。我们大可"拿来主义"，从虚构写作中取经，既保证原材料的真实，又运用抽取、提炼、重组、浓缩、拉长等情节编排手段。只有这样，我们才可以一手拿好准绳，一手扔掉镣铐。

到底什么是情节？

前面说过，非虚构可以借鉴虚构文学的结构设计技巧，而结构的本质是情节的编排，我们在这里有必要将相关定义和原理说清楚。

首先，什么是情节？或者说，我们常说这个故事的情节很好，到底是什么好呢？这个情节很打动我，那又是什么打动我呢？

可能有人说，那不就是矛盾冲突、悬念反转等带来的情感反应吗？不算错，但仍然太模糊。我们还要追问，这些元素里一定有某些共通的东西在悄悄起作用，构建我们的阅读审美，从而约束作者既不能胡乱堆叠事件，又不能唯唯诺诺写成流水账。

于是，有人将情节定义为事件的组织和排列策略。写作导师詹姆斯·斯科特·贝尔就有类似的概括："会发生什么事"就是情节。

不过，英国小说家福斯特对情节的比喻似乎更加通透：国王死了，然后王后也死了，这是故事（或事件）；国王死了，王后因为伤心而死，这是情节。

这个观点影响了后世许多作家。我们将例子剖开来："国王死了，然后王后也死了"只解决了"然后呢"的疑问，而"国王死了，王后因为伤心而死"不仅解决了"然后呢"，还解决了"为什么"。也就是说，后者不但呈现了事件的顺序，还揭示了事件之间的因果关系。我们可以推导出等式：

情节＝然后呢＋为什么

这两个疑问相互接力，推动情节发展，最终越跑越快，迈向高潮。这很像武器"飞石索"——人类最古老的远射器具。绳子两头各绑一块石头，猎手抛出后，石头相互牵拉旋转，最远能飞百米，击中或缠绕野兽。

类似道理，"然后呢"和"为什么"就是这样相互绞合、牵拉、推动，组成情节的内部应力，让其不可逆转地往前走，画出情节线。就像在地球上扔出石块必定会画出抛物线，合理的情节线也总是相似的，**大众审美就是故事里的万有引力**，它能保证情节走在最稳固的"三幕式结构"上。

从情节线到结构

"情节线"很重要，既展现情节的组织和发展，又是故事结构的直观反映。画好情节线不难，就是让事件沿三幕式曲线排列分布。有人曾总结出若干步骤，串起来就是完整的情节线。

例如，中国台湾作家许荣哲在《小说课（贰）》中，就通过七个问题，把情节线快速勾勒出来（如图3-2所示）。

问题一：主人公的**"目标"**是什么？

问题二：他的**"阻碍"**是什么？

问题三：他如何**"努力"**？

问题四：**"结果"**如何？（通常是不好的结果。）

问题五：如果结果不理想，代表努力无效，那么，有超越努力的**"意外"**可以改变这一切吗？

问题六：意外发生，情节如何**"转弯"**？

问题七：最后的**"结局"**是什么？

把上面的七个问题简化之后，就可以得到故事的公式：

1. 目标→2. 阻碍→3. 努力→4. 结果→5. 意外→6. 转弯→7. 结局①

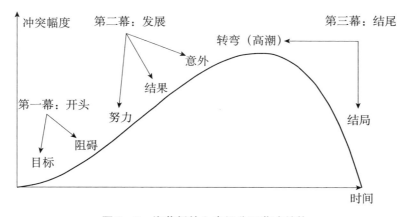

图3-2　许荣哲的七步细分三幕式结构

前面说过，非虚构写作要以"真实"为准绳，情节只能挖掘，不能凭空设计，其发展自然不会这么严丝合缝。但是，这套流程却为真

————————

① 许荣哲. 小说课（贰）：偷故事的人. 北京：中信出版社，2016：4.

实情节的拆解重构提供了模型。

换句话说，事起三更，我可以从五更开始写，还可以闪回到二更。这样现实世界的事件顺序就被打破了，有了结构上的二次创作，但是丝毫不影响重构后元件的真实性。非虚构写作的真实性和文学性也就能共存并进，既拿好准绳，又扔掉镣铐，最终实现"真实的重构"和"重构的真实"。

根雕的启示：随物赋形，因势造型

通过拆解情节和三幕式结构，我们可以看到虚构故事得以稳固和精彩的密码，其中大部分能为非虚构写作所借鉴。不过，非虚构的铁律值得一再啰唆——真实。作者可以遴选、删减，但不能凭空添加。**我们的目标，是想尽办法从真实里最大限度地提炼戏剧冲突。**

无须觉得戒律多多，也无须悲观，因为真实会补偿你。我们都有这样的经历，听到一个令人震撼的故事，如果得知是小说，会感慨，会唏嘘，但总觉得有些远；如果知道是真事，下一秒鸡皮疙瘩就起来了——前者你知道是假的，而后者你会在潜意识里自我代入。

打个更具体的比方，如果虚构是浇铸，那非虚构就是根雕。前者可以通过脑洞大开的模具制造各种艺术品，我们会感叹其想象力；后者则是顺势而为，我们会佩服大自然的鬼斧神工和匠人的巧思妙手。这是两种创作逻辑，也是两种审美体系。

根雕和非虚构写作虽然听起来风马牛不相及，但创作哲学却甚为相通——它们都是天然存在、自然生长的东西。树根深埋于地下，形态千千万，就像世间百态。但正如不是每个树根都能成为艺术品，不是每件事都有书写的价值。必须是那些像花鸟走兽、外形传神的树根，才有再创造加工的价值。

根雕讲究"三分人工，七分天成"，**不凭空添加，只把多余的部分去掉。**根雕的哲学在于随物赋形，因势造型，妙在似与不似之间。

这也是非虚构写作在结构设计上的原则：既不能扭曲捏造事实来

硬套情节模型，也不能死守自然顺序写成流水账。而"似与不似之间"恰恰提供了广阔灵活的地带，让真实故事找到既不违背现实又冲突丰富的结构，继而为叙事服务，就像每双脚都找到合适的鞋。三幕式结构的"变种"如图 3-3 所示。

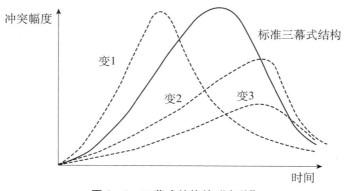

图 3-3　三幕式结构的"变种"

上图是极简的模拟，以展示非虚构写作结构设计与理想模型的异同关系。复杂故事还能通过增加情节线实现多线叙事。也就是说，**通过控制情节线，我们就能玩转故事结构。**

这也是上文我们说的"结构反映与解决的，是情节的时空关系"的具体内涵。而在时空关系里，时间对结构的影响更为主导，我们对时间的感知也更为直接。

玩转结构，先要玩转时间

我大学读的是物理，虽然最终移情新闻，但多少带走了一些吹牛的资本。例如和妻子去看《星际穿越》等烧脑片，能聊聊时间这怪物，以及速度越快，引力越大，时间也越慢。妻子的反应也是有趣：这么说，时间就像面团了，能拉长压扁剁碎，开心了还能缠个麻花。

这大白话倒是启发了我：既然时间本身都能如此多变，那为什么我们笔下的故事却如流水账般呆头呆脑呢？

这些年，我看过不少这样的作品，它们的作者如忠诚的书记员，写得分秒不差、事无巨细，既空耗纸笔又折磨读者，更糟糕的是，这样的文章留不住。

如果说结构本质上是处理情节的编排问题，那时间就是其基座。虽然人类尚不能自由控制时间，但作家可以，而且**他必须是时空魔法师。**

先写什么，后写什么，少写什么，多写什么，如何设计时间线……这些问题寻常却让人迷惘，原因无非是情节变化太多，可选择的方法太多，就像要在条条大路中选一条去罗马般令人挠头。

然而，再文无定法，写作也不至于像掷骰子。乱花迷人眼，深处定有枝干挺立。只要摸着它们，大概就不会迷路了。

拉长紧张段落，"折磨"读者

生活是个好导演，却不是个好编剧，因而情节常比小说还精彩，编排得却漫不经心。作家的使命就是从日复一日无尽的漫流中，捕捉戏剧性因素，展露一些真相，传递一些道理。

故事绝不是克隆生活，而是对矛盾冲突的提炼和重构。要完全理解这一点并非易事，活在当下，最舒适的状态自然是有啥说啥。我们人生第一篇作文可能是这样开始的：小明去春游，上午游地坛，中午做游戏，下午野炊，晚上唱歌……标准的流水账。但别小看这故事，如果说一切灾难的根源都是人们不好好待在家里，那世间故事大多是"小明春游"的变种。

电影《127 小时》就是这样一个"小明春游"的故事，不过不是去地坛，而是去峡谷，讲述登山家艾朗·罗斯顿失足被石头压住 5 天 5 夜，最终断臂求生的传奇经历。

这部电影从片名即散发出秒针滴答的紧迫感。时间在这里是坐标，是记录，更是象征。127 小时成了一把剃刀，一点点削去艾朗的骄傲和轻狂。一个自觉无所不能的追风者，却被自然无情羞辱——你自以为越过了千山万水，其实什么也没有征服。

在决意用钝刀断臂前，艾朗对人生的反省到达高峰：从宇宙洪荒，这块石头就在等他，而他的一生，也都是为了此刻。他脑子里不再是远方，而是家人、恋人和朋友……

这段痛苦的"拉锯"在影片里被极大拉长，像放在显微镜下寸进。场景、细节、动作、心理都被充分渲染和释放，千方百计"折磨"观众。

詹姆斯·斯科特·贝尔对如何吸引读者读下去有两个心得：**一是拉长紧张段落；二是提高付出的代价**。前者又分为拉长实际紧张段落和拉长心理紧张段落，"千万别让他（角色）好过"。

《127小时》两者都做到了，还因为"拉"得太狠，外加断臂一幕过于真实，在多伦多电影节公映时吓晕过现场观众。

此外，对时间的截取同样重要。新手容易掉进一个坑——对时间大包大揽，无论什么题材，也不管猴年马月的事，总能摊大饼整个通史。让他写《127小时》，能从艾朗3岁滚泥巴写起；他笔下的《长安十二时辰》，恨不得写成千年古都志。作者一旦对时间失去主张，也就失去了对叙事的统治，反成时间的奴隶。

插叙、闪回、时间线

截取、拉长、压缩……做到这些还不足以完全驯服时间，更难的在于排序。

沿时间线叙事，无论对作者还是对读者，都是最符合本能的方式。我们可称之为**"单时间线"**结构，即从头到尾，把来龙去脉写清楚，适用于情节集中且变化剧烈的题材，例如灾难、球赛、战争的即时现场。

约翰·麦克菲曾写过："时间顺序和主题之间，似乎总存在相当大的紧张关系，而时间顺序往往获胜。"这句话既肯定了顺叙的强大，又暗示了某种局限性。

故事和时间强相关，但不是铁板一块，有时甚至缺乏默契。假设

《倚天屠龙记》里的火工头陀在谷底苦练 20 年，终于打败张三丰，该如何写这个故事呢？

先写个 20 年练功史，最后两段留给复仇成功？读者不会答应，这相当于让他们先打 20 分钟哈欠，才等来可能精彩的 20 秒。

当叙事任务变得复杂，"单时间线"就捉襟见肘了。很多年后，麦克菲也对顺叙感到乏味和困惑，他渴望找到一种能跳出单向时间的结构。

1967 年，他采访了美国大都会艺术博物馆馆长霍温。对方涉猎极广，艺术史众多事件和现象都与其相关。从他出生写起吗？那一定是在无数主题间游离，很散很乱。

后来，他找到了**"双（多）时间线"**结构。就像"交叉臂"，一条聚焦当下（或主题），例如霍温如何从愤怒青年成为世界顶级博物馆馆长；另一条回首过去，从霍温漫长的人生中寻找答案。两条线交叉行进，不时通过回忆、场景、物件、对话等关联交会。

这样的好处是，主题更聚焦，因果更清晰，还能在时间的跃迁中，避免平铺直叙。

在电影里，这又叫**插叙和闪回**。《萨利机长》就是典型的"双时间线"结构，讲述了 2009 年全美航空 1549 号航班迫降哈德逊河的事件。按理，如此惊险的故事用"单时间线"结构就挺好，完全可以打造为"最后一秒拯救世界"的好莱坞式灾难片。

但导演克林特·伊斯特伍德做了另一种选择，使用了"双时间线"结构：把主线放在迫降后对萨利的听证调查上，在一片反英雄的质疑声中，不断闪回到迫降过程，一步步拼贴出全部事实。

不得不说，这番另辟蹊径带来某种"高级感"，让英雄超越单纯的救星色彩，落在对信仰和价值的坚守上，并激发深刻的思辨。这背后，时间线的运用、叙事的创新功不可没。

时间七十二变

不仅仅是结构，时间在写作中还有很多应用。正如许荣哲所说：

"在小说里，时间可以倒着走，前滚翻，后空跳……像孙悟空的七十二变一样。"

例如，**用时间来做标记**，像鼓点般推动故事发展。1979 年普利策特稿奖获奖作品《凯利太太的妖怪》，就是以时间为"锚点"，用几近统一的句式营造紧迫感："时间是 6 点 30 分……时针指向 12 点 29 分……现在是 1 点 06 分……1 点 43 分，一切都结束了。"

时间还能用来转场，或者说过渡。很多作品衔接生硬，部分原因是没有用好时间这个介质。村上春树的《挪威的森林》以客机着陆开篇，"我"回想起和直子的旧时光。作家写道：

> 即使在经历过十八度春秋的今天，我仍可真切地记起那片草地的风景。连日温馨的霏霏细雨，将夏日的尘埃冲洗无余。①

两个时空，悄无声息地完成转换，就像高手跳水，水花最少，掌声最响。而随着当下穿越、玄幻等题材的流行和进化，时间的武器库正变得越发琳琅满目。

运用时间，除了分分秒秒量化的部分，终究要思索时间流逝的本质。这一点，我最服亨德里克·威廉·房龙，在《人类的故事》序言中，他回忆少年时和叔叔爬老教堂塔顶，突然看见大时钟的场景：

> 我看见了时间的心脏。我听见秒针急速沉重的脉搏：一秒、两秒、三秒，一直到六十秒。接着突然咔嚓一颤，所有的齿轮似乎停顿了一下，又一分钟从永恒中被斩落。②

最后一句，让人头皮发麻，心茫茫然。

常见的基本结构类型剖析

"无论理解还是运用，结构都是最难的，简直让人抓狂。"每期故

---

① 村上春树. 挪威的森林. 林少华，译. 上海：上海译文出版社，2007：4.
② 房龙. 人类的故事. 邓嘉宛，译. 天津：天津人民出版社，2017：2.

事写作营结束后，我总能听到这样的自嘲（或吐槽）。事实也是这样，很多结营作品虽经逐寸打磨，但结构依旧软塌塌，就像大象长了副老鼠的骨架。

好的结构应该外柔内刚，外隐内显，越是激烈处越不着痕迹。好比我们走进宫殿，惊叹于雕栏玉砌，却不曾想过眼前盛景全赖几根柱子拼死抵抗地球的引力。对读者来说，结构在阅读体验上必须顺滑无感，最好像不存在一样。而无声无形背后，却是苦心孤诣。不得不说，纸面纸背的世界，永远冰火两重天。

结构之难，原因非常多。首先在于应试作文与实际创作的割裂，我们的语文课依然志在解题，很多方法也只在试卷上生存，无论是总分、并列、对照，还是顺叙、倒叙、插叙，都只能应付小短文，篇幅一长又一团乱麻了，直接套用没有意义。

其次，文章结构尤其是故事结构，无论学界还是业界，分解标准、定义都有差异，由此衍生出多种表述方式和分析模型，过多考究会身陷其中，学理有余而应用不足。

最后是我在教学中真切感受到的。结构是情节的设计图，越直观越好，但是过去很多书籍和课程仍以文字讲解居多，就像用电话介绍照片，讲了东忘了西，既不具象，也不全面。

于是，我在故事写作营课上开发了视觉化的结构讲解方式——**用情节线画出故事全貌**，相当于结构透视图；同时总结出若干结构基础类型，相当于模板。作者动笔前，选好模板，对应提炼节点信息，故事结构就出来了。就像自驾前设计路线，输入起点、终点和沿途条件，导航图就出来了。

在介绍这些基础类型结构前，我们先来回顾一下本章的要点，它们是接下来这套图示结构法的设计基础。

（1）结构的本质是情节的时空编排。

（2）三幕式结构是最基础、最小的结构单位。

（3）情节＝然后呢＋为什么，其沿三幕式排列，组成情节线。

（4）情节线经组合编排，就得出故事结构图。

（5）时间是结构里最自由、最有想象力的变量。

（6）非虚构写作因真实性所限，只能因势造型，趋近理想结构。

从这六个基准法则出发，结合目前常见的故事类型和叙事方法，可以得到**三大类基础结构：线性结构、板块结构、逻辑结构**。它们又**具体细分为六种模式：单线式、平行式、交叉式、对比式、并列式、剥洋葱式**。常见的基本结构类型如图 3-4 所示。

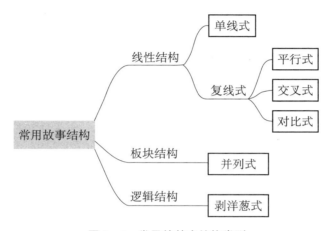

图 3-4　常见的基本结构类型

线性结构

先说第一类线性结构。这可谓最常见的结构类型，因为时间是衡量事物发展的重要标尺，同时沿时间脉络捋清事实、理解因果，也是人脑最熟悉的认知模式。

因此，我们用 X 轴表示时间，用 Y 轴表示冲突幅度，就可以用情节线画出线性结构图。线性结构按照情节线的数量又分为单线式和复线式。

1. 单线式

先来说单线式。这是故事结构的极简模式，即将事件或人物按照时间顺序一一道来，或者说从头到尾把来龙去脉写清楚。叙述开始后，只有一条线索贯穿始终，没有旁枝侧叶，情节步步推进、环环相扣，单向行进至结尾。

这也是我们生活中最常用的叙事结构，比如遇到急事和朋友说，一时语无伦次，对方都会安慰："别急，从头开始慢慢讲。"可见，单线结构既符合日常交流习惯，也最无理解门槛。它的结构图也最简单，和前述的三幕式结构图基本一致，如图3-5所示。

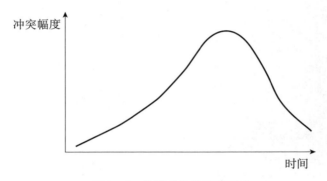

图 3-5 单线式结构示意图

我的作品《伊力亚的归途》就是典型的单线式结构，记录了被父亲诱拐行窃的孩子伊力亚，在死亡胁迫和母亲召唤的交织中，逃亡万里重回故土的故事。因为它的情节足够精彩，冲突足够剧烈，所以按时间顺序来写，可如顺流而下般自然。例如文中写孩子们离家的片段：

> 1999年夏末，艾力回来了。他在"口里"认识了几个人，并在怂恿下动了坏脑筋——找孩子到内地"办事"。1980年代艾力的那次闯"口里"以失败告终，他沦为小偷，每月获利两三百元，比教授还多。他非常了解这个行当的暴利，这一次他把目光投向两个儿子。
>
> 艾力在学校门外拦住了伊力亚，说带他去玩，随即把他抱上一辆面包车。伊力亚什么都没带，只有一张从书包里抽出的妈妈的照片。

他见到了哥哥热依木。在欢喜和不安的交杂中，两个小男孩坐着火车一路往东，穿越塔里木盆地和天山山脉，进入水草丰美的河西走廊。这是他们第一次离开千里戈壁，但恐惧却取代了新奇——车上的面孔变得越来越东方，"他们盯着我们，好像要把我们吃掉，我害怕得两天没有合眼"。

伊力亚跟着爸爸经上海进入浙江某市。他惊叹于那里宏伟的建筑、汹涌的车流和璀璨的霓虹。在一个灯火辉煌的购物广场品尝完一碗牛肉面后，他感觉来到了一个新的世界。[①]

以上情节，没有跳跃，也没有分叉，遵循事件发展的自然顺序。纵观全文，不难列出其三幕式结构。

第一幕：伊力亚被父亲诱骗到内地行窃，失去自由。

第二幕：因不堪凌辱和思念母亲，伊力亚出逃，历尽惊险几近丧命。

第三幕：一名警察救了他，伊力亚最终回归故里与母亲相聚。

2. 复线式

单线式结构虽然简单易懂，但也不是万金油。如果选题涉及的人物较多、时间跨度较大、事件交错复杂，单线式结构就难以应付了。如果强行使用，按先来后到逐一出场，估计背景还没介绍完，读者已经睡着了。关于这个弊端，在本章第三节有过详细剖析和举例。

针对这种情况，我们就要请出复线式结构了。所谓复线式结构，是用两条或两条以上的情节线来叙事，从而实现选取、编排矛盾冲突，滤掉冗余，让情节更凝聚、更紧凑，并在线索跃迁中获得动感。

这就好像多角戏，一个一个唱太无聊，一起唱又闹哄哄，于是定主角、配角、龙套，有唱有和，有呼有应，观众才看得过瘾。

而根据情节线的相互关系，**复线式结构又可以分为三类：平行**

---

① 叶伟民. 伊力亚的归途. 南方周末，2011 - 06 - 24.

式、交叉式、对比式。为简化表述，以下均以双线为例，多线情况则以此类推。

（1）**平行式**。平行式结构是指两条（或多条）情节线各自独立发展，相互间没有交集。故事中的人物（或事件、空间）像两条平行线，彼此看不见、无接触，作者用某种隐性的关联将他（它）们"串"在一起，表达抽象深刻的立意。其结构如图 3-6 所示。

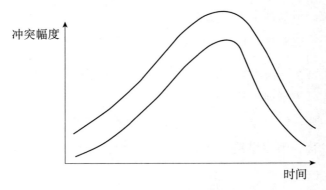

图 3-6　平行式结构示意图

比如你想写一部科普作品，介绍地球的南北两极，用平行式结构就不错。北极一条线，南极一条线，它们隔了整个地球，各自孤独，绝无相交可能，但它们也有很多共同点，例如极寒，有极昼极夜，冰雪遍地，淡水丰富，各有特色生物……你可以用南北极两支科考队的经历为情节线，他们既有类似的研究，也有迥异的遭遇，你只需沿着他们各自的工作进展来写，不时镜头切换，话分两头，从而超越空间的隔绝，实现叙事的统一。

我写过一篇科学非虚构作品《制造"爱情工厂"：假如丘比特是个程序员》，记录在全球单身浪潮下，算法和大数据正在介入爱情，成为新的丘比特之箭。我在相亲软件中几经寻找，最终锁定了两个有故事的人——洛杉矶的麦克金雷和北京的阿云，一男一女，一西一中，既有反差也有互补。他们的故事是这样开始的：

　　五年前，洛杉矶的麦克金雷和北京的阿云都是孤独的人。前者 35 岁，是加州大学的数学博士，常年待在实验室。23 岁的阿云刚离开故乡安徽，孤悬异地，是一名网站编辑。

他们都用 OkCupid，一款基于算法的相亲网站。

在婚恋市场上，麦克金雷是个十足的失败者，身材干瘦、头发稀少，相亲网站的收件箱永远是空的。阿云对婚姻倒没有那么着急，她刚迷上攀岩，若能找到一个愿意和她悬在峭壁上看蓝天的伴儿，也是不错。

……………

数学博士麦克金雷却栽在了这道"数学题"上，他的答案如"怪咖"般不受欢迎。在有近 10 万名女性使用 OkCupid 的洛杉矶，他的匹配结果很可悲。系统为他推荐了数十个"般配"的女性，麦克金雷非常认真地给她们发了自我介绍，但毫无回音。

在北京的阿云，因为是女生，而且很阳光健康，收到的搭讪会多一些，其中一位显示与她匹配度高达 94%。她很高兴，决定回应。对方是个外国人，虽然阿云并不守旧，但没聊几句还是被吓着了——对方提出玩"Cyber Sex"（网络性爱）。

"这是我最讨厌的类型。"阿云感到被冒犯，"但机器却看好我们。"

很可惜，他们最后没有在一起，和我最初的目标有出入，但眼看截稿时间将至，他们的故事又实在不错，于是我用双主角和平行式结构，沿着"爱情难题—人造缘分—人变成齿轮—回归本真"的框架串起他们的爱情历险，直至他们的"脱单"结局：

麦克金雷也几乎要放弃了，他已经约会了 87 次，仍一无所获。他觉得一切计算手段，在雨果所说的"比天空更宏大"的人类内心面前，如投入深海的细沙，毫无波澜。

然而，一个叫克莉丝汀的亚裔姑娘这时出现了。她发来问候信，说正在加州大学读艺术，希望能找到一个身高 180cm 左右、长着蓝眼睛的家伙。最后，OkCupid 给她推荐了麦克金雷，匹配度 91%。

到了见面的时间，当麦克金雷走进双方约好的寿司店，见到克莉丝汀，一种前所未有的电光火石般的感觉在心中迸裂。他们从书籍谈到了音乐，麦克金雷还把他的"爱情算法"和盘托出。

"这事儿确实有些神经质。"克莉丝汀说，"不过我喜欢。"

阿云的另一段故事也开始了。她越来越爱攀岩，也越来越讨厌大城市。2015 年，她辞职去了大理，后经朋友介绍，遇到了来自加拿大的攀岩向导德恩。德恩当时很穷，衣服上都是破洞，但他很善良，会毫不犹豫地帮街边小贩捡散落的东西。

像麦克金雷的寿司店奇遇那样，阿云也被一种毫无因由的触电感俘获。他们相爱了，在此后的一年多时间里，他们开着德恩爷爷留下的老爷车，穿越北美，白天攀岩，晚上睡车里，没钱时还要捡超市的过期食品。

"相比我身边的网上情缘，我们会更珍惜彼此。"阿云说，"因为它来得更真实，更强烈，无法像一个虚拟账号那样轻易删除。"

麦克金雷和阿云只是数亿网络相亲人群的缩影。技术和人类情感的关系也进入人文学者的研究列表。虽然互联网婚介已成为一门全球好生意，但学者们的主流观点是，不必担心爱情像芭比娃娃那样被复制。

"计算机不可能有感情。"麻省理工学院精神分析学家雪莉·特克尔在她的《群体性孤独》一书中说，"我们只有设身处地为对方考虑，通过生老病死、婚丧嫁娶等相同的人类体验建立彼此间的联系，我们的感情才具有真实性。"

在一次媒体采访中，麦克金雷和克莉丝汀也就这个问题争论过。麦克金雷仍为他的算法沾沾自喜，克莉丝汀却不同意，她认为算法只是他们故事的前传，真正的挑战是从相遇之后开始的。

"你没有找到我，是我找到了你。"克莉丝汀敲着男友的手肘说。麦克金雷思考良久，最终承认她是对的。①

麦克金雷和阿云至今不认识，但在算法与爱情的隐性关联下，通过平行式结构组成了完整的故事。

（2）交叉式。学过几何的都知道，两条线不是平行就是相交。同理，复线式结构除了平行式，还有交叉式，指两条（或多条）情节线紧密相关，交叉缠绕发展，最终得到共同或不同的结局。更形象点说，交叉式结构示意图就像麻花，作者有策略地通过交叉点转换跃迁，保证不同的情节线相互作用，齐头并进，如图 3-7 所示。

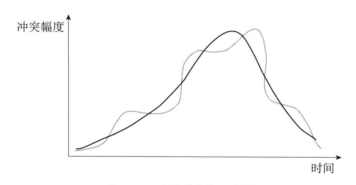

图 3-7　交叉式结构示意图

情节线之间的定位相对灵活，既可以定一条为主线，其他为副线，也可以双主线甚至三主线配多副线，要根据故事的复杂程度来定。

我的特稿《身陷塔利班：中国工程师生死"越狱"》就采用了双线交叉式结构，主线是援巴工程师张国，副线是他的同事龙晓伟。这是根据他们在故事中的"戏份"决定的。二人被塔利班绑架，徒手逃生，中途失散，张最后成功越狱，龙中途被捕，又关了几个月。相比之下，前者的经历更为传奇，适合当主线无疑。我们以两位工程师的

---

① 叶伟民. 制造"爱情工厂"：假如丘比特是个程序员.（2017-12-04）[2023-08-30]. https://mp.weixin.qq.com/s/IJEnWw-FuIlXzHJ2T4FPow. 可扫描本书后折口二维码，在拓展阅读资源里阅读全文。

一段逃生场景为例：

夜出奇的黑，两个奔向自由的身影穿梭在山谷丛林中。脚步声惊动了一群狼狗，两人慌不择路，带刺的灌木钩破衣服，留下血痕。

大约跑了一个小时后，在一个拐弯处，张国踩着一块圆石滑倒了，右腿膝盖首先着地，一阵刺痛让他跪地不起。缓过神时，龙晓伟已不见踪影。张国往前追了一段后又返程寻找，他不敢喊对方名字，学了鸡叫又学狗吠，但始终没有回应。"他可能已在前头。"张国判断，于是他拖着伤腿，穿过灌木丛，跑进一片梯田。

而另一边的龙晓伟也在做着相似的努力，他在原地等了30分钟，又往前追了两个小时，始终不见对方。两人彻底走散了。

事实上，两人当时并没有隔多远，他们失散的拐弯处是一条分岔口，黑暗遮蔽了方向，龙选了往下走，而张却选了往上，像分别走在扇形的两条半径上，再也无法重合。

凌晨2时左右，身后响起了喊叫声，灯光也亮了起来。龙晓伟被搅乱了心神，他从山坡高处跳到一栋民宅的屋顶上，脚下一滑，摔了下来，腿断了。

密集的枪声随即响了起来，还有狗吠人声。龙晓伟第一反应是张国遇难了，他趴在地上，往枪响的方向叩了三个响头："最初是我提议逃的，却让人家把命给搭上了。"

而在山的另一边的张国也听到了枪声，他同样以为是对方遭遇不测，同样跪下磕头："我该怎么向人家父母交代呢？"

这个误会在不同程度上打击了两个男人的信心，但已经无法回头。站在高处的张国依然朝着灯光的方向前进，而龙晓伟只能拖着断腿匍匐爬向前方的村子。

当他敲开一户农户的木门时，却后悔莫及地发现，前面站着一个拿对讲机的塔利班士兵。

张国的膝伤也越来越严重，后来只能走一段爬一段了。身上的巴袍被划成了絮条状，手肘和膝盖也血肉模糊。接近黎明时分，他在最后一个山顶终于看到了灯火已阑珊的城镇。[①]

可见，和平行式结构不同，交叉式结构的两条情节线是交错行进的，你中有我，我中有你，不时通过关联点（或物）切换镜头，避免先讲完一个再讲一个的割裂感。

（3）对比式。还有一种复线式结构——对比式。严格来说，对比式结构可以视作平行式结构的特殊形式，只不过副（暗）线存在的目的是与主线形成反差，通过烘托、对比等手法突出主线的寓意。对比式结构示意图如图 3-8 所示。

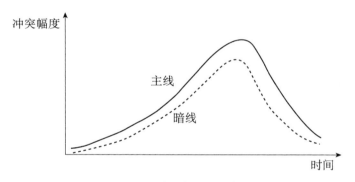

图 3-8 对比式结构示意图

我的作品《父亲的 66 号公路》用的就是对比式结构。这是我写父亲的故事，在工厂破产倒闭后，他用朴素的乡土商业逻辑带领我们一家走出泥潭。时值移动互联网兴起，我发现父亲的所想所为竟无意对接上了小城外的喧嚣世界。

如果我用单线叙事，只写父亲如何努力翻身，那是绝无新意的。于是我引入一条暗线——光怪陆离的互联网思维变迁史，与对此一无所知的父亲形成对比。

---

① 叶伟民. 身陷塔利班：中国工程师生死"越狱". 南方周末，2009-03-04. 可扫描本书后折口二维码，在拓展阅读资源里阅读全文。

我是故事的观察者，发现父亲脱困的每一步，都与某个商业新概念对应上了。在一波接一波的意外和冷幽默后，我终于明白：不要被一时捧上神坛的新东西迷惑了双眼，在任何时代都要尊重规律，回归本质。因而，我表面写的是父亲的创业故事，却一直通过与外面的世界对照对比，用反差来制造戏剧性。例如以下段落：

在我爸意外击中"痛点"的 2011 年，中国移动互联网大戏正极其魔幻地开幕，"互联网思维"攀上神坛，广受膜拜。各色人等争抢解释权，整个国家都洋溢着创业的荷尔蒙。

我也在不久后离开纸媒投身互联网，出任一个移动资讯软件的总编辑。起初，我很享受与移动互联的蜜月，痴迷于弯绕夸张的表达和各种语不惊人死不休的故事，好像那是通往美丽新世界的入场券。

我家所在的小城因为行政级别过低而得以隔绝（或者幸免），这里就是一个放大的乡村。熟人社会是互联网的天敌，买手机还找朋友介绍，叫外卖还是打电话，找家政就去劳务市场。在我爸那一代，会聊 QQ 已成为聪明和极具开拓精神的象征。

由于供求关系和目标人群摸得准，我爸的产品大受追捧。他的经营策略归结起来就是一条：垂直细分，对精准人群做标准化精品。

例如，他瞄准月薪 2 000 至 3 000 元的白领，房间设施一应俱全，从晾衣架到网线全方位打包解决"县漂"群体的各项需求，月租从 300 元至 600 元不等。

我爸还雇了两名口齿伶俐的大妈在商业地段做"地推"，第一批接到传单的年轻人走出他们的旧村舍和砖混楼，住了进来，然后将充满惊喜的体验散播到他们的车间、销售专柜和微信朋友圈。

更多年轻人闻讯而至，需求飙升，我爸继续贷款铺规模。由于单位面积小（20 平方米左右），房源易取且集中（大多是空置的职工宿舍），在一年多的时间里他的公寓规模滚至近 300 间。

　　这不就是小米手机的"单品海量"和社交营销的翻版吗？到处都是"专注、极致、口碑、快"的影子啊。"你这是向雷布斯靠拢的节奏吗？"我问。我爸抬了一下眼睛："谁啊？不认识。"然后又将头埋进报纸。[①]

对比暗线的加入，把这个老式故事翻了个新，也让小个体与大时代产生关联，从而把立意推高，带来远超故事本身的思考。

复线式结构为叙事注入了更多变化和可能，但我们应该时刻谨慎，**结构是工具，不是目的，更不是炫技**。在保证故事完整的前提下，选取的情节线越少越好，越聚焦越好，此外还应主副分明，详略得当。

我的建议是：主线最好不超过三条。人的注意力是有限的，线索过多，苦了读者，也累了自己，最终导致形式大于内容。

板块结构

在线性结构中，情节线无论是平行、相交还是有更复杂的发散或缠绕，相互间始终具备连续性。就像水系，支流再复杂也有干流贯穿。

但如果我们要写一条河和一座山呢？线性结构就不太胜任了，因为河和山是并列关系而非线性关系。这时候我们就可以用板块结构来组织叙事。所谓板块结构，就是将情节按不同的人物、时间、地点、事件、现象、主题等分为若干部分，板块间联系较松散，可以独立成篇，可以调换顺序，不构成"起承转合"的关系，因此表现在结构图上，与线性结构有所不同，如图 3-9 所示。

板块结构也可称为并列结构。对于主题比较宏大宽泛、偏观察记录的创作而言，板块结构就是不错的选择。像李娟的《阿勒泰的角落》，用纯净素美的语言记录了自己和家人在阿勒泰山区开半流动杂

---

　　① 叶伟民．父亲的 66 号公路．（2016 - 01 - 06）［2023 - 08 - 30］．https://mp. weixin. qq. com/s/BROmG8QKwjPyzGs6M5zgrA. 可扫描本书后折口二维码，在拓展阅读资源里阅读全文。

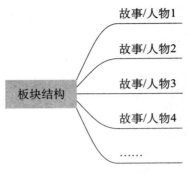

图 3-9　板块结构示意图

货铺和裁缝店的往事，一共写了 34 个小故事，相互之间没有严格的时间次序和强关联。作者以地域为标，分为"在喀吾图""在巴拉尔茨""在沙依横布拉克""在桥头""在红土地"五个章节，相互间构成并列关系。

还有诺贝尔奖得主、非虚构作家阿列克谢耶维奇的复调写作，记录了战火中平凡人的故事。她用访谈的形式，让受访者自由言说，编为历史长河里寂寂无闻者的合唱。这一个个故事，相互间也可视作并列结构。

值得一提的是，个体言说是非虚构写作非常重要的命题，过去课本里如"××二三事"就属此类。我入职媒体时，编辑会给新记者一些经典作品来模仿学习，其中一篇我至今仍记得——《四个乡村教师的现实》，作者刘天时。这篇文章就是以并列结构记录了四个人物的故事，每个"板块"开头都标注了日期、天气，像日记那样泾渭分明。

8 月 16 日　星期一　晴

孟毅亮

今早 6：00 我乘火车到了忻州转乘长途汽车，大约 9：30，至康家会镇下车。这里距静乐县城 30 公里左右，位处公路沿线，通电有水，算是静乐县条件相当好的镇。

按原计划，我首先拜访了石帅小学的孟毅亮老师。

石帅小学位于石壑子村和帅家岩村之间，从学前班到三年级，40 个学生，全校教职员工只有孟老师一人，是个单人校。

至于孟老师，据听过他课的人讲，"他把课讲得活灵活现"，曾以复式教学得过省级"教学能手"奖；而村上干部的评价则是，"求上进，有头脑"。

············

8 月 17 日　星期二　雨

周晋华

早上醒来，石帅小学的小孩子已经在晨读，嗓门震耳欲聋，静乐式的普通话。下午我去了康家会小学，准备采访一位刚参加工作的老师。在那儿，我听了周晋华的一节语文课，决定就采访她了。

周晋华今年 7 月份刚从忻州师专毕业，19 岁的姑娘，眼睛细弯弯的，涂了口红，上课的时候常用一块白手帕擦鼻尖上的汗。

············

8 月 18 日　星期三　雨

郝芝富

早晨 5：30，周晋华上班，我返回孟老师的学校。当时天虽然亮了，但还在下雨，公路上一个人也没有，两侧的农田油亮油亮的，有燕子飞过。

接下来去了庄儿上村采访郝芝富老师。

············

8 月 19 日　星期四　阴

巩海厚

今天拜访的偏梁小学的巩海厚老师是我此行所见品行最高洁的人，他在微笑，在受苦。

巩老师一见我第一句话就是"教育现在这么受重视，我心里可真欣喜"，然后急急地从抽屉角落里拽出一个破塑料袋，里面有一小撮茶叶末子。

今年 49 岁，教了 25 年书的巩老师基本教的都是单人校，吃住教都在学校。

⋯⋯⋯⋯①

自媒体兴起后，越来越多笔尖朝向普通人，诸如"×个应届生的求职历险记"等题材层出不穷，一人一个故事，多为自述体，也是板块结构的新应用。

逻辑结构

第三类是逻辑结构，这个要更抽象，既不属线性，也不属板块，而是以"破解难题"为驱动，由远及近，由表及里，一层层深入，最后抵达真相。由于推进过程犹如剥洋葱，因而也称**剥洋葱结构**。

剥洋葱结构和时间相关，毕竟问题的解决也是时间累积的结果，但是它又无须严格遵照时间顺序，因为不同问题的突破不一定是线性的。比如在科学界，有些难题百年未解，有些半年就攻克，如果按时间线来组织，就会扰乱"层层剥开"的叙事逻辑。

因此，最好的办法是以关键问题为节点，一个一个悬念抛出来，再一个一个去解决，在这个过程中展示冲突，一步步将故事推向高潮，直至结局。逻辑结构示意图如图 3－10 所示。

悉达多·穆克吉的《众病之王：癌症传》，就是用逻辑结构来描绘人类与癌症漫长曲折的战争。如果拉一条时间线，你会发现它是乱的，引子和第一部分的时间已非常跳跃：

2004 年 5 月 19 日上午，在马萨诸塞州的伊普斯维奇，卡拉·里德从头痛中醒来。她是三个孩子的母亲，30 岁，幼儿园老师。她后来回忆："那不是普通的头痛，而是脑袋的一种麻木。

---

① 刘天时.四个乡村教师的现实.南方周末，1999－08－28.

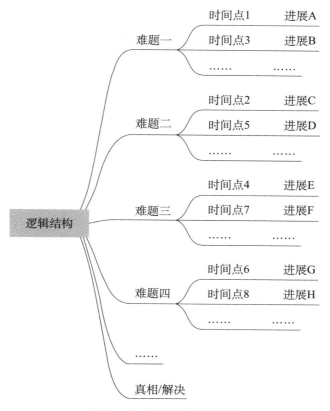

图 3 - 10　逻辑结构示意图

这种麻木立即告诉你，发生了某种可怕的疾病。"

⋯⋯⋯⋯⋯

1947 年 12 月的一个早晨，在波士顿的一间实验室里，一个叫西德尼·法伯的人，正在焦急地等待着一个从纽约寄来的包裹。这间号称"实验室"的斗室返着潮气，只有大约六米长、四米多宽，比药剂师的配药室大不了多少，几乎被塞在儿童医院大楼后巷的一间半地下室里，通风很差。在距离这里几百米远的内科病房，各项工作正缓缓地开始。

⋯⋯⋯⋯⋯

自从发现白血病以来，对该疾病的研究就陷入了混乱和绝望

之中。1845 年 3 月 19 日，苏格兰医生约翰·贝内特描述了一个不同寻常的病例……①

很显然，作者不是按照自然时间顺序叙事，因为这场战争不是线性行进的，有曲折有迂回，有停滞有加速，细抠时间线反而闷得像档案。于是，作者穆克吉以围绕一个又一个难题的艰辛博弈为轴，串起情节之余，还很好地与科普内容融合，读起来既紧张又解渴。

如何选，怎么用？

三幕式辅之以时间、空间、类别、逻辑等变量，就有了基础结构。看似千头万绪，实则万变不离其宗。**只要掌握情节的核心变量，结构的选择便有章法**，故事诸事件就能像有序的音符那样组成乐曲，而非一堆胡乱拨弄的噪音。

还可以再具体一些。如果是强情节题材，即冲突剧烈、高潮迭起的故事，那么单线式结构是个好选择，因为根本不用担心读者分心。比如你要写一场惊天大营救，不用多想了，就从起点顺流而下吧。

而整体情节稍弱，背景跨度大，但有若干高光点或矛盾集中爆发的题材，就妥妥地采用复线式结构吧。较近的、起伏激烈的做主线，相对安静松散、背景性的做副线，两者交错行进。至于是采用复线里的平行式、交叉式还是对比式结构，则要视主副线的相互关系而定。

如果事件之间类别分明，那板块结构就最清晰明了了，合并同类项，分而述之就好。

难度较高的可能是逻辑结构，它既有线性结构的影子，又不是老老实实按时间来，而是按"解题"的步骤来。如果你的故事有点"升级打怪"的意思，不妨尝试用逻辑结构，也即剥洋葱式结构。

值得敲黑板的是，没有孤立的单一结构，大多数作品尤其是长

---

① 穆克吉. 众病之王：癌症传. 李虎，译. 北京：中信出版社，2013：1，12 - 13，14.

篇，一定是基础结构合用的结果，谁为主谁为次，因时因事，动态平衡。也就是说，某作品整体来看是 A 结构，但具体不同章节可能又用了 B 结构或 C 结构，再细分到个别场景，可能又混杂了 D 结构。

总之，就像武术运动员街头实战，不能指望对方也按套路出手，必须综合格斗，灵活出招，以击倒对手为目标，而非拘泥于某个马步是否扎得漂亮。

最后，**结构的演变和细分是必然的**，因为写作也在变，尤其是自媒体兴起后，文体越发多元纷繁。但即使浪花滔天，结构也如河床磐石，你见或不见，它就在那。只有摸着它，抓紧它，才好过河赶路，最终游刃有余，无招胜有招。

练习：给你的作品照一次 X 光

有些作品看起来不错，读起来却不对劲，情节像一辆老货车那样松松垮垮，似乎随时会散架。这是车的底盘出了问题。同样，文章金玉其外，其实内里伤痕累累。

要修复这些"内伤"作品，先要给它们照一次 X 光。在这个练习中，请用本章讲解的结构原理和模型来拆解对照，找到病灶，对症下药。

提示：

1. 找一篇你写过的问题作品

写没写完没关系，但最好你或读者觉得情节编排出了问题，或过于拖沓，或头重脚轻，或逻辑混乱……总之，读起来让人走神或不适。

2. 画出情节线

拿张纸或拿块白板，把故事发展的关键节点记下来：起点在哪里？高潮在哪里？反转在哪里？人物最终发生了什么变化？……

3. 重新选择故事结构

对照你所画的情节线和本章讲解的基本结构类型，重新为你的作品选择一次故事结构并说明原因。

学 员 范 例

一位世纪老人的一生

（一）一句话大纲：伟大而永恒的、自然而坚韧的女性忍耐力。

（二）情节大纲：

人物：

主角：外婆，一个远嫁的女性。

配角：我，主角的外孙。

1. 目标：生活。

2. 阻碍：自然的困境，时空的无情。

3. 行动：她不断行动，想改善生活。

4. 结果：她无法逃脱社会和自然的因果而失败。

5. 意外：毫无意外地注定是一代接一代的自然淘汰，唯一的意外是她跌倒而提早死亡。

6. 高潮：没有高潮，如果一定要找出高潮，就是死亡。

7. 结局：死亡是她最终的归宿。

外婆的石头村（开头）

外婆十四岁那年，嫁到了石头村。石头村遍地石头，整条村坐落在一块大石头形成的山中央。一条清澈的溪水顺着山势，在巨大的顽石之间缓缓流连不去，夜静时偶然还会发出叮当的响声。溪水顺着山势流到村口的低洼地，形成一口大塘。大塘旁边的树木长得特别丰茂，一大片树荫，大人小孩都喜欢在那里活动。

石头村出落在群山之中，交通不便，地处偏僻，人烟稀少，自然经济十分落后。外婆嫁来时，整整步行了一天，从一座更大的山，嫁来这一座较小的山。她没有一点怨言，默默地走进家门，与外公成了亲，一晃就过去几十年。

石头村的房屋，都是用石头砌成，屋顶就用山上的茅草遮盖。外婆的房屋就在一块倾斜的巨石下面，再用石头砌了三面墙，又用茅草盖了半边屋顶。屋子靠着那块大石，冬暖夏凉。大石在屋外有条石缝，一年四季，不停地滴出甘甜的清水，足可以供一家饮用。外公在下边砌了个石槽，过满的水流到地下，生长了一小片绿色的青草。想起当年母亲带我去探望外婆时，我还问外婆，那块倾斜的巨石，会不会倒下来，竟引得大家哈哈大笑。[1]

——开心好（故事写作营第 6～14 期学员）

---

[1] 学员修改后的作品可扫描本书后折口二维码，在拓展阅读资源里阅读全文。

写身边人，最易也最难

开心好大哥您好，很高兴读到您的写作计划。如您一贯的风格，依然在亲情领域寻找题材。这一次您选择写外婆，我相信既有优势也有挑战。优势是您熟悉，而且粗略推算，外婆应该是出生于清末，世纪老人，跨越诸多历史风云，时代背景想必非常浩荡。当然挑战也难免，越是熟悉的人，写起来难度越大。

首先来看您的大纲。一句话大纲略有偏差，应该高度概括这是个什么故事，现在略偏向人物的精神特质。

其次，如上所述，写经历过大时代的人，最好的方法就是把时代引进来，和飘摇的个体命运形成呼应和观照，相当于从历史撕开一个缺口，细品个体人生的同时，感受更辽阔的时代跌宕，从而带来更深刻的思考。

从您目前的情节大纲来看，大时代的轮廓不是很清晰，更多是集中展示外婆坚韧的一生。我觉得，故事止于此是不够的。我们再一条条来具体看。

人物："一个远嫁的女性"不足以刻画外婆的形象。我觉得缺了一部分，就是上述的时代背景，例如，"一位穿越世纪历史大潮，带领全家穿越艰难岁月的女性"会不会好一点？既有宏大的部分，也有微小的部分。

配角是您，您也得思考，您在故事中的角色除了旁观者之外，还有什么更多的作用？您也经历过大时代浪潮，年轻的时候有没有无视甚至反对过外婆的人生告诫？历经风雨后，又如何重新认识她和她的人生哲学？……作者之"我"，既是叙述者，更是纽带，例如开启冲突、带出思考，是故事人物与读者间非常好的纽带和桥梁。

目标："生活"本身没问题，如果换成"活着"会更有力量，就像余华的小说那样，仅仅活着就要拼尽全力。

阻碍：您写的是"自然的困境，时空的无情"。我理解，在那个动荡的年代，战争、饥荒、逃难、成分等等，都是很直接的阻碍。

行动：可能您得进一步提炼出外婆一生和命运抗争的若干重大节点，目前有点语焉不详。

结果：那个年代过来的人，"失败"是常见的，或者说大部分个体很难在动荡年代寻得世俗意义上的成功。隐忍、活着、庇护好一方家庭，已是他们最大的人生功绩。各种无奈与吊诡，正是故事的想象与细品空间所在。

意外：我认为，对外婆的人生来说，意外可以是具体的事件，也可以是某种顿悟或人生的境界。那代人相对我们来说，物质清贫，但历经风云，精神世界会更加朴素而富含自然哲理。

高潮：同意您的看法，死亡是一种高潮，同时也是结局。我建议还可以找找外婆晚年有无做过最疯狂、最勇敢的事。一个看似沉默寡言、逆来顺受的女性，在某个时刻，突然迸发出巨大的人性力量，都能构成某种人生的高潮。

结局：您说死亡是最终归宿，我同意。

以上建议未必符合实际，甚至还有点"站着说话不腰疼"，但希望能抛砖引玉，协助您尽力拓宽外婆的人生半径，挖掘更多更宝贵的情节和细节，让作品更厚重。

再来说开头。我觉得现在的开头有点太静态，而且是比较规矩地从人物的早年写起。这样就比较挑战读者的耐心（毕竟我们的课程建议写短篇）。如有可能，建议另选更有冲击力的事件与场景来开篇，给故事注入强大的推动力。

当然，未来如果您打算写回忆录，因篇幅足够长，慢起也是可以的。以上建议，供参考，期待佳作。

——叶伟民

第四章　开头即合同：啃开第一块硬骨头

因开头不精彩而遭人忽略的好书何其多也！

——埃德加·爱伦·坡

- ◆ 读者只会忍耐 30 秒
- ◆ 第一笔的任务
- ◆ 别在故事开始的地方开始

　　说来可笑，我想在本章开篇形容一下写开头到底有多难，但这本身就很难。这不是绕口令，而是长久以来的现实。写作者终其一生，将与哪个"坑"相伴最久？我想一定是开头。

　　如果写作痛并快乐着，那**开头就是痛苦的起点**。不少人说，他们写开头要用去全篇写作时间的三分之一甚至一半。如果开头写不好，就完全没法写后面的内容。我对此颇有同感，常常想：为什么会这样？为什么写作的痛苦不是渐进，反而开场就来个下马威？……

　　和开头对峙的体验实在糟糕，无数夜里，灯下枯坐，连屏幕也嘲笑我，字数统计冒头又归零，偶尔憋出几句，又被光标如贪吃蛇般反噬。支撑我的只有截稿时间，它本是我的敌人，现在却成了我的盟友。

　　当你看到这些时，我已经又和开头缠上了，只是已习惯了许多，起码比起年轻时要好。不过，那时也不总是糟糕，虽举笔维艰，但也遇到过一些好书，比如以色列作家阿摩司·奥兹的《故事开始了》。

　　这是一本少有的专门谈论开头的随笔集。它首先让我开心——即使是以色列"国宝级"作家奥兹，也被开头虐得很惨。在序言中，他这样说：

　　　　谁没有过这样恐怖的经历呢？坐在一张白纸面前，它冲你咧着没有牙齿的嘴巴乐：开始吧，咱们倒要看看你能不能动我一根指头？[①]

　　真是诚实得可爱，让人深感慰藉。可以肯定的是，无论是谁，只要创作开始了，煎熬就已相伴。同时，它又充满仪式感，让人忐忑中

---

① 奥兹. 故事开始了：文学随笔集. 杨振同，译. 南京：译林出版社，2011：2.

混杂着"万里长征第一步"的豪迈。

因而，每一次写开头，我都很慎重，更惴惴不安，就像初春午后酝酿一封情书，它是被撕碎四散，还是被装进香盒？谁知道呢。但在一万种可能中，唯有搁笔，才最令人遗憾。

读者只会忍耐 30 秒

第一笔的痛苦是普遍的，无论在我的课堂还是在社交媒体，这样的感叹此起彼伏。我有一位读者叫 Zoe，当时她是准妈妈，对新生命的期待让她重燃写作的热情。然而，刚拿起笔，开头就拦在那里，是那么不解风情，大煞风景。她把这些苦恼倒在我的公众号后台：

> 每次想写一个主题，最开始会很激动，阅读很多相关的文章，自己也不断构思，但是一旦坐到桌前就打退堂鼓，觉得思路特别糟，没法下笔。
>
> 于是又开始搜集资料和构思的循环，在这个过程中，会逐渐怀疑自己的选题、构思、文笔、立意。最终，循环了一百遍，一句半句都没写出来。心里也知道，写作一定要练习，但是一想到自己会写出稀烂的文章，就不敢下笔。
>
> 我的问题是：如何开始下笔？
>
> 比如，我最近怀孕了，想写一个类似"孕期日记"的趣味短故事系列。开始想了很多点，都觉得太个人化了，而且没意思，于是开始狂看这个类型的文章，看着看着又觉得原先想的都太烂了，再构思。准备今天无论如何都要开始写了，早晨起来就觉得慌张，不知从何开始，最终，啥也没写……
>
> 渐渐地就觉得，算了，不写了吧。算了，换个主题吧。之前有一个老师说，你就告诉自己，今天只写一百字，随便写，写了再说。我试过了，对于老师来说，她写了就有一定质量，对我来说，用这种心态写出来的简直不能看。关键是，也没有人告诉我

差在哪里，最终写了一堆废话。

——Zoe

调频与合同：好东西别藏着

读 Zeo 的故事时，我想起王尔德。他将一生都奉献给了 19 世纪的段子事业，但也有严肃认真的时候，例如浪漫，他说过："浪漫的本质是不确定性。"

王尔德是个天才，据说少年时代半个小时就可以读完一部小说，且能复述十之八九。但即使聪明如斯，也有和一些东西过不去的时候。有一次，他宴请名流，但自己过了很久才出现。人们问他弄啥咧，他说在修改诗稿，花了半天去掉一个逗号，又花了半天把这个逗号加回来。

这小故事为我们说明了两个问题：

第一，就算是天才，也常有难产的时候，哪怕是一个逗号。

第二，写作是浪漫之事，充满不确定性。

这种不确定性，广泛存在于绘画、雕塑、摄影等一切艺术中，因为第一笔总是最难的。以画画为例，哪里下笔都对，又哪里都不对，因为你总有并行方案，或者灵感之神还没眷顾的死角。所以你会纠结、犹豫，吐出烦恼丝，最后能把自己缠成茧。

只要开了第一笔，后面的难度就会递减，正如桃子十有八九应画在树枝上，鲨鱼也十有八九应出现在深海里，上下文的相关性越来越强了。

因而，**第一笔之所以如此艰难，就在于无限的开放性**，这意味着你难以拿捏背后隐藏的机会成本。你一定会反复怀疑：我会不会有更好的选择？如果第一笔错了，会不会越走越错？……

我回复了 Zoe，大意有两点：尽快写下第一句，开张万岁；从推销员角度思考，读者看完你的开头，为什么愿意留下来？尤其第二点，读者视角非常必要，能让我们心怀多数人的审美来下笔，避免过度的个人喜好和情绪起伏所带来的误判。

这不是抹杀个性，而是调频，就像转动收音机旋钮，从滋啦一片到歌声飘扬。然后，所有耳朵为之倾倒。

关于这种握手和同频，阿摩司·奥兹还有个说法：**"一篇故事的任何开头，都是作者和读者之间的一种合同。"**[①]

这个比喻太形象了，我也终于知道自己为何如此犹豫，因为我知道，这个合同写不好，读者连我家门都不会进，纵使我的后花园堪比爱丽丝的仙境。

所以，不要把好东西都藏着，先端出来点。就像南方很多老字号酒家，把烧腊橱窗设在大门旁，色香味俱全，馋得路人食指大动，丢了魂似的。只要他们迈进大门，后厨师傅大展身手的时刻就到了。

麦肯锡电梯理论：30 秒的惨痛教训

开头既然是作者和读者之间的合同，那就要在商言商了——读者希望享用精彩的故事，有所感有所得，而作者想得到读者的认可和称赞。看上去是各取所需，但别忘了，主动权在读者：打动不了我，随手放下就是了。

编辑是作者的第一读者。这差事，好好先生是当不了的，倒不是要恶言相向，而是对标准要严苛。我当特稿编辑那些年，对作品开头的要求就是**"30 秒原则"，即半分钟还没法钩住我，这开篇算是砸了——"合同"我不签！**

为什么是 30 秒呢？这不是拍脑袋，而是出自看似与写作无关的商业领域。全球管理咨询公司麦肯锡曾有过一次惨痛的教训。当时，他们正服务于一家大客户，咨询结束时，项目经理刚好在电梯里遇到对方董事长。对方请他简述一下结论，然而，电梯从 30 层下到 1 层，项目经理也没说清楚。最终，麦肯锡失去了这个重要客户。

---

① 奥兹. 故事开始了：文学随笔集. 杨振同，译. 南京：译林出版社，2011：9.

电梯运行时间刚好 30 秒。自此，"30 秒电梯理论"成了麦肯锡对员工的要求，即要在最短时间内把重点、亮点、结果表达清楚，以打动客户。它又叫"电梯演讲"或"电梯测试"，其本质是要求讲述者有结构化思维，知道如何直奔主题、一击即中，最好还不忘撒网放钩，撩得对方倒过来追着听。

作者与读者之间的关系不也是这样的吗？除非是前者的铁杆粉丝，一般读者对待陌生作者的作品，耐心和电梯里的董事长差不多。也就是说，他们最多只会忍耐 30 秒钟——"电梯"一停，如果还不能被吸引住，他们将头也不回地离你而去。

一个人 30 秒最多能看多少字？即使是速读高手也不过 500 字。因而，**开头 500 字决定了作品的成败**。

古人有言，好文章要"凤头猪肚豹尾"。意思是，文章起势要奇句夺目、引人入胜，像凤头一般俊美；文章主体要言之有物、琳琅满目，充盈紧凑有气势，如同猪肚一样扎实丰满；文章结尾要别出心裁，寓意深远，如同豹尾一样雄劲潇洒。

无论"凤头论"还是"30 秒原则"，强调的都是开头的首要目标就是吸引读者。我见过不少失败的开头，均无视了这一要务：要不事无巨细地铺陈，要不话痨式地用引语，要不相亲般地自我介绍……

最终，读者哈欠连天、不知所以，后面再精彩绝伦也与他无缘了。这当然是读者的损失，但更多是作者的损失。世上好作品何其多，得一真读者却不易。

第一笔的任务

既然我们身处节奏越来越快、读者越来越性急的年代，那我们该如何写好作品的开头呢？在这一点上，无论非虚构还是虚构写作，第一笔的任务是一致的——吸引读者"入戏"，迫不及待地翻开后面的书页。

当然，开头还要承担更多任务，例如引出主要人物，交代故事背景，奠定故事基调，开启人物困境，等等。

我们可以看看小说家是怎么做的。我从推理小说家劳伦斯·布洛克那得到的启发最多。他对小说的开篇有三点忠告，即使对非虚构写作也有参考价值。

让故事动起来

> 新手作家在故事开场最常犯的毛病，是花很大篇幅才步入正题，比在大冷天早上发动斯土狄贝克老汽车还慢……在行动的最惊心动魄之处开场——你没来得及思考这些角色是谁，就一下子被这故事吸引住了。①

新手写开头最常犯的毛病，就是行文拖沓，入题太慢，比围观一只年迈树懒过马路还让人着急。无论是在我的写作课上还是在一些故事大赛里，总不乏慢吞吞的作品：从起床伸懒腰写起，洗脸，刷牙，出门前照镜子，再到早餐的煎饼果子如何辣，坐公交车怎么挤……我们的故事写作营要求作业不超过 5 000 字，结果我眼睁睁看着有些学员写了快 1 000 字还没进入正题——真让人着急！

相反，**好的开头从来不吝啬亮出好东西，也就是剧烈的故事冲突**。好比参加歌唱比赛，高手云集，拿手曲目就别留在决赛了，先让人记住你，该出手时就出手。

或者说，开头不要让人物好过，要制造麻烦和干扰，揪住读者的小心脏。例如：

> A 镇的冬天极其漫长，大雪淹到屋檐，时间好像静止了。

这样好不好呢？不咋地，读者未必马上跑，但也提不起兴致。加点料如何？

---

① 布洛克 . 布洛克的小说学堂 . 徐菊，译 . 上海：上海文艺出版社，2014：170 - 171.

A 镇的冬天极其漫长，大雪淹到屋檐，时间好像静止了。直至去年腊八，镇东头传来一声枪响。

这下呢？只是多了一句话，但我仿佛已看见有人竖起了耳朵。平衡被打破了，像冒险在召唤。读者渴望得到谜底，作者也就抢占了先机——读者的眼睛既然已经挪不开了，他们就有足够的耐心听你细细道来：枪声是怎么回事？谁开枪了？谁中枪了？A 镇在哪？这里发生过什么？……不觉间，读者已经欲罢不能，再也放不下你的作品了。

这个例子有些极简，你可能会问：非得头两句就要来事儿吗？很多作品都铺垫半天呀。确实未必，这跟作品体量（长篇还是短篇）、阅读场景（纸质书还是手机）等都有关。在不让读者跑掉的前提下，**一波流还是缓入局，并无定法，但快比慢好，直接比迂回好**。

设定故事基调

我想在故事开场时就为故事设立基调。我在首句就使用"绞刑具"这个形象，是给这个故事设一个冷峻的基调……故事基调确定了，读者自然被带入了故事之中。①

故事开头像方程式赛车那样飙起来当然好，不过，"速度"不是一切，作者在开篇还需要给读者一样东西：故事基调。

基调相当于勾勒和提示，给读者以心理预期，让其进入故事的"场"。好比我们看电影，仅需几分钟，是战争片、爱情片、灾难片还是悬疑片，心中基本有数，因为我们感知到了它的"基调"。

2018 年，受科学新媒体"知识分子"的邀请，我尝试把非虚构与科技结合，创作了一组"算法密码"作品。其中一篇探讨"算法与死亡"，开篇是这样写的：

作为人类的一员，我喜欢用一些艰深的问题来折磨 AI，例

---

① 布洛克. 布洛克的小说学堂. 徐菊，译. 上海：上海文艺出版社，2014：172 - 173.

如生命的终结。我分别和苹果 Siri、微软小冰以及贤二机器僧（IT 高人出家之地龙泉寺的 AI 产品）聊过死亡，Siri 很周到地帮我打开搜索引擎，小冰发来一个搞怪表情，只有贤二有一定见地："死亡是另一个开始，也许更好，也许更糟。"

我理解算法对生命陨落的豁达（或漠视），因为它们的发明者也尚未参透。这导致算法在某些方面无所不能，在另一些方面则幼稚无情。比如，每年的 8 月 8 日，微博总会兴高采烈地提醒我一位亡友的生日。

这位朋友，姑且称他为 G，在三年前的夏天猝不及防地被抑郁症击垮。然而大部分社交媒体的算法并不理解这一点，它们甚至没有死亡机制，即使用户永逝，它们依然设法定期激活其社交关系。[1]

这是我的真实遭遇，也是我思考"算法与死亡"的起点。面对 AI 在人类悲喜面前所表现出来的"聪明式憨憨"，我着实被笼罩在某种吊诡之中。这是我感知和书写的"基调"，更是故事的底色。我要将之营造出来，尽快传递给读者，邀请他们进入我笔下的世界。

当然，我也可以用极简的方式开场，比如：

每年 8 月 8 日这天，微博总给我发来提醒：今天是朋友 G 的生日，快去送祝福吧。然而……G 在三年前已经死了。

两种开头我都接受，也未必有高低之分。但我之所以选择前者，还是考虑"基调"。我先扬后抑，AI 在其他方面有多聪明，在死亡问题上就有多冷峻。这种反差，与其直接交代，不如把细节摆出来，与读者共同感受。

一开始，我先让 AI 说出它的"死亡观"，在新奇、有趣之外，还

---

① 叶伟民. 未来我们能怎样永生?. (2018 - 04 - 08)［2023 - 8 - 30］. https://mp. weixin. qq. com/s/Stli9i9qijvAbXblu_ip2A. 可扫描本书后折口二维码，在拓展阅读资源里阅读全文。

夹杂一丝哲思与悲凉，以此奠定故事的"味道"。

接着我写每年 8 月糟心的生日提醒和朋友的悲剧，带出我想探索的命题：AI 未来将在人类死亡问题上扮演什么角色？在我经历的细节里，通过反常识敲击读者的好奇心和思维神经，以浅喻深，递进铺垫，一步步推开故事的大门。

点出关键问题

> 有时，作家把最关心的问题，放在故事开头，会让读者尽量迅速地抓住全书的关键所在。[1]

开头是作品的钩子，关子可以卖，氛围可以渲染，但不能总悬而不落。并不是说落笔就要把所有真相和盘托出，但点出关键问题是必须的，好让读者能迅速摸到故事的入口，而非一直在浓雾里兜圈。例如，在《南方人物周刊》特稿《少年杀母事件》中，作者林珊珊、尼克、蒋志高开篇便直刺入题：

> 张明明决定杀掉他的父母。
>
> 这个想法在他脑中盘旋了差不多两个月。[2]

两句话，一个多余的字都没有，干脆利落，像音乐 DJ 猛地将音量调到最大，锤击现场所有人的耳膜。人们一定扭头看，耳朵竖起来，迫不及待想知道怎么回事。"杀""盘旋"等字眼所带来的行动想象，在悬疑拉满之余，还告诉读者：这是个弑母的故事。

李海鹏的《举重冠军之死》，开头也是把人物命运直截了当摆出来：

> 由于睡眠呼吸暂停综合征，多年受困于贫穷、不良生活习惯，体重超过 160 公斤的才力麻木地呕吐着，毫无尊严地死了。

---

① 布洛克．布洛克的小说学堂．徐菊，译．上海：上海文艺出版社，2014：173.

② 林珊珊，尼克，蒋志高．少年杀母事件．南方人物周刊，2007 - 11 - 30.

在生前最后四年，他的工作是辽宁省体院的门卫，在他死去的当天，家里只有 300 元钱。[①]

冠军、160 公斤、死去、300 元钱……所有元素都毫无渲染，却一个超一个残酷。即使不用任何文学技巧，只静静摆开，也足以冲击人心。**如果选题足够有分量，不如直接把关键问题展露，真实自有其力量。**

值得提醒的是，以上三点并非相互排斥，最理想的开头当然是兼具多重功能：不仅能让故事动起来，设立好故事基调并点出关键问题，还能介绍人物出场，交代故事背景，开启更大的危机……

总之，就是千方百计让开头出彩，要坚信读者都很聪明，不要妄想蒙混过关。读者的权力比作者大得多，遇到让人哈欠连连的开头，他摇摇头，皱皱眉，放下你的作品就是了。

别在故事开始的地方开始

道理都不难懂，难的是真正下笔时如何融会贯通，且摆脱对"自然顺序"的思维惯性——这一思维惯性，布洛克在创作初期也难以摆脱。

当时他写了篇推理小说，名为《死亡骗局》。主角叫伊德·伦登，是名私家侦探。布洛克写得平铺直叙：第一章是伦登的妹夫突然来访，他的情妇被杀了，他只好抱着孩子来求助伦登；第二章则是伦登处理一个年轻女子的尸体，用地毯裹着，带到中央公园，然后，他开始侦办这起案件……

初稿到了经纪人兼好友亨利·莫里森手里，他一口气读完，建议布洛克将前两章对调："**从故事中间开头，让伦登把尸体搬到中央公园，然后再回头说他在干什么，还有他脑子里的所思所想。**"

---

① 李海鹏. 举重冠军之死. 南方周末，2003 - 06 - 19.

很显然，第二章所营造的悬念远超第一章，更符合前述"30 秒原则"和"第一笔的任务"。这个简单的改动立即擦亮了整个故事，节奏紧张了起来，有动作，有行动，有张力，有悬疑，像一个个钩子，让读者竖起的耳朵再也放不下。

布洛克感激好友的金玉良言，且深受启发：不要担心读者不知道伦登是谁，那个年轻女子为啥被裹进地毯，"只要他们上钩了，他们就有的是时间，把这些问题搞清楚"。

布洛克把好友的上述建议称为"这辈子听过的最有用的告诫"。一言概之，就是：

> 别在故事开始的地方开始。[1]

从中间开始，在开头结尾

这个道理与上一章的"时空魔法师"异曲同工。任何一件事都有其自然顺序，即开头、中间、结尾，但作者无须愚忠，非要按这个顺序来写不可。若像谨小慎微的书记员，事事有交代，件件有着落，便会生生写成流水账。

换个方式理解，**故事存在两个开头：作品开头和自然顺序开头。**后者是客观结果，不以人的意志为转移；前者是叙事学的产物，是艺术创作的结果。它们之间没有必然联系，两者有时交织，有时不是。这取决于作者的设计：如果你用"单时间线"结构，它们就可以交织；如果用更复杂的结构，它们基本就各走各路了。

那么，究竟从哪里开始我的故事呢？布洛克曾在书中引用过另一位编辑约翰·布兰迪的笔记，是这么说的：

> 我教杂志写作课时，常说："从中间开始，在开头结尾。"这个原则比较僵化，对作者也是束缚，但它行之有效。你一开头，

---

[1] 布洛克. 布洛克的小说学堂. 徐菊，译. 上海：上海文艺出版社，2014：177.

就要全力向主题冲刺，快速让读者参与进来，并引起他们的兴趣，然后呢，再后退，补充细节，向前推进研究，巩固主题，巩固、巩固、再巩固……然后呢，到达终点后，再回顾你在开头设定的主题，让它进一步完善。[①]

"从中间开始，在开头结尾"，这个说法很有趣。"从中间开始"即上述的"别在故事开始的地方开始"，不难理解。而"在开头结尾"乍一看挺让人懵，换个词就很熟悉了——首尾呼应。即开篇起了话头，提出主题，结尾要再做解释、说明、回应，深化主题和情感，就像毛利人的回旋镖，无论飞得多远，最终都会回到猎人手中。

本书第二章讲解"如何挖掘好故事"，曾以我的作品《写历史，九零后有话说》为例，拆解了当时的选题研判过程。动笔的时候，开头与结尾我也大致遵循了"从中间开始，在开头结尾"的原则。

作品发表于 2011 年，讲的是 90 后少年雷宗兴，借助互联网揭开家族被掩埋乃至曲解的历史的故事。这段往事很漫长，自然顺序的开头可追溯到民国，从那时下笔是不可能的。

那只能从中间开始。我选了家族历史重获真相的那一刻——郭家高祖是近代科学功臣，不是反动派。它是故事的高光点和转折点，把故事的动感、基调、关键问题都带出来了，同时拉大时间弧度，凸显历史与现实的反差，最终吸引读者——这家人到底经历了什么？

开头

郭庆萍 70 年的历史认知颠覆于 2011 年 7 月末一个晨霭轻绕的早上。此时她刚度过了思想激烈跌宕的三天三夜——16 岁的外孙雷宗兴用一台电脑、一根网线和整个暑假向她证明，有些历史错了，例如郭家高祖郭葆琳是近代科学功臣，不是反动派。

这在时间维度上来说多少是个惊险的挽救——一个惴惴不安

---

① 布洛克. 布洛克的小说学堂. 徐菊，译. 上海：上海文艺出版社，2014：184 - 185.

活在由别人界定的历史阴影下的垂暮老人，差点带着对先辈错误的怨恨走进坟墓。"愧对祖宗，也谢谢孩子。"郭庆萍感慨。

她的外孙、山东师范大学附中高二学生雷宗兴几乎是在睡梦中接受这份赞誉的，他太累了。和历史的较量困难重重，但他天性快乐，无所畏惧，并像大多数"90后"一样对所有新事物心怀好奇。"我喜欢探索，"他说，"只是我没有料到历史对普通人的影响也会如此深刻。"①

开篇后，中间大篇幅讲述故事的来龙去脉，相当于把回旋镖扔到最远处。无论拉出多长的弧线，结尾还是回到出发点——家族历史扭转后这个家庭的变化，尤其用外婆的转变，折射历史对普通人的影响。首尾照应互文，擦亮主题，留下余韵，故事也随之"在开头结尾"。

结尾

如今，郭庆萍把外孙的历史发现打印出来随身携带，无论在公园里、菜市场还是喧闹的街头，只要有时间就拿出来一读再读。似乎只有这样，失而复得的历史公正才得以扎根。在一次老同事聚会上，她有些唐突但又无法控制地大声朗读了关于郭葆琳的文章。几个当年的批斗者就坐在对面，一直面无表情，保持沉默。

"我并不是想要讨回些什么，事实上，他们其中很多人还曾暗中帮过我。"郭庆萍说，"我只是想让人们知道，我并不是他们当年认为的那样。"

郭庆萍还有更重要的事要做，她联系了所有健在的郭家老人，建议重新为郭葆琳立一块碑，而且上面要刻上所有郭家后代的名字。此外，还要凑些钱把小洋楼重新修葺，一家人再热热闹闹地住在一起。

---

① 叶伟民. 写历史，九零后有话说. 南方周末，2011-11-25.

但让郭庆萍有点失望的是，在这件事上三叔却迟迟不表态，他的沉默让晚辈无所适从。后来一个婶婶告诉她，三叔这辈子经历了太多风浪，不想再折腾了，而且"这些都是没有用的事情"。

"会有别的办法的。"11 月 14 日晚，郭庆萍拉着雷宗兴的手说，"越是了解祖先的伟大，越是感到不安和惭愧，总不能让家毁在我们这一代人手里。"

"这是我见过她最自信、最有勇气的时刻。"雷宗兴说。[1]

这个结尾，落在某个尘封的历史瞬间，勾起"转身已百年"的感叹，是首尾呼应所带来的回响。

我们曾说过，故事有两个开头，分别是作品开头和自然顺序开头。"在开头结尾"未必只能是作品开头，与自然顺序开头呼应也不错。

结尾也是大学问，我们将另作章节详说。

先冲刺，再补充

写好开头不易，各种任务压身，既要快速入题，又要吸引人，前者要冲刺，后者要营造。这看似悖论的一对，常常把人弄得晕头转向。不少新手总想兼顾，却两头不到岸，快了语焉不详，慢了拖泥带水，真是左右为难。

为破解这两难，很多人会妥协，拿出过马路的逻辑：宁慢三分，不抢一秒。恨不得一开头就给读者交底摊牌，结果塞得圆滚滚，活像米其林小人。

解题钥匙在上一节已有所透露：**先全力冲刺，再后退补充**。你平时一定有这样的经历，朋友气喘吁吁跑来，一把抓住你往外跑。你一个劲儿地问对方："等等，到底怎么回事啊……"朋友打断你："来不及了，晚点跟你解释。"

这一路上你是怎样的心情？那一定是憋得慌。所谓"先冲刺，再

---

① 叶伟民 . 写历史，九零后有话说 . 南方周末，2011 - 11 - 25.

补充"，就是作者用笔牵着读者跑，还一边吆喝："先跟我走，回头再告诉你为什么。"读者的反应和你上述的心情是一样的——胃口被吊起来了。

这个方法无论对虚构还是非虚构都适用，布洛克也这么认为：

> 从动作紧要处开始，再回头补充说明，这种基本的写作技巧，不仅适用于小说，在其他叙事文本中也屡试不爽。通过向前跳跃，再后退一步，作家可以创造出无数个新颖的开头，避免慢吞吞地往前挪步，拖慢整个故事的节奏。[①]

我的前同事曹筠武于 2007 年写下长篇特稿《系统》，报道一款网游并折射背后的社会学寓意。它的开头就直接入题，摊开大众不甚熟悉的虚拟世界图景：

> 白天，27 岁的吕洋是成都一家医院的 B 超检查师。
>
> 晚上，她是一个国王，"楚国"的国王——玩家们更乐意按游戏里的名字尊称她为"女王"。在这个虚拟王国中，"女王"管理着数千臣民，他们都是她忠诚的战士。[②]

白天的 B 超检查师好理解，但晚上却摇身成为"楚国的国王"？如果我们没玩过这款游戏，是不理解两者的关系的。读者一脸疑惑之际，作者停下补充背景：

> 在一款名叫《征途》的网络游戏中冲杀了半年多之后，吕洋自信看清了这样一个道理：尽管这款游戏自我标榜以古代侠客传统为背景，但实际上钱才是在这个虚拟世界中行走江湖最关键的因素。
>
> 吕洋受过良好的专业教育，丈夫是生意人，资产殷实。钱对

---

① 布洛克. 布洛克的小说学堂. 徐菊，译. 上海：上海文艺出版社，2014：186.
② 曹筠武. 系统. 南方周末，2007 - 12 - 20. 可扫描本书后折口二维码，在拓展阅读资源里阅读全文。

她来说从来不是问题，但她仍然忿忿不平地把这款游戏中一些风头正健的人称为"人民币玩家"。虽然在游戏中投入了数万元，但她仍然屡战屡败，原因就在于有人比她更愿意花钱，也花了多得多的钱。

正如《征途》的创造者史玉柱所言，这的确是一款适合有钱人的游戏。在这个世界里，欺凌他人的威力和合法的伤害权都被标价出售。

尽管一切都是虚拟的，吕洋却曾经坚信她找到了一条通向光荣与梦想的金光大道。不过随着人民币的不断加速投入，和很多人一样，吕洋发现，金钱铸就的，其实是通往奴役之路。[①]

这"冲刺—补充"的搭配实在好用，后来我将其推荐给故事写作营的学员，并为他们总结了写开头的"傻瓜四步法"。

第一步：闭眼思考，选出故事最精彩的若干片段或场景。

第二步：最精彩处留作高潮，次精彩处留作开头。

第三步：下笔冲刺，别管读者懂不懂，但别冲太远。

第四步：停下，后退，补充，把冲刺留下的疑问交代清楚，准备下一轮冲刺。

不只是开头，这个方法可以贯穿全文，脉冲式推动情节发展。当然，这是个傻瓜法，保底不会出大错，但也不建议万年不变地蒙头套用。不同的故事，情节有强弱，人物有多寡，背景也有厚薄，只有把握其神而不拘泥于形，我们才能创造出为笔下故事量身而造的精彩开头。

---

① 曹筠武．系统．南方周末，2007－12－20．可扫描本书后折口二维码，在拓展阅读资源里阅读全文。

练习：我昨天晚上……

找你的朋友、伴侣或孩子说说你昨晚发生的事。不是闲聊，也不是拉流水账，而是要完成两个任务：

（1）吸引他们的注意力，让他们放下手中的事情并竖起耳朵。

（2）让他们意犹未尽，拉着你追问：你白天/曾经经历了什么？

也许你会抗议：我昨晚都在睡觉或者加班，哪来的故事？我建议你冷静，可缩小范围，直至找到具体的落点。比如奇怪的梦境，正是白天糟心事的延续；或加班时遇到的外卖小哥竟哼着你最喜欢的歌，而它背后藏着你的青春往事……总之，找到昨晚与白天（或过去）有延续且关联紧密的入口。

这个练习将帮助我们感受：首先，故事要从中间开始；其次，讲故事要讲究策略，通过合理编排，让琐事也有魅力，持续俘获读者的注意力。

学 员 范 例

＊以下范例为故事写作营学员作品（节选），和本章练习的要求有所出入，但目标是一致的——作品的开头，要千方百计引起读者的兴趣。

锤炼（开头）

杭州的仲夏，蝉已经发出了喧闹的喊叫声，一浪高过一浪。

单位楼下绿化区最矮处一簇簇的麦冬微微颤动着，绿得发暗，映衬着斜上方开得正艳的紫荆花，显得低调而内敛。栀子花的香味已逐渐消弭，连残败的花蕊也已难觅，然而橘红的凌霄却取代了她们，茂盛地开放，近看一朵一朵，像柔嫩的小喇叭，远看又似被一抹绿包裹着的红云，绚烂，浓烈。

一大早已经到单位楼下的陈梓欣，摘下了太阳帽，理了理头发，急匆匆地走进了单位的大楼。虽然她的余光扫到了绿植区的绿深红浅，可是她没有时间停下来细细欣赏。

她麻利地挤入了电梯。这时正值用梯高峰期，梯厢里混杂着浓烈的汗味、香水味、早餐的香味……大家耐着性子，等着电梯一层一层地上升。

到了自己所在的楼层，梓欣背着包使劲往外挤。她很清楚，这些小插曲只是宣告着她一天"战争"的开始。

还没在自己凳子上把座位捂热，她的属下和同事就川流不息地进来了。

"梓欣姐，高质量大会视频的合作方可以定下来了吗？"她接过助理小宋递过来的宣传方案和询价对比，立马回复："小宋，这次高质量大会的视频不能出岔子，领导们都盯着的，必须找靠谱的合作过的乙方。询价过的这几家我看就这家稳当。"她在纸上指了指。小宋领会，立刻去操办了。

"梓欣姐，蔡书记有个职称方面的材料想请你帮忙提供下……"

"好的，我已准备好了，马上微信上发你。"

每天早上，就像开专家门诊一样。自从当上了集团公司的办公室副主任兼宣传处负责人，陈梓欣常常忙得脚不沾地。[1]

——周周（故事写作营第 13 期学员）

导 师 点 评

千方百计让读者竖起耳朵

周周你好，很开心读到你的作品。首先，这个选题非常有现实意义。随着内卷的加剧，年轻人又渴望重回体制内。有人的地方就有江湖，考编考公也不是万能解药，个中冷暖，只有局中人自知。

---

[1] 学员修改后的作品可扫描本书后折口二维码，在拓展阅读资源里阅读全文。

你能展示这真实的一面，无论对自己还是读者都非常有价值，因为有信息差。如果你还能以故事的形式来充分展示这围墙内的世界，就更吸引人了。

你的文字非常细腻、流畅。开头对场景的刻画、对人物动作细节的展现都非常到位。但必须指出，细腻之余，却不够抓人，没能发挥这个好选题的天然优势。

开头还是要尽快开启矛盾冲突，让人物在职场上"过招"或遭遇某个难题。出现困境了，读者自然会竖起耳朵，才会心甘情愿去追后面的内容。

读过现在的内容，我预感这可能是个国企版的"杜拉拉升职记"。很期待，也希望以上建议对你能有所参考。

——叶伟民

第五章 | **冲突、悬念、细节：让情节不凡的元素**

文学的力量就在那些妙不可言同时又真实可信的描写里。

——余秀华

- ◆ 冲突：情节的动力
- ◆ 悬念：情节的张力
- ◆ 细节：多展示，少讲述

设计好结构并完成开头，故事才算真正上路。如果将笔头比作船头，此时它正远离岸边，驶进深海。这段旅程充满未知，有时山呼海啸，让人窒息，那是难缠的情节死结；有时歌声萦绕，诱人迷失，那是纷乱的心念思绪，它如同海妖，稍不留神就将人带入歧途，令人万劫不复。

这就是**中段，故事的深水区，既是信息量最大，也是矛盾冲突最集中的部分**。按照三幕式结构的篇幅分配，中段的长度常常过半。它要吸引读者走向故事高潮，一页一页追着翻，欲罢不能。

因此，中段的任务很艰巨，尤其是开头越强劲，中段背负的期望值就越高。读者会眼巴巴地看着你，不停追问：然后呢？然后呢？……

迎着这般渴望，只是简单罗列事件是远远不够的，读者需要的不是流水账，而是如过山车般的阅读体验。他们需要未知、神秘、惊险、对抗、反转来一路铺垫，最终获得情感上的惊叫之旅。

你可能会问：这不是小说家该做的事吗？非虚构写作又何须故弄玄虚？这不是臆想，我有学员就为此困扰过，他被另一个规则捆绑了，逻辑左支右绌：这不尊重事实啊，这不是打乱情节了吗？不是说非虚构不能像小说那样"虚构"吗？……

在我看来，这种纠结毫无必要。非虚构作家知道全部真相，小说家构思全部真相，于情节本身有本质的区别吗？为什么后者有重构叙事的权力，前者却要作茧自缚，乖乖听命呢？况且，**非虚构不能"虚构"的只是事实，并不包括叙事的顺序和策略**。好比一块上等牛肉，一半红烧，一半香煎，都是真材实料，烹饪方式和上菜顺序的不同，都会带来用餐体验的差异，这全靠厨师的智慧。

非虚构写作就像做菜，食材无半点合成，天然、新鲜、齐备。新手胡乱一把抓，混炒一通，好牌也能打烂。大厨却懂得顺势和搭配之道，炒出新花样，炒出想象力。当然也少不了几样独家佐料，它们就像魔法，让甜酸苦辣变得不同凡响。

在故事里，让情节更紧凑精彩也需要魔法，它们就是**冲突与悬念**。

冲突：情节的动力

冲突是故事的灵魂，无论对虚构还是非虚构来说都一样。冲突之于故事就像引擎之于汽车那么重要。反言之，没有冲突的故事就像趴窝的废铁，充其量只是档案或纪要，枯燥、乏味，让人昏昏欲睡。

可见，冲突是情节的动力，更是"致命诱惑"，背后源于人类那该死的好奇心。这地球上99％的人过的都是三餐一宿、四季更替的刻板生活。正因为如此，我们对英雄与奇迹才格外渴望，期待短暂沉浸在光怪陆离的戏剧性人生里，以实现对庸常现实的"补偿"。

然而，英雄与奇迹是需要考验的，岁月静好不行，必须是麻烦缠身的人物，千方百计去突破困境。如果他战胜了个人的困境，他便是自己的英雄；如果他解除了多数人的危机，他便是众人的英雄。而在此之前他所经历的煎熬与磨难，就是冲突。

更直白点说，冲突就是两个或以上势不两立的对象的矛盾斗争。**它既包括人与外部世界的冲突，也包括人物内心的冲突。**

冲突公式

英国导演阿尔弗雷德·希区柯克曾言："伟大的故事就是活生生的人生，只是把庸庸碌碌的部分给剔除掉了而已。"这句话用来对照真实故事里的冲突再合适不过了，它暗含了几层意思：

（1）故事是戏剧性因素的提纯和集中，非虚构故事也不例外。

（2）去掉冗余琐碎的部分，丝毫不影响故事反映真实的人生。

（3）留下冲突并让其源源不断，故事才能精彩不凡。

由此我们可以肯定，非虚构写作对冲突的渴求丝毫不逊于小说。我们甚至能更大胆地相信，在恪守真实性原则的前提下，通过提炼、重构、加大冲突，完全可以让非虚构写得像小说一样精彩。

那该如何一手剔除庸碌，一手展现荒诞呢？我们可将冲突简化为如下公式：

冲突＝渴望＋障碍

先看等式右边第一项，我们要挖掘和强化人物的"渴望"，也即其内心欲念、追求、目标、心愿、梦想等。别林斯基说过："偶然性在悲剧中是没有一席之地的。"意思是，必须为人物赋予强逻辑，构建必然性，人物的动机才会更强烈，走向不可逆转的变化。

与此对应，**人物的"渴望"立起来后，就要推高"障碍"**，即实现目标的阻力。两者间越势如水火、越剑拔弩张越好，就像弹簧，绷得越紧，弹得越疼。这些先储足后释放的能量，就是冲突。

非虚构名作《广岛》开篇就树立了全书最核心的冲突：战争与和平、胜利与失败、生存与死亡。这个故事无人不知：1945 年 8 月 6 日 8 点 15 分，原子弹"小男孩"在广岛上空爆炸。作者约翰·赫西还原了现场众多细节，带来故事第一轮冲突高潮：

> 佐佐木医生没有进行分拣，直接从最近的病人看过去，他很快就注意到走廊越来越拥挤。医院里的人受的主要是擦伤和割伤，不过，他开始在他们中间发现严重烧伤的患者。他注意到这些伤者是从外面涌进来的。人数非常多，他开始跳过那些只受轻伤的人。他意识到他能做的只有防止伤者流血致死。没过多久，病人要么躺着，要么蹲着，占满了病房、实验室和其他房间的地板、走廊、楼梯、前厅、停车门廊，还有前面的石阶、车道、院子，以及外面街道上四周的街区。受伤的人搀扶着无法走路的人，面目全非的家人偎依在一起。很多人在呕吐。一大批女学生——她们很多人没上课在户外清理隔火带——跟跟跄跄地走进医院。在这个拥有二十四万五千人口的城市里，将近十万人在原子弹爆炸中丧生，另有十万人受伤。至少有一万伤员到了市里最

好的医院。然而，医院仅有的六百张床位早就被占满了。这么多伤者涌入，让医院的医疗资源捉襟见肘。医院里人满为患，人们哭泣、呼喊，希望佐佐木医生能够听到，而伤势较轻的人会来拉他的袖子，求他去救救那些伤势较重的人。他穿着袜子跟着伤者走到这头又走到那头，为伤者人数之多、伤势之惨烈感到吃惊。佐佐木医生忘了职业精神，他不再是一个有经验和同情心的外科医生，而是变成了一个机器人，机械地擦拭、涂抹、包扎、再擦拭、再涂抹、再包扎。[①]

这是人类战争史上首次使用核武器，也促成了日本的投降。1946年5月，约翰·赫西前往广岛，实地调查采访幸存者。3个月后，长达3.1万字的《广岛》在《纽约客》全文刊登，用冷静而克制的文字，记录了核爆中六个普通人的真实经历。

战争是人类社会矛盾冲突的最高形式，一方想胜利，另一方也不想失败，一方想征服，另一方也不想被奴役。他们都有强烈的"渴望"，又各自成为对方的"障碍"，它们共同构成"冲突"。作者将焦点放置于普通个体，他们的冲突也很显著，"渴望"活下去，却遇上了原子弹（"障碍"），绝大多数死亡，极少数幸存。这就是最大的戏剧性，它统领并推动了前前后后的铺垫、遭遇、变化，为情节注入强大的动力。

冲突的内与外

不过，不是所有冲突都这么激烈。如前所述，冲突既有外部的、显著的，也会酿造于人物内心。后者要更为隐性和绵长，看似波澜不惊，实则暗流汹涌。

梁鸿的《中国在梁庄》，是她在感到生命困顿之时重返故乡所作。它和《广岛》相比，后者事关人类劫难，自然大开大合；前者是和平

---

① 赫西.广岛.董幼学，译.桂林：广西师范大学出版社，2014：35-36.

时代的田野调查，记录故土的变迁和现实困境，更细水长流，更平静深刻。如书中"迷失"一节里写给母亲上坟的一段：

> 母亲的墓地，也是村庄的公墓，在村庄后面的河坡上。远远望去，是一片苍茫雾气，开阔，安静，有一种永恒之生命与永恒之自然的感觉。每次来到这里，心头涌上的不是悲伤，却是平静与温馨，是一种回家的心情。回到生命的源头，那里有母亲，而那里也将是自己最后的归宿。烧纸、磕头、放鞭炮。我让儿子跪在地上，让他模仿我的样子也磕了三个头。我告诉儿子，这是外婆，儿子问我外婆是谁，我说，是妈妈的妈妈，就是妈妈最亲的人。我们又如往常一样，坐在坟边，闲聊一会儿家里的事。①

一字一句满是乡愁，让人想起余光中"我在外头，母亲在里头"的诗句。对我们短暂的一生来说，时间是最大的敌人，终将偷走所有。我们祭奠、回忆、思念，本质上都是与时间对抗。这些冲突看似平静舒缓，却是于无声处听惊雷，从某种意义上比炮火连天的冲突还要剧烈。

可惜的是，很多新手容易看到也热衷表现外部冲突，却忽略或不屑于写内心冲突，这会让情节抓眼有余而意蕴不足，对读者的冲击来得快去得也快，难以形成绕梁三日的余韵和反刍空间。

冲突的内外哲学，对非虚构写作和虚构写作是通用的。尤其是前者，切勿只顾耳闻目睹的直观"真实"而忽略对人物内心世界的探索，正如阿列克谢耶维奇在《我是女兵，也是女人》一书中所说："写战争，更是写人……我记住的只有一点：**人性更重要。**"

侧重不同，风格各异

结构不仅事关情节的编排，还是加强冲突的保障。原因不复杂，

---

① 梁鸿.中国在梁庄.北京：台海出版社，2016：14.

生活的自然顺序是流水账，是没有经过提纯和重构的，如果原样克隆，那么再好的故事胚子也催人入睡。

好比远古的蛮荒之地，人类在上面修桥铺路，就是某种形式的结构化。没有这些纽带，货不转人不动，世界连故事都不会有，更不要说冲突了。因而，只有让故事的各个部件有序、合理、紧凑，结构才牢靠，对抗才源源不断，也才能持续将读者的心脏推向嗓子眼，使其放不下，忘不了。

结构的原理、类型和运用，我们在第三章已经详细讲解过。本章需要补充解析两点：**外部冲突和内部冲突**。前文也分别举例说明过内外冲突的侧重不同，会给作品带来不同的艺术效果。接下来，我们要剖析两种形式冲突的本质和展现技巧。

故事永远是复杂的，冲突的内与外虽有区别，却也相互依存。再猛烈的事件或灾难，最终也要落到人，没有人的内心冲突，事件或灾难只不过平地一声响；同理，再传奇的人生，也要落到具体的情节，没有人与困境的博弈，传奇只会变成空洞无物的碎碎念。

它们是硬币的两面，虽不会同时朝上，但表里相依。它们明暗交替，相因相生，共同组成冲突的基座。

虽说内外冲突的关系如此紧密，但在处理手法上仍然有所差别。这是由冲突的原动力决定的。**外部冲突的核心驱动力是情节，而内部冲突的核心驱动力则是人物**。因而，在情节驱动型故事中，一定有若干节点事件迫使人物做出选择，不得不从第一幕进入第二幕，又不得不进入第三幕。在正常生活里，没有人想主动陷入混乱甚至危机四伏的境地，除非迫不得已。**困境倒逼人物做出选择**，冲突才加大，情节才精彩。

相对应地，在人物驱动型故事里，人物的内心波澜要比事件变化更显著，其冲突也更多源自人物与自我的对立（或现在之我，或过去之我，或伤痛，或梦想，或秘密）。事件倒成了展示上述内在抗争的舞台——舞台再宏大璀璨，焦点也始终是台上的舞者。

　　更形象点说，**情节驱动型故事是"事推人"，人物驱动型故事则是"人带事"**。主次不同，常常导致从写法到阅读体验都不一样。

　　非虚构名作《夜幕下的大军》就提供了内外两种冲突的对比。它记录了华盛顿 1967 年 25 万人反越战大游行。有意思的是，作者诺曼·梅勒用两种手法写了这个亲历故事：第一卷"作为小说的历史"，重小说笔法，以人物视角切入，可视作人物驱动型故事；第二卷"作为历史的小说"，重历史笔法，采用全知视角，对所有脉络细节了如指掌，可视作情节驱动型故事。

　　从冲突角度来看，第一卷更注重内部冲突，第二卷更偏向外部冲突。我们可以通过图 5-1 和后面的引文，感受一下两者的差异。

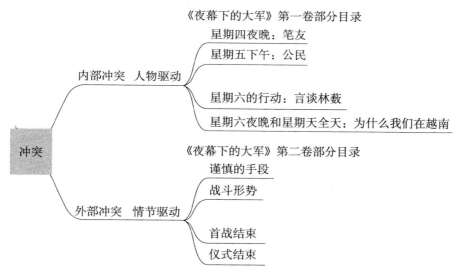

图 5-1　同一个故事，内外冲突的侧重不同将带来作品风格的差异

　　●"米契，我会去的，"梅勒说，"不过对这个事我也不愿意佯作高兴。"

　　一星期之后，有个女孩子给他打电话，要求他填写一封格式信件，并签上他的大名，表示支持学生，以便他们散发。梅勒回话的大意是他继续参与这项活动已经万不得已，再写上一封信就会断送这种局面，这是他不愿意的。①

●"我受到你的话的感染，它使我摆脱了一种心绪，进入了另一种境界。"

"什么样的境界，诺曼？"

"嗯，也许我能不再考虑自己。我不知道，卡尔，你的讲话对我产生了极为惊人的影响。"梅勒把最后几个字故意说得慢吞吞的，想去掉过分的感情色彩。②

● 梅勒对着记者、摄影师和麦克风说："我们昨天去了五角大楼，因为我们对越南战争进行象征性的抗议活动，我们被捕了。我们大多数人只被监禁了很短时间，但我们却成了以后行动的先驱者——如果明年战争还不结束。"③

从最开始的不情不愿，到逐渐受感染，最后成为反战先锋——主人公梅勒的内心变化，串起整场声势浩大的抗议运动。虽说事件很扣人心弦，但梅勒的选择和变化更让人期待——他的内心冲突，既是外部冲突的投射和观察窗口，也是历史事件下的群体缩影。

第一卷"作为小说的历史"是典型的单线结构，这从其章节标题就能明显看出——第一部分，星期四夜晚；第二部分，星期五下午……如此选择很自然，无论人物还是事件都变化剧烈且脉络清晰，沿时间线展示是最佳路径。

读者沿着梅勒的内心小径，感受他如何从冷漠变成愤怒，从看客变成先锋。理解了梅勒，就不仅了解了更多历史细节，还理解了那个时代的年轻人，从他们的呼声、争辩、团结和行动中，感受到战争之恶和民众之勇，最终有所思考，有所领悟。

然而，在第二卷"作为历史的小说"中，诺曼·梅勒却将事件靠

① 梅勒. 夜幕下的大军. 任绍曾，译. 南京：译林出版社，1998：10.
② 同①89.
③ 同①225.

前，人物靠后，如他所说"小说家把接力棒交给了历史学家"，他要以写史的态度来记录这个故事，需要全面的事实，更需要深刻的分析，因而寓理于事比以情动人更重要，也即要优先展现外部冲突。

　　● 草坪上曾经有三万人，可是现在突然只剩下了两万，一下子少了一万。那些汽车随着齿轮发出的嘎吱嘎吱的响声，悲鸣着加足了马力，沿着公路离去了。与此同时，那些留在草坪上的人们面面相觑，心里觉得可能他们也该走了；有人打算搭一辆出租汽车回去，也有人打算徒步远行回华盛顿——他们实际上已经饿了一顿，想进食了。于是，草坪上开始变得空荡荡了。在台阶上的示威者当时一定又互相靠拢了一些吧？大规模的进攻结束了。①

　　● 夜来临了。示威者进军五角大楼的活动进入了最后几个小时。他们很疲乏，非同寻常地疲乏。他们感到了危机——他们的肾上腺素经过几个小时的连续使用，已经供应不上了，因此他们已经失去了进攻的力量，甚至失去了自卫的能力。是的，他们此刻只想和平示威，几乎像圣徒那样没有其他的杂念。不过，他们都感到非常虚弱。在黑夜中，他们都互相靠得很拢。他们静静地等待着。五角大楼的那几堵墙变得愈来愈大了。

　　子夜前的十五分钟，一个声音突然从墙里边的喇叭中爆发出来。对示威者们来说，这就像是五角大楼发出的声音。老大哥终于开口了。②

　　相比第一卷，第二卷的笔触更客观、冷静，像个旁观者，因为作者的目的就是写史。而历史不仅需要记录，还需要解释，于是他使用了逻辑结构（剥洋葱结构）——以五角大楼之战为主线，沿此叙事的同时，不时插叙解释历史背景和思潮，告诉读者民众为什么到此，又为何愤怒……随着事实一层层剥开，读者也一步步全览真相。

---

　　① 梅勒. 夜幕下的大军. 任绍曾，译. 南京：译林出版社，1998：282.
　　② 同①305.

可见，对内外冲突的处理策略，将带来不同的文学效果和阅读体验，也需要匹配合适的故事结构。

悬念：情节的张力

上文我们说过冲突公式（**冲突＝渴望＋障碍**），这是让情节动力澎湃的秘诀。不过，这个公式还缺一个计算结果：人物最终突破障碍了吗？如果冲突不断分化，"缺少的结果"就越积越多，这些**悬而未决的冲突，就是悬念**。

本质上，悬念源自冲突，是冲突的一部分，可视为冲突的未知状态。举个例子就好理解了，很多人的办公室里都有个铁齿铜牙的大姐，见谁都吵架，这样的生活真是充满"冲突"。然而某天来了个新处长，决心治治她，于是处处立规矩。

一段时间后，大姐终于忍不住了，一拍桌子要找处长理论。进领导办公室后，门一摔，里面传来乒乒乓乓砸东西的声音。外面的人耳朵都竖起来了，谁都知道里面正激烈"冲突"，但无人知道状况。他们盯着门把手，屏息静待——最后鼻青脸肿出来的到底是谁呢？这就是"悬念"。

可见，悬念是更有技巧的冲突策略，精髓就在那扇"门"，它带来了延迟效应，让人倍感煎熬。写作者需要做的，也是找到更多的"门"，让真相被千呼万唤，极大地激发读者的好奇心。

悬念在虚构写作中的作用和地位已无须多言，尤其是悬疑推理类作品，"悬疑＋反转"已成标配。不过，对于非虚构写作如何用悬念却有不同看法。有不少学员曾反问我：既然是真实故事，又何须故弄玄虚？

这着实是误解，任何类型的故事都可以制造悬念。它就像盐一样，不管哪里的厨师，做什么菜系都放在最顺手的地方。还是那句话，**尊重每一个事实，但具体怎么讲，权力在你笔端**。

用场景制造悬念

对故事来说，场景很重要，因为人物形象、矛盾冲突都要依靠场景来体现。就像戏剧，总不能一块幕布演到底。因此，无论对冲突还是悬念而言，场景都是重要的舞台。

用场景来制造悬念，是有目的和策略的，不能为场景而场景。或者说，场景不能只充当情节可有可无的背景板，而要与人物相对抗，甚至让读者感到，周遭的环境正像乌云般笼罩、迫近人物，在窒息中等待某种难以预料的结果。

只有这样，悬念里的场景才能完成它的任务：**把读者带入文字构建的环境中，并使读者获得和视角人物一模一样的体验。**

2003 年普利策特稿奖作品《恩里克的旅程》（又译《被天堂遗忘的孩子》）就是善用场景制造悬念的案例。当年评委在颁奖语中多次使用了两个形容词：动人、详尽。还有评论者说："像一部悬念迭起的惊险小说。"

文章作者是时任《洛杉矶时报》记者的索尼娅·纳扎里奥，着手此题材时已年近四旬。她用了近半年实地采访，并花了两年时间写成。

在浩瀚的素材中，索尼娅最终选择了恩里克。但她并不是按部就班罗列这八次旅程，好些段落她都以场景先行，不急着交代前因后果，而是先带读者到"现场"感受：

> 在墨西哥奥克萨卡州铁路边上，有一个只有 36 户人家的小镇，叫安诺纳斯。一天收工的时候，农工塞伦尼奥·戈麦斯·富恩特斯看到吓人的一幕：前面有一个遍体鳞伤、满身血迹的男孩，身上除了短衬裤之外，什么也没穿。
>
> 是恩里克。他打着赤脚，一瘸一拐、东倒西歪地往前走。他右腿胫骨上有一道很深的口子，上嘴唇裂开了，左脸肿得老高。他在哭。

他眼睛红红的，眼里也满是血迹。他用在铁轨上捡到的一件脏兮兮的运动衫轻轻擦着脸上的伤口。戈麦斯听到他在低声念叨："给点水吧，求求您。"

塞伦尼奥·戈麦斯的疑惑渐渐变成了同情。他跑进自己的茅草屋，装满一杯水，递给恩里克。

"请问您有一条多余的裤子吗？"恩里克问。

戈麦斯重新冲回茅草屋，拿来几条裤子，膝盖上和裆部都有洞，但还能穿。然后，戈麦斯又好心地让恩里克去找镇长卡洛斯·卡拉斯科。无论发生了什么事，也许镇长都能帮上忙。

恩里克蹒跚走在小村庄的泥土路上，遇到一个戴白色草帽的骑马人，就问他能否帮助他找到镇长。"我就是。"那个人说。他停下脚步，盯着恩里克问："你从火车上摔下来了吗？"

恩里克又哭起来。[1]

全文用的是第三人称视角，大多以恩里克为视角人物。然而，到了上述段落，作者笔锋一转，以旁人（农工）视角来转述历经危难的恩里克。这样的好处是，使读者代入同样毫不知情的农工角色，一起看恩里克伤痕累累地走来，共同泛起惊恐和怜悯。

墨西哥小镇的平静和少年的鲜血形成强烈的对比。最先出场的农工塞伦尼奥·戈麦斯·富恩特斯负责传递第一视觉：男孩，伤痕累累，浑身是血，一瘸一拐，跌跌撞撞，皮开肉绽，上唇开裂……他的"疑惑渐渐变成了同情"。这个反应就是读者的反应：这个孩子到底怎么了？他经历了什么？他能活下去吗？……

恩里克什么也没说，只是要水和裤子，一点也没透露我们期待的答案。戈麦斯没有追问，转而指引他去找镇长。镇长骑着马，看到恩里克，盯着他，问了我们所有人都关心的那个问题："你从火车上摔下来了吗？"

---

[1] 纳扎里奥.被天堂遗忘的孩子.周鹰，王海，译.海口：海南出版社，2009：50.

是啊，他是失足掉下铁轨，被车撞了，还是被人打成这样？是遇到了黑帮、蛇头，还是野兽？……疑问太多了，让人皱起眉心。

但是，即使已把读者的胃口吊得这么高了，作者仍不着急交代原因，而是写"恩里克又哭起来"。能让一个曾无所忌惮的少年变得如此脆弱，他的遭遇一定非同寻常。

一连串疑问为后面的阅读注入动力，读者恨不得马上追下去，书也就放不下了——他们太想知道答案了。

用时间制造悬念

索尼娅的案例以空间展示为主，空间制造悬念的本领，它的"亲兄弟"时间一点也不逊色。我们都做过梦，梦里常让人吓破胆的，除了可能是个正节节崩塌的悬崖（场景），还可能是个跑得比博尔特还快的表（时间），而梦里你偏偏要赶着去高考……大汗淋漓之际，把我们拉回现实的还是时间——闹钟响了。

在电影里，秒针的滴答也是悬念的绝佳搭档。正在倒数的定时炸弹，荒废古堡里寂静摆动的老钟，还有那漫长得像一个世纪实际只有几分钟的英雄绝地反击……这些都在告诉我们：制造悬念，时间是个好东西。

在第三章"玩转故事结构，做时空魔法师"里，关于时间的用法介绍过不少。而**对悬念来说，最常见的技巧莫过于拉长紧张时刻**。时间的流逝是相对的，在沙滩喝果汁晒太阳的 1 分钟和拆弹专家屏息剪线的 1 分钟，在人的心理时间里却可能是 60 秒和 60 天的差距。

时间到了成熟作者手下，就告别了自然流逝的节奏，成了可以自由拉伸的橡皮泥。这种常见于电影艺术的技巧，在非虚构写作中也大有用场。如前所述，《凯利太太的妖怪》的作者乔恩·富兰克林，就是以时间为"锚点"，用几近统一的句式营造紧迫感：

> 时间是上午 8 点 25 分。
>
> 今天达克尔大夫打算取下这两个动脉瘤，目前它们是凯利太

太生命安全最大的威胁者。然后，他就要直接向妖怪进攻了。

···········

时间是 10 点 58 分。

达克尔大夫现在开始顺着威利斯沟绕到大脑后部，去对付第二个动脉瘤。这个更麻烦，这个动脉瘤和脑沟的后半部分缠在一起，紧紧贴着人的头部最敏感、最重要的组织——脑干。脑干控制着生命活动，包括呼吸和心跳。

接下来手术进行得更为艰难，也更加血淋淋。镊子冒着危险一毫米一毫米地在凯利太太的大脑中挖开一条通道。血在不停地流，镊子"呲呲"作响，吸血泵汩汩地往外抽血。推进、再探索。更多的血涌了出来。然后，镊子突然静止不动了。

"我什么也分不出来了。"大夫说。他把镊子又向前推了一点，想找到一个路标。

···········

"该死，"医生骂了一句，"我只能赶在她还能承受的时候抓紧再干几分钟。"

···········

时间是 1 点 30 分。

达克尔大夫一个人走到楼下大厅里，手里拿着那个棕色纸袋。他靠着一条硬硬的橘色长椅边坐下，打开奶油花生三明治。眼光凝固在对面的墙上。

再看手术室里，麻醉师掀起凯利太太的眼皮，拿起电筒照了照她的瞳孔。她的右瞳孔，正位于切口之下，现在已经放大，对光线刺激没有任何反应。这可是个凶兆。[①]

这个故事记录了一场失败的手术。凯利太太被大脑里的动脉瘤折磨了大半生，决定摘掉它们，代价是三分之一的死亡风险。到底谁将

---

① 加洛克. 普利策新闻奖：特稿卷. 多人，译. 北京：新华出版社，1999：6-16.

获胜？这个巨大的悬念在开篇就俘获了读者。

接着，随着凯利太太的颅骨被切开，气氛就紧张起来。富兰克林当然没有轻易放过它，他将这紧张时刻一再拉长，用时间做标记，像鼓点般推动情节发展："时间是 6 点 30 分……时针指向 12 点 29 分……现在是 1 点 06 分……"

跟着这些充满危机感的倒数时间，读者仿佛置身手术现场，看着平静不断被打破，每一次打破都产生新的难题，难题悬而未决或苦无出路，便成了悬念。在这漫长的拉锯和焦灼中，读者屏息之余又暗怀期待，一个字也不舍得跳过。

在时间烘托和悬念的接力中，情节张力被一再拉大，直至故事结束——"妖怪"胜利了。张力瞬间释放，读者的情绪也得到了最大的满足（哪怕是痛心和遗憾）。这时，悬念便可功成身退。

当然，不是每个故事都那么惊心动魄，但是不管选题是强情节还是弱情节，道理是一样的：**把人物或事件的关键转变拉长，增强冲突和悬念，避免把情节写成流水账。**

生活给人压迫感的东西还有很多。除了场景和时间，还有很多工具能用来制造悬念，例如人物动作、表情、对话乃至布娃娃，都能成为悬念之源。我们只需要牢记悬念的本质：**开启冲突并延迟告诉读者结果，** 在阅读的注意力争夺上，你已经赢了一步。

细节：多展示，少讲述

有了冲突和悬念，就为情节注入了动力和张力。然而，这时还不能一劳永逸，就像蒸汽火车头，要走得快，煤要烧得旺，铁轨也要平滑锃亮，倘若锈迹斑斑还扭成麻花那样，脱轨便是迟早的事。

对应写作，让冲突和悬念运转在更优的行文轨道上，也是故事中段的任务。如何铺好这条铁轨，让冲突持续加速？这就涉及两个常见的行文概念：展示和讲述。

那何谓展示，何谓讲述呢？正如再高超的武功也要从一招一式练起，再复杂的作品也能分解为若干基础元素。例如在行文层面，来去不过"三板斧"：叙事、描写、对话。作家斯蒂芬·金在创作自传里也总结过这个法则：

> 在我看来，短篇小说也罢，长篇小说也罢，都是由三部分构成的：叙事，将故事从 A 点推至 B 点，最终推至 Z 点，故事结束；描写，把读者带进现场；对话，通过具体言语赋予人物生命。[1]

相互对照，我们大致可得（尽管我认为不完全一致）：**讲述＝叙事，展示＝描写**。为方便表述，本书将"展示"和"描写"视作相同概念，不做区分。举个例子：

讲述：她很虚弱。

展示：她连筷子都拿不起来了。

不难看出，讲述是高度概括，让人感到笼统模糊，好像在听某个遥远的传闻。而展示通过细节描写，让"虚弱"这个词通过筷子、拿不起等物件和动作，转化为生活经验，将读者带到故事之内，共参与，共感受。

无论是冲突还是悬念，目的都是让读者产生代入感，如身临其境。与此对应，我们的语言就不能干瘪扁平，而要有立体感和画面感，最好还是裸眼 3D 的。

总之，如果想让情节精彩，就一定要给它舞台，让背景缓缓展开，角色各自精彩，吸引读者进入、感受，最终获得共鸣和启示。一言概之：**多展示，少讲述。**

不要一讲到底

当编辑的时候，常常收到一类"简历式故事"——我做了甲事、

---

[1] 金. 写作这回事：创作生涯回忆录. 张坤，译. 上海：上海文艺出版社，2014：141.

乙事、丙事还有丁事，像职场新人面试时哆哆嗦嗦的自我介绍。我好想问他："这位朋友，是不是手抖发错了故事大纲？"

我婉言拒之，大意说您的作品只见"讲述"，不见"展示"。然而，马上理解的作者不多，甚至还愤愤不平。

久而久之，我倒也不烦恼了，把它当成现象来琢磨。我总结得简单实际：讲述需要的信息少，展示需要的信息多，人性向懒，能舒服谁要折腾，于是写作容易一"讲"到底。但是读者也不傻呀：有能读出"环绕立体声"效果的作品，我为什么要看味如嚼蜡的流水账呢？

可见，"多展示，少讲述"这条戒律背后，存在着深刻的供需关系和双向选择，指引并制约着作者不能随性而为。为了说明这个道理，我们接着前述的"简历式故事"，来模拟一个案例：

> 他的爱好是喝酒，特别喜欢二锅头。每次来店里，他都喜欢自斟自饮。他性格吝啬，从没见他请人喝过酒。

像不像简历，或小时候老师的年终评语？一个个本该鲜活的人物，却硬生生写成一张张"表格"。然而，读者不是面试官，也不想面试。他们只想进入故事，感受故事。

当然，上述案例是动了点手脚的，还是请出原文来好好打一下脸，出自李娟的非虚构散文集《阿勒泰的角落》：

> 可是后来又发现，其实还有很多人更愿意孤独地喝酒。比如杰恩斯别克，总是悄悄地来店里买一瓶二两装的二锅头，靠着柜台享受似的慢慢啜饮。冷不丁有人掀门帘进来，就迅速把瓶盖一拧，口袋里一揣，若无其事地和来人打招呼，耐心地等着对方离开。然后再继续掏出来享受。跟个馋独食的孩子一样。[①]

李娟一家在深山牧场经营了一个小店，这个小故事叫"喝酒的人"，回忆她所见过的各色各样的酒鬼。读着这段，感觉酒气都快喷

---

① 李娟. 阿勒泰的角落. 北京：新星出版社，2013：47.

脸上了，恨不得上前戏弄一下他。"展示"所营造的现场感和代入感，再怎么"讲述"也是做不到的。

调动感官：细节也能有气味

展示虽好，但写好却很难。新手容易东施效颦堆砌细节，而且还有个不易察觉的误区——太依赖眼睛，只写所见，却不顾听觉、味觉、嗅觉、触觉在嗷嗷待哺。要展示好，秘诀在于充分调动读者的感官，让他们看得到、听得到、闻得到甚至摸得到，或者说，**要写出"通感"**。

通感在虚构写作中用得更早，也更娴熟。我们可以先借助虚构文学的案例来感受其魔力。

阿城的《棋王》明面写棋，写吃也了得，那年头饿呀。那"他很饿"这个讲述，该如何展示出来呢？有一段真是写活了：

> 有一次，他在下棋，左手轻轻地叩茶几。一粒干缩了的饭粒儿也轻轻跳着。他一下注意到了，就迅速将那个干饭粒儿放进嘴里，腮上立刻显出筋络。我知道这种干饭粒儿很容易嵌到槽牙里，巴在那儿，舌头是赶它不出的。果然，待了一会儿，他就伸手到嘴里去抠。终于嚼完，和着一大股口水，"咕"的一声儿咽下去，喉结慢慢移下来，眼睛里有了泪花。他对吃是虔诚的，而且很精细。有时你会可怜那些饭被他吃得一个渣儿都不剩，真有点儿惨无人道。[①]

看看我们都感受到了什么：
视觉：茶几、饭粒儿、筋络、喉结、泪花。
听觉：轻轻跳着、"咕"。
味觉：嚼饭粒儿、咽口水。

[①] 阿城. 棋王·树王·孩子王. 南京：江苏凤凰文艺出版社，2016：10-11.

触觉：叩茶几、嵌牙、伸手抠。

人用感官认知世界。"讲述"胜在简短，但坏处也显而易见——将鲜活生动的日常经验抽象成概念。**"展示"则恰恰相反，将概念"解码"为可感知的细节**，把"饿"这个抽象的词具象化为各种感官反应，继而将"极饿"和"求食"这对冲突烘托好，让人久久沉浸，反复回味。

这个意识和方法在非虚构写作中同样适用，只要足够真实、细致、能唤醒感官，就能有出色的艺术效果。非虚构作家南香红在特稿《骑在文明的边上》里就有非常精彩的细节展示：

> 这是一家人最安详的时刻。牛奶浓郁的香气飘荡着，那气味里有暖暖的温度，扑在人脸的皮肤上。一只小羊闻到味道熟门熟路地走进来，把头钻进布比汗的怀里。布比汗拿出一个婴儿奶瓶，灌满牛奶，小羊立即贪婪地吸吮，发出很大的响声。几秒钟，一瓶牛奶就喝完了，接着是第二瓶。[①]

短短几句，就调动了四种感官：

视觉：牧民、牛奶、小羊、奶瓶。

嗅觉：牛奶浓郁的香气。

触觉：暖暖的温度，扑在人脸的皮肤上。

听觉：（吸吮）发出很大的响声。

可以说，世上有多少故事，故事里有多少人，就有多少种"饿""香""暖"。何以表达，何以传递？最好的方式不是丢概念，不是说理，也不是解释，而是把读者带进去。作者退后，只管"展示"，让位给聪明的读者。他们自然能感受到一切。

远离注水：选择价值细节

故事要展示好，要调动读者的感官，细节是关键，但不能反过来

[①] 南香红. 野马的爱情. 广州：南方日报出版社，2011：80.

认为，只要使劲堆细节就是好的展示。

细节重要，选择价值细节更重要。尽量避免不必要的闲笔，落墨处要有用意或照应。**每一处描写，都要服务于情节发展和人物刻画。**若有大量可有可无、可留可删的笔墨，那就是注水。

这也是"展示"故事比"讲述"故事要重要且难得多的原因。既要细，又不能事无巨细；既要充分，又不能泛滥成灾。

要化解这个挑战，就要用有价值且差异化的细节，或者说要发现大家不知道、想不到的细节。就像剧作家索尔·斯坦因所说的："你是讲故事的人，不是室内设计师。"

多年前，我曾看过一篇外媒特稿，揭露华盛顿行政部门人浮于事、消极怠工的现象。作者卡伦·埃利奥特·豪斯没有急于摆数据讲道理，而是先写了个场景：

> 威尔森先生今年 52 岁，是美国农业部农产品外销局行政主管助理的助理。有一天，一位记者找他聊天，看见他的桌上仅仅摆了三样东西：一块糖、一包烟和威尔森先生的一双脚。①

当时把我看乐了。这不疾不徐、故作认真的冷幽默，比堆 100 个形容词都有效。也因为太生动，我至今仍记得这双脚。它不只是价值细节、传神细节，称之为"决定性细节"也不过分。

最后，凡事最怕矫枉过正。**鼓励展示，并不是说讲述不重要。**否则，通篇描写，细节漫漫洒洒，情节慢如蜗牛，也是很要命的。

"讲述"和"展示"应各司其职。前者使情节紧凑，快速推进；后者把读者带进故事，营造感官享受，激发情绪。

什么时候该快、什么时候该慢，取决于叙事需求和作者风格。尽量展示、克制讲述肯定不会是错误的选择，尽管前者要难得多。世事就是如此，越难的事，往往越正确。

---

① 豪斯. 农业部//布隆代尔.《华尔街日报》是如何讲故事的. 徐扬，译. 北京：华夏出版社，2006：286-287.

练习：一车一世界

坐一趟地铁，观察所在车厢的人与场景，然后描写它们。注意本章所说的"多展示，少讲述"的原则，不要试图抽象概括或模糊形容，要把现场还原鲜活，把读者带进去。

提示：

1. 注意环境描写和细节刻画

先观察车厢环境，找到最突出的特点；再观察乘客，看他们的衣着神态和动作表情的变化；最后选取一位或数位当主角，写好某个片段。

2. 一车一世界，思考人物一举一动背后的社会寓意

一位西装男，前一秒还趾高气扬，下一秒接到老板的电话，立即换了副嘴脸；童言无忌的孩子，指着一位贵妇的脸蛋说猴子屁股，身后的家长神情窘迫……不要为细节而细节，而要把这个小空间当微缩社会来观察。

3. 要有耐心，静待好场景

要多坐几站或几次，好的场景才会出现。你可以带着这个练习出行或通勤，把观察时间拉长。那个你经常遇到的女生、孩子、大叔、老人……也可能成为你笔下的书写对象。

学 员 范 例

加油！陌生人

我有点喝多了，在和朋友一起从酒吧走到地铁站的路上，我一直蹦蹦跳跳的。进了地铁站，和朋友挥手告别，各自上了不同方向的站台。我往北，车上人不多，但座儿已经坐满了。我站在门的一侧，脸朝车厢拉着上面的栏杆，开始兴奋地东张西望。我已经有几年没坐过地铁了，感觉很新鲜，尤其是晚上十一点这个时间，我对车上的人有一种好奇。我看到有西装革履拎着包的上班族，有衣着典雅气质高贵的时尚女性，也有学生样的青年和朴素的农民工，他们大多在看手机，也有看书的和发呆的，只是没有像我这样四下乱看的。我突然觉得生活如此多彩，世界如此美好，竟笑出了声。

倚在车门另一侧的女孩儿抬头看了我一眼，就又低下了头。这时我才注意到她，她的一身穿着有点动漫风，猜不准年龄，但应该比我小，我瞥了一眼她的手机屏幕，哦，这个 App 我用过，她在学英语。我心生感叹，大家都在为生活而努力着，多好啊！这时我开口了："学英语呢？"对方没有抬头，也没有回答，我才意识到我应该是酒后鲁莽了，心里一阵自嘲，探身看了一眼指示灯，我快到站了，正要移步，听到女孩儿回答："嗯，从最基础的学起。"我回头看她依然没有抬头，不知该怎么接话，这时地铁门开了，我要下车了，就边走边大声地说了句："加油！"然后跟着两个人头也不回地下了车。

今早一觉醒来，想起昨晚的事，捂脸笑了半天。

——堂心（故事写作营第 13、14 期学员）

导 师 点 评

细节的魅力

堂心你好。这个练笔很有趣，也很自在挥洒。酒醉后的你在车厢里观察了一个微缩世界，还鼓励了一个陌生人，无论场景还是情节都很吸引人。你懂得用细节来展示，有环境、动作、表情、对话……读起来让人感觉点点滴滴尽在眼前，这就是细节的魅力。

有点可惜的是，你看见了形形色色的人，如果能通过细节展现背后的社会寓意就更好了。深夜 11 点，临近末班车，谁还在归家的路上呢？你笔下那位西装革履的男士可能藏着城漂族的辛酸；穿着时尚的女性可能刚逛完奢侈品店，手上一个包（当然，也可能是假的）就够旁边的农民工不吃不喝攒一年；学生模样的青年可能正在求职，邮箱里几封拒信让他一脸愁容……

如果能这样带着思考去观察，这些细节就不再寻常，而是在"展现"之外多了"体现"和"折射"，练笔的质量就会更高。真正创作时，才不会写出可有可无的鸡肋细节，一字一句都能为主题服务。

——叶伟民

第六章 　文笔与风格：找到行文舞步

　　一个作家的文章要写到不用具名一望而知是
出自谁人的手笔。

——费孝通

◆ 当我们谈论文笔时，我们在谈论什么

◆ 有害的腔调

◆ "3＋1" 元素写作法

◆ 风格：让文字自带烙印

　　说来好玩，每期故事写作营最受欢迎的不是选题、结构、情节等环节，而是文笔与风格。这和我的课程设计有些不一样，好比练武，招式虽好，但无内功支撑，也不过是花拳绣腿。

　　文笔当然重要，像汪曾祺甚至认为"写小说就是写语言"，但那只是对他而言，对大部分人未必合适。我们必须把功夫做在前面，只要选题好，材料丰富，结构合理，情节跌宕，思想深刻，文笔就是水到渠成的事。就像季节到了，泥土照顾得好，花就该开一样自然。**文笔也同理，是"写得好"的果，而非因。**

　　这个道理我在课上说过多次，却架不住学员的热情，而且越是掰碎揉烂地讲，大伙儿的满足感就越洋溢，甚至有种速成的假象。我起初还有点不安，想敲碎这种幻想，浇浇冷水，好回到慢进的"正轨"上来，结果像以油灭火，越浇越旺。

　　我不得不重新思考写作学习中的心理满足机制。不得不说，"文笔好"既让人迷恋，也让人迷惑。这是个似是而非的赞赏：夸的人不知道到底好在哪，或许只是单纯被字数吓到；而被夸的人却自行理解，洋洋得意，认定并放大某些怪异的特质，如华丽的辞藻、晦涩难懂的术语，动不动就排比，或能绕地球一圈的长句……

　　可见，在写作学习的链条中，"文笔"是最需要重塑的环节。它之所以讨喜，留下"很好学"的印象，只是概念模糊所带来的误解和错觉。

　　相比虚构写作，非虚构写作对文笔的要求更为苛刻，根源还是真实性的限制，使得行文不仅要准确，还要美妙。于是，**对准和美的理解和拿捏，便是非虚构写作里文笔修炼的要领。**

当我们谈论文笔时，我们在谈论什么

　　到底啥才是好文笔呢？看看前人怎么说。清代诗人沈德潜在《说诗晬语》中有精辟之言："古人不废练字法，然以意胜，故能平字见奇，常字见险，陈字见新，朴字见色，近人挟以斗胜者，难字而已。"

文笔诸多密码，沈老师道出了其中两点：**意到之处，"平""常""陈""朴"的字也能有"奇""险""新""色"之效；好好说话，别用难字唬人。**

这些朴素的道理如父辈的唠叨，听着老套，走上一程才觉是箴言。文笔的法则，也大多是这般微言大义。

准确是第一要务

不弄清好文笔的本质，自然不知道练什么。加上各种想当然的标准横生，"文笔"二字被谈得越多，面目越模糊。于是各种问题来了，词汇党狂秀生僻字，修辞派堆一公里长的排比，句式粉大玩套娃从句……作者沾沾自喜，读者饱受折磨，还混淆了真正的美。

这可谓舍近求远了——舍本真之"近"，求花式之"远"。什么是好的语言？什么是差的语言？中外作家的意见高度一致：好的语言就是**准确**。

"一目了然，这是才情卓越的特权。"福楼拜如此教莫泊桑写作的要领。后者拜师前，已有不少作品，却总觉得差点意思。福楼拜直截了当地说：是你功夫还不到家。

"那怎样才使功夫到家呢？"莫泊桑问。福楼拜既没有拿出神功秘籍，也没有打通其任督二脉，只让他去看马车。莫泊桑看了好几天，一天比一天捕捉得细致精准，终于悟出了点东西。

这点东西，除了"一沙一世界"这类道理外，还有福楼拜的"一词说"："你所要表达的，只有一个词是最恰当的，一个动词或一个形容词，因此你得寻找，务必找到它，绝不要来个差不多，别用戏法来蒙混，逃避困难只会更困难，你一定要找到这个词。"

这个心法影响了后世众多作家，包括中国的木心。他有新的理解："'唯一恰当的词'，有两重心意：一，要最准确的。二，要最美妙的。"

木心将这寻找的过程视作写作的幸福。苦思冥想，左顾右盼——来了，这些词会自动跳出来，争先恐后，跳满一桌子，一个比一个准确，一个比一个美妙。

如果文笔有百炼成钢的基本功，那一定是"准确"。作家毕飞宇在评水浒时多次提到这一点："小说语言第一需要的是准确。美学的常识告诉我们，**准确是美的，它可以唤起审美**。"

人人心中所有，而笔下所无

明确了文学语言的要务，那一个劲儿地练准头就行了吧？没那么简单。机械理解概念，会成为概念的囚徒。电器说明书准确吗？商务合同准确吗？都不赖，就是不美。或者说，**字义之准，不等同于文气之妙**。

这个道理自古有之。王安石有诗云："看似寻常最奇崛，成如容易却艰辛。"这既是评唐代张籍的诗作，也是自己的经验之谈。平淡而不平庸，淡而有味，才是作者该追求的艺术境界。

这并不易。越无华丽辞藻、无艰字僻典、无斧凿痕迹，背后越需反复锤炼，斟酌推敲，恰如卢延让的《苦吟》所言："吟安一个字，捻断数茎须。"

说着玄乎，我们来看看当代作家是怎么做的。自 20 世纪以来，文学语言一直朝着简单发展，也就是要**说人话，说普普通通的话**。中外皆如此，如海明威，已经精简到一个高度，用词直白，句式简单。而要在寻常平淡的语言里写出味儿来，既显作者的功力，也是作者的任务。

难就难在这里——**用人人都能说的语言，写出别人甚少这样写过的东西**。听着拧巴，但细想又只能如此，否则新从何来？

汪曾祺是散文高手，文笔朴实无华，但又有趣得很。曾有评论家说："汪曾祺的语言很怪，拆开来没什么，放在一起，就有点味道。"

我们可随意赏析几句：

> 西瓜以绳络悬之井中，下午剖食，一刀下去，咔嚓有声，凉气四溢，连眼睛都是凉的。[①]

> 都到岁数了，心里不是没有。只是像一片薄薄的云，飘过来，飘过去，下不成雨。[②]

> 一直到露水下来，竹床子的栏杆都湿了，才回去，这时已经很困了，才沾藤枕（我们那里夏天都枕藤枕或漆枕），已入梦乡。
> 鸡头米老了，新核桃下来了，夏天就快过去了。[③]

"连眼睛都是凉的""薄薄的云……下不成雨""才沾藤枕……已入梦乡"这些句子，每个字我们都说过，但就汪曾祺写得出。何为从容，何为意境，何为余韵，尽在字里行间，不得不服。

很多人想一窥个中奥妙，汪老有一段话我认为概括得最通透："好的语言，都不是奇里古怪的语言，不是鲁迅所说的'谁也不懂的形容词之类'，都只是平常普通的语言，只是在平常语中注入新意，写出了'人人心中所有，而笔下所无'的'未经人道语'。"[④]

这个法则在非虚构写作中同样适用，而且进入 21 世纪后，非虚构写作越发追求文学性，逐渐超越报告文学时期的文风，具备比肩小说的语言美感：

> 夏天的那些日子里，天空没有一朵云，偶尔飘来一丝半缕，转眼就被燃烧殆尽了，化为透明的一股热气，不知消失到了哪里。四周本来有声音，静下来一听，又空空寂寂。河水哗哗的声音细听下来，也是空空的。
>
> ——李娟《阿勒泰的角落》

---

① 汪曾祺．人间草木．南京：江苏文艺出版社，2005：16.
② 汪曾祺．受戒．北京：北京十月文艺出版社，2012：62.
③ 同①17.
④ 汪曾祺．生活，是第一位的：汪曾祺谈艺录．南昌：江西人民出版社，2018：136.

人间也没有永远。我们一生坎坷，暮年才有了一个可以安顿的居处。但老病相催，我们在人生道路上已走到尽头了。

——杨绛《我们仨》

生前，他曾表示希望安葬在一棵树下。那应该是一棵国槐，朴素而安详，低垂着树冠，春天开着一串串形不卓味不香不登大雅之堂的白色小花。

——徐晓《半生为人》

练笔四字诀

道理归道理，听得再多也抵不过动手写一句。我们笔下之言，大多脱胎于前人，不断演化至今，才得此枝繁叶茂。因循守旧不行，胡乱创新也不行。

语言是要练的，而且要慢练，不是突击个大部头或背点名段名篇就能实现的。只有日复一日地积累、磨砺、内化，才能信手拈来，触处成文。否则，枯竭感难断难解，每每用词，便会举笔艰难，苦思不得。

那该怎么练呢？汪曾祺有个"四字诀"：**随时随地**。他在多次演讲中分享过自己的方法，如学习民间语言，熟读经典，读点戏曲、曲艺、民歌，研究老作家的手稿，最重要的是不断写，反复锤炼语言。

语言要随时随地地学习。一个作家应该对语言充满兴趣。到处去听听，到处去看看，看看有什么好语言……也应该看看、读读中国的戏曲和民歌，特别是民歌。我是搞了几年民间文学的，我觉得民间文学是个了不起的海洋，了不得的宝库。①

有害的腔调

了解了文笔的本质，就要先消除一些认知偏差。不过，要知好，

---

① 汪曾祺. 文学语言杂谈//生活，是第一位的：汪曾祺谈艺录. 南昌：江西人民出版社，2018：105.

先知坏。我们要讲好文笔，必须先弄清楚坏文笔究竟坏在哪里。

每期故事写作营，难度最大的不是讲课，而是批改作业。情节结构层面的意见好给，行文细节的建议却最难。一是隐性，二是细碎，要有米堆里筛沙子的眼力和耐心。很多问题不能算错，但不够好，而且还混入些奇奇怪怪的腔调。

改着改着，我非常理解余光中。当年他教翻译，改作业改到恼火：这哪是教翻译，不就是改学生的中文嘛！于是，他就地转型语文老师，写了一系列抨击"中文恶性西化"的文章。如今再读，仍振聋发聩。

非虚构写作是舶来品，无论理论、方法还是作品都自带异国腔调。包括我自己，从业之初就从杜鲁门·卡波特、汤姆·沃尔夫、盖伊·特立斯等非虚构开创者身上吸取营养。上手期还好，时间长了，就会深感割裂，加上年岁渐长，多了沉淀，不觉间文风也返璞归真。

语言融合是大趋势，应各取其优，而非泥沙俱下。很多新手自觉写不好，句式缠绕、用词繁复、行文啰唆、文气不足，大多为余光中所说的"恶性西化"所困扰。对这些弊病，如果不弄清纹理和源头，我们的文笔学习就不过是修修补补，难治根本。

堆砌辞藻，卖弄文采

先说词汇，有一个基本原则：**简单直白的词就是好词，不要用一些故作高深，实则你不熟悉的词。**例如"他做事马虎"就挺好，非要写成"他做事颟顸"，就多少有些不真诚了。

爱用难字或掉书袋，是卖弄，更是心虚，正因为不自信，才怕花招儿玩少了，镇不住读者。斯蒂芬·金有句贴心话：**"你大可以满足于自己已经有的（词），丝毫不用妄自菲薄。"**

堆砌辞藻也是文笔的高发病，像新生儿的黄疸，大多数新手都会犯一犯。症状林林总总，本质却近似：拼凑自己未曾经历或未能理解的意境和体验，无端放大私人情绪，并企图强加于读者。

例如马尔克斯《百年孤独》的开头：

> 多年以后，面对行刑队，奥雷里亚诺·布恩迪亚上校将会回想起父亲带他去见识冰块的那个遥远的下午。①

很经典，常被模仿，但稍有不慎，画风就是另一个样子：

> 多年以后，某个明媚而忧伤的五月，我将从荒芜的青春里看见无边的苍茫。时光穿越悲喜与无常，碎了一地。

强行构建意境，实则矫揉造作、不知所云，应了辛弃疾那句"为赋新词强说愁"。**好好说话，是写作者的基本修养。**

句式复杂，滥用长句

过了词汇关，就该到语法。别担心，不是中学课本里那些令人生厌的语法点，记住一点就好：**结构简单的句子就是好句子。**

中文多短句，后来受英文影响，句子才长了起来。所谓"英文重结构，中文重语义"，英文句子像精密构件一样环环相扣，讲究逻辑与秩序，而中文句子讲究节奏意境，组合灵活多变，像流水，像清风。反过来，用中文书写时雕琢句子结构，就相当别扭了，因为中国人不那样讲话。例如：

> （例1）曾经在10年前资助过张三读大学的李四的儿子李五是今晚的贵宾。

语法上不算错，但不好，定语重重叠叠，像麻绳堆缠在一起，而且还有歧义。修改时，应分拆，换短句：

> （改1）李五是今晚的贵宾，他是李四的儿子，10年前曾资助张三读大学。

这样好多了，回归了更清爽标准的中文表达。如果说这类还算一

---

① 马尔克斯.百年孤独.范晔，译.海口：南海出版公司，2011：1.

眼能辨的病句，有些坏句子则更难察觉，常常每个字都没错，凑一块就是不太对。更糟糕的是，句子结构层层叠叠，像套娃似的。举两个反例：

（例 2）厌倦了商场的尔虞我诈的他，渴望回归喂马、劈柴和周游世界的简单的生活。

（例 3）当他打开保险箱并发现机密文件上的头发丝不见了的时候，他马上意识到这里可能已被刚才电梯里的黑衣人潜入。

即使从视觉审美角度，它们也已经不妥了：超长的主语、宾语或状语，要不虎头蛇尾，要不尾大难掉。累赘，拖沓，不脆口，不悦耳，不顺眼，失去了汉语的灵动、意境和韵律。

我们给它们动动手术，拆长句，剥从句，去掉不必要的连词、介词，将冗长的主语、宾语换成短句……可改为：

（改 2）他厌倦了商场的尔虞我诈，渴望回归简单的生活，喂马、劈柴，周游世界。

（改 3）他打开保险箱，发现机密文件上的头发丝不见了，马上意识到这里可能已遭潜入——刚才电梯里的黑衣人！

实际上，不只是中文，全球众多作家、学者都对语言的日渐臃肿深表警惕。一个世纪前，康奈尔大学英语系教授威廉·斯特伦克写下《风格的要素》一书，树立了英文写作的诸多法则。例如：

使用主动语态；

用肯定句陈述；

使用肯定、明确、具体的词语；

删掉多余的词语；

避免使用一连串的散句……

这些行文原则，对其他语种的书写也极具参考价值。总之，想提升文笔，可从优化词句入手，**少用长句，多用短句，让句子干净通**

透，且多用名词和动词。

翻译腔

翻译腔由来已久，几乎是近代白话文运动的伴生。不过，我们现在用于调侃的翻译腔，却大多出自译制片：没完没了的上帝，大惊小怪的语气，一言不合就打赌，不知所谓的咒骂和比喻……凑一块儿，14 寸黑白电视机前那些熟悉的记忆又回来了。

这些奇怪的腔调，硬译自然是源头，视听匹配也是现实需求，否则人家嘴巴动了半天，你就一个成语对付了也不妥。于是，一种过度混搭、不伦不类的文体出现了。"噢，我的老伙计""我敢向上帝发誓""用皮靴狠狠地踢他的屁股"也成了日后的网红句。

还能调侃，证明这类翻译腔还不是大问题，起码没有人会刻意这样写。然而有些更隐形的翻译腔却在啃食汉语的美感。我当编辑的时候，就常常遇到这样的文风，掰开看，词句都没问题，但合起来念就觉得哪哪都不对。模拟一句：

> 我已经结束了那该死的任务，现在我将返回五十公里外那间飘着蔷薇香气、不时有红腹松鼠光临的寓所，把头埋进松软的鹅绒被子里。除了辘辘饥肠，谁也别想撬开我那双像糊满了巧克力酱一样沉重的眼皮。

像不像外国小说的硬译？作者用复杂的句式、译制片般的用词和语气，刻意制造某种特异的腔调。乍看还挺新鲜，但多读几句就会腻，因为**它不自然，形式大于内容，经不住细品。**

余光中在他批判"中文恶性西化"的系列文章中，还提出了更多更细微的"文病"。这些"毒素"已融入当代人的语言。久而久之，人们便习以为常了。来看这些例句：

（例 1）这本书的可读性和实用性都很强。

（例 2）他已经尽了作为一个儿子应尽的责任。

（例 3）对于我们提出的建议，学校还没有做出任何回应。

（例 4）基于这个原因，关于调薪方案，我们明天将再进行一次讨论。

（例 5）这部电影被很多人看过，观众们无一不被感动。

这 5 个模拟案例尽可能网罗了典型的"西化症"。如例 1 的伪术语，"可读性"与"实用性"貌似客观精准，实则舍近求远，不就是好看实用的意思吗？再是介词滥用，例 2 的"作为"、例 3 的"对于"、例 4 的"基于"均属赘语，都是英文短语的硬译。

还有例 5 生硬拗口的被动句式，用的人也不少。和英语恰恰相反，中文的被动观念很淡，无须处处分出主客。此外，过度使用数量词、动词、复数，也会带来赘笔。

最隐性的是两个"万能动词"：例 3 的"做出"和例 4 的"进行"。余光中在《怎样改进英式中文：论中文的常态与变态》中评论其"恶势力之大，几乎要吃掉一半的正规动词"，骂得相当狠了。

具体点说，明明可以"回应建议""讨论方案"，却非要再加一个动词不可。这一现象不独中文有，英文亦然，奥威尔喻之为**"文字的义肢"**。我认为生动极了。

数完槽点，上述 5 个例句可用更纯正简约的汉语修改如下：

（改 1）这本书好看又实用。

（改 2）他已经尽了做儿子的责任。

（改 3）学校还没有回应我们的建议。

（改 4）因此，我们明天将再次讨论调薪方案。

（改 5）很多人看过这部电影，无不为之感动。

论文腔

我当编辑的时候，最怕收到一类来稿：里面每个字都认得，连起来就是看不懂。我得配本专业词典，才能连蒙带猜看个大概，狼狈如大学时考前抱佛脚。

语言学家史蒂芬·平克形容他们为"专业自恋"，常常忘记文章写给谁看，大段描写只有同行才会着迷，而不是读者真正想知道的东西。说白了，就是**行话多，人话少**。

在其著作《风格感觉》里，他搜集了不少这样拿腔拿调的反例：

> 近年来，越来越多的心理学家和语言学家将注意力转向儿童语言习得的问题。本文将评述这一过程近年来的研究。[1]

又是一番猜字谜，直入主题如何？

> 小孩子不用专门上课，就能懂得一门语言，他们怎么做到的?[2]

这就是"论文腔"，用于学术写作尚可理解。但不少人混淆了专业写作与大众写作的目的，如写教科书般堆术语，拗口有余，美感全无。这个坑，学者、研究者和专业人士最容易掉进去，职场人士、公务员也有此倾向。

写作行文，准确之外还应美妙。木心曾言："准确而不美妙，不取，美妙而不准确，亦不取。"准确有余，则语言艰涩；美妙至上，又显造作。个中平衡，方显功力。

《华尔街日报》的内部写作教程，对作者滥用术语和空话套话也甚为警惕：

> 如果他的打字机中蹦出的尽是一些诸如"问题""情况""反应"或者"利益"这样的抽象名词，他应该立刻停下来，问问自己能不能用更具体、更形象的词语来取代这些抽象词语。[3]

---

① 平克. 风格感觉：21 世纪写作指南. 王烁，王佩，译. 北京：机械工业出版社，2018：50.

② 同①.

③ 布隆代尔.《华尔街日报》是如何讲故事的. 徐扬，译. 北京：华夏出版社，2006：179.

这其实提供了解决思路：不管你用什么方法——找专家大牛、科普读物或纪录片——都要把这些行话、空话、套话转变为"人话"，直至你能用简单直白的话复述出来，你才算真正理解，也才能写出自己的新东西。

上述论文腔还算无意或拿捏失准，另一种论文腔却是故意为之。用老话说就是"掉书袋"，把简单的问题往复杂里整，以显得自己有学识，有水平。

这个问题，鲁迅在九十多年前就嘲讽过了。他在《作文秘诀》一文里正话反说，调侃要做好中国式古文，修辞秘诀一在朦胧，二在难懂，其本质不过"掩丑"。国人却很吃这一套，因为"我们是向来很有崇拜'难'的脾气的"。

最后，他将这"障眼法"推论至白话文：

> 做白话文也没有什么大两样，因为它也可以夹些僻字，加上蒙胧或难懂，来施展那变戏法的障眼的手巾的。倘要反一调，就是"白描"。

> "白描"却并没有秘诀。如果要说有，也不过是和障眼法反一调：有真意，去粉饰，少做作，勿卖弄而已。[1]

但显然，不管在什么年代，大师的劝诫总有人不以为然。2020年浙江满分作文《生活在树上》就是一例，仅开头几句就伤害了我：

> 现代社会以海德格尔的一句"一切实践传统都已经瓦解完了"为嚆矢。滥觞于家庭与社会传统的期望正失去它们的借鉴意义。但面对看似无垠的未来天空，我想循卡尔维诺"树上的男爵"的生活好过过早地振翮。

当时外界围绕此文吵翻了天。我媳妇儿也看到了，吐槽自己好像不认字儿了，要我讲讲这孩子写了啥。

---

[1] 鲁迅. 鲁迅全集：第4卷. 北京：人民文学出版社，1981：614.

好家伙！就上面几句，搜索引擎就得打开两次。最后我也弃读了，遭了家里领导一顿白眼。

依我看，错不在孩子，但阅卷组打满分，就十分草率了。这一示范，又不知道将有多少祖国的花朵到故纸堆里打捞死词生僻字吓唬人了。真是误人子弟！

总之，无论翻译腔还是论文腔，都是带病行文，最终伤害汉语独特的美感。戒除它们是持久战，除了正本清源的自觉，还需长时间的语感重建。以下建议可解燃眉之急：

第一，省略不必要的介词、连词、副词和短语。

第二，不滥用伪术语，把"××化""××度""××感"等虚头巴脑的尾巴砍掉（已融为日常用语的固定搭配例外）。

第三，不用画蛇添足的弱动词（"做出""进行"等），用原生动词。

第四，拆解过度冗长的句子成分。

第五，优先用短句，减少长句，避免套娃式的句子结构。

第六，多用主动句，少用被动句。

写作不易，仅仅维护美也是逆水行舟，必须不断重申常识，才抵得住文化交汇大潮下的小迷失。语言演变是必然的，但如果脱离根系，就如沼泽地上建城堡，难立，更难久。

"3＋1"元素写作法

提升文笔很考验耐心，需要漫长的沉淀和修炼，速成都是不靠谱的。不过，省去盲试和碰壁的成本，却是实实在在的需求。

早在我在《南方周末》当编辑时，就为这个问题头痛过。教新人写作实在糟心，文无定法，难以穷尽讲解，遇到直脑筋的，更是讲了芝麻忘了西瓜。

后来，几个老编辑琢磨出一套可量化和可拆解的基础元素写作法："3＋1"元素写作法，即以"叙述、描写、对话"＋"背景"为

基本单元，分拆模仿经典作品。

这方法好啊，年轻人都喜欢，相当于使云里雾里的理论纤毫毕现了。后来它还升级为色谱分析，每种基础元素对应一种颜色，逐句逐段给范文分类标色，作者的行文密码就现形了。

这方法传到我们这"届"编辑，又被赋予更魔性的口诀：一二三四，二二三四，换个姿势，再来一次。这个口诀取材于广场舞，当时满街满巷都是大妈在分解舞步，一开始自己能把自己绊倒，再过两周就跳得贼溜了。再复杂的事也经不住庖丁解牛，写作也同理。

行文密码现形了

这套分解法不是拍脑袋，在业内早有先例。第五章我们引用过作家斯蒂芬·金的"行文三板斧"。他把小说的行文分为三个基础元素：叙事（述）、描写、对话。

不过，非虚构写的是真实事件，尤其是新闻特稿，事件或人物的背景必不可少，因而还需要加上"背景"这一元素。它与其他三个元素的关系我们下文再叙。

有了这套方法，我们就可以用来拆解作品。例如对《恩里克的旅程》中母亲出走的一段，我们可分析出如下结果：

> 那是 1989 年 1 月 29 日。他的妈妈从门廊里走了出去。
>
> 她向远处走去。【描写】
>
> 恩里克一遍又一遍地哭喊道："妈妈哪去了？"【对话】
>
> 母亲再也没回来，这决定了恩里克的命运。他长到十几岁——其实还是个孩子——的时候，将独自去美国找妈妈。【叙述】不知不觉中，他成了每年从中美洲和墨西哥到美国的大约 48 000 名孩子中的一员。这些孩子都是非法偷渡者，而且没有父亲或母亲与他们同行。大约三分之二的孩子最后都会落到美国移民归化局的手中。【背景】

每一句每一段都各有所归，如果再标上色，就不难发现，好文章都是各色穿插有序，如果全篇集中一两种颜色，那么多数是有问题的。如此分析后，再不会写稿的人，也能像婴儿坐上学步车那样走起来。

找到行文的舞步

后来我们发现，"3＋1"元素写作法还能解决更多问题，例如通篇都在叙述的"词条体"，或者全都是描写的"细节控"，还有人物一直在对话的"碎碎念"——**它们都是过度单一运用某一元素的结果。**"3＋1"元素写作法相当于标识清晰的筐，将材料和采访所得分拆变换，对号入座，行文就穿插有致、详略得当了。

我们通过一个模拟操作，看看一段人物采访，是如何变成行文流畅、娓娓道来的故事。

案例背景虚构为：一个叫林林的女作家，花十年写成处女作《黑峡谷》，成为文坛最耀眼的新人。我去采访她，其中一个问题是——当初你为什么要写这本书？

林林很健谈，分享了十年前的一次远游，原话是这样的：

那要从十年前说起了，当时我 22 岁，趁大三暑假一个人去川西，结果一路下雨，困在一家旅馆，那是个背包客落脚的村子，挺荒的。旅馆建在山腰，背面就是悬崖。天气太糟糕了，感觉人都快霉掉了。

一天晚上，我躺在床上，外面又下雨了，窗帘被吹得乱飘。当时心情超差，看着像啥呢……对，像两支招魂的幡。我起来去关窗，外面闪电狂闪，你肯定想不到这场景，太壮观了，整个天空亮了，地面也跟着亮，地上还有一道道裂谷，黑乎乎的，就像电影里的外星球。雨越下越大，把玻璃打得啪啪响，我突然有了冲动，想写东西，就是想试试，没准我也能写小说呢？

有了念头就压不住了，第二天我冒雨回去，到家就开始写，那晚的场景还被我写进开头。现在想起来，还真是神奇，那是一种被召唤的感觉。

以上是原汁原味的人物自述，很口语，很破碎。除非你打算写人物访谈，写故事是没法直接用的。我们需要对照四种基础元素，把信息归类、改写、打磨。

1. 第一步，优先考虑"对话"

引语应该遵循"从简原则"。具体到林林的访谈，我看中两句，一句是"像两支招魂的幡"，寥寥数字，环境心情都再现了；另一句是"没准我也能写小说呢?"，无心插柳、举重若轻的感觉也出来了。

2. 第二步，组织"背景"信息

写作不能只见树木、不见森林，背景就是把"森林"扼要、适时地告诉读者，好让他们了解全貌。

3. 第三步，选择最佳场景和细节，用于"描写"

故事的基石是细节，但不能都是细节。描写实则是行文中最奢侈的部分，会减慢叙事节奏，但又以代入感形成补偿——让读者身临其境。

林林的讲述中，最具此潜质的就是看窗帘乱飘，继而看到闪电降临大地的一幕，很魔幻，像奇观一般，值得多着墨。

4. 第四步，"叙述"，行文加速器

走完以上三步，剩下的就归叙述了。叙述实质上是浓缩交代情节，是行文的加速器。有人会分不清"叙述"和"描写"。叙述相当于发生了什么，侧重结果；描写则是怎么发生的，侧重过程。

完成这四步，一段人物采访的信息点就各有所归，可以各司其职了。再刨掉冗余信息，我写成以下段落，至少是个合格的人物稿开头：

22 岁那年，林林用大学最后一个暑假行走川西，却遇上了坏时节，被雨困在一家悬崖旁的旅馆。【叙述】一天晚上，她躺在床上，看窗帘在风中翻滚，吓得"像两支招魂的幡"。【描写＋对话（间接引语）】

窗外，闪电抚亮旷野，山谷幽深连绵，恍惚间如处外星异域。雨滴在敲窗，林林却突然有了念头："没准我也能写小说呢？"【描写＋对话（直接引语）】

这个想法如此强烈，她迫不及待地回到城市，一写就是十年，有了后来的《黑峡谷》，开头一幕便是当年的孤村雨夜——作家记忆中那个无法言喻的"神启瞬间"。【叙述】

这部处女作没有辜负时光，再挑剔的评论家也同意这是近年文坛最大的惊喜。更何况它在商业上也毫不逊色，上架一月就稳居畅销榜首位。已经有媒体用这样的标题了：2019 将是林林年。【背景】

四种基础元素的排列为：【叙述】—【描写＋对话】—【描写＋对话】—【叙述】—【背景】。这就是上述段落的行文舞步。我们可以通过分拆、模仿范文的舞步，从而实现快速起步。跟着多跳几遍，便会悟出自己的节奏。

现在我们再补充说说"背景"。前面也说过，之所以不照搬斯蒂芬·金的"三板斧理论"，是因为非虚构写作如果无背景交代，就变得不真实，这和其本质是相悖的，因而"背景"要与"三板斧"组成"3＋1"。但**"背景"的特殊之处在于：它可以通过叙述、描写或对话来展现，形式很灵活，其角色更像排球场上的"自由人"。**

因而，如果你写的不是历史或热点题材，那么对"背景"这一元素大可灵活处理；反之，对"背景"还是应该重视的，否则读者看了半天也不明白故事背后的现实图景，更不用说代入现实了。个中微妙和界线，要依赖写作者的判断和拿捏。

总之，"3＋1"元素写作法是经验的产物，算不上严谨的写作理论，只是一群老编辑在实际工作中的应对之举。它能迅速拉新人一把，但不能护送得更远。系统训练、积累理论、丰富实践和阅历才是真办法。毕竟，好作者都是用时间研磨出来的。

风格：让文字自带烙印

当年在报社当编辑，事事有变数，唯独两件最风雨无阻：一是出版，二是评报会。前者让人心力交瘁，后者让人爱恨交加，而且两者只隔了一夜。那真是吊着半条命来静候毁誉，偏偏文人多耿直，好就猛夸，坏就狠批，一点情分也不讲。

不过有个不成文的秘密却游离于褒贬之外，那就是风格。比如我，如果有人在会上说"这文章我不看署名也知道是伟民写的"，我就恨不得开上两席把楼上楼下请个遍。这意味着，我写出了个人风格——在我看来，这是对作者的最高奖赏。

这并非矫情，而是对"自我"的反哺。写作是思想的延伸，如果写出来的都是标准件，质地再好也是"孤儿"，因为张三、李四甚至机器人都能轻松取代我，作品无主，我也充其量是个复印机。

作家汪曾祺极其讲究写作风格，本质上也是对"自我"的追求。他曾言："一个随人俯仰、毫无个性的人是不能成为一个作家的。"①

什么是写作风格呢？简单地说，就是**作者在语言、体裁、技巧、情感、思想上表现出的个性特点和创新精神**。法国作家布封说过："风格即人。"诗人歌德则拔得更高："风格是艺术所能企及的最高境界，是作家成熟的标志。"

写作最终要面向公众，缘起却是个人。让作品自带印记，既是大众审美的要求，也是作者的任务。读者可不想看到规规矩矩、板板正正的流水线作业，也正是这份渴求，才让风格成为无数人笔下孜孜以求的东西。

---

① 汪曾祺. 生活，是第一位的：汪曾祺谈艺录. 南昌：江西人民出版社，2018：67.

风格等于标新立异?

有好几年，我的邮箱每天都被投稿掩埋。处理它们并不容易，如果你点出其不足或建言二三，有些作者便会回击："这是我的风格。"言下之意：我就是这样子，是你看不懂。

外来稿件就不说了，自己的记者也如此。我带他们手把手修改稿件，先得到例行感谢，后个别越想越不忿，回头质疑："你有照顾我的风格吗?"意思很明确：不是我写不好，是你压抑创新。

"风格"一词，就这样被偷换概念。在辩护者眼里，风格等于标新立异，反之就是无风格，更直接点就是平庸。这实在委屈了"风格"，**它从来不是什么杀马特、非主流的东西，也不是文过饰非的挡箭牌**。相反，风格既悠久又年轻，既稳定又变化，既多样又统一。如果写作者能找到并驾驭自己的风格，他的作品就会在茫茫文海中自带烙印，借周星驰一句台词，就像"漆黑中的萤火虫那样鲜明，那样出众"。

作家的风格从哪里来呢? 或者说，写作风格受什么影响，由什么决定呢? 就这个问题，夏丏尊和叶圣陶合著的《文心》列举了影响写作风格的四要素。

1. 取材的范围

写什么，就从源头决定了写作风格。有人爱写诗歌，有人爱写小说，有人爱写游记，有人爱写散文，即使同一个人写不同题材，风格也不一样。体裁和题材是顶层设计，对风格有统领式的影响。

我一直建议写作者应从最熟悉的领域写起，除认知优势外，还更容易形成自我风格。作家刘绍棠偏爱农村题材，写了一辈子，最终开创了"大运河乡土文学体系"。

2. 作者的品性

所谓"文如其人"，作者有什么样的个性，就写出什么样的文字。有人温和，有人急躁，有人细腻，有人敏感。温和的人写不好激昂澎湃的檄文，性子急的人也写不出幽默闲适的小品文。人贵有自知之明，选择写作类型和风格更是如此。

3. 作者的语言习惯

成长经历、生活环境、阅读习惯、职业影响……都会让人形成自己的语言特色。有人华丽，就有人质朴；有人豪放，就有人婉约；有人庄重，就有人诙谐。即使同一件事，不同人说也不同样，提笔写文章，风格自然也会各异。

4. 写作的习惯

正如做事的过程会影响结果，写作习惯也会影响作品风格。有人信手拈来，洋洋洒洒；有人字斟句酌，慎之又慎。这没有好坏之分，一气呵成的未必潦草，斟酌再三的也未必完美，但表现在风格上，就会有所区别：大手一挥的大多豪放，慢思细品的大多雅致，还有人嬉笑怒骂皆成文章，风格就更流动自由了。

模仿、摆脱、自成一家

风格可以穷尽吗？这个问题古人早已尝试求解。南朝刘勰著《文心雕龙》，将风格分为典雅、远奥、精约、显附、繁缛、壮丽、新奇、轻靡八类；唐代司空图著《二十四诗品》，把诗歌风格分为二十四类。

然而，无论哪种分法，风格都是无穷无尽的。**只要还有人写作，风格的进化就不会停止。**这对写作者来说是好事——无论前人走得多远，前方依然留有新大陆。

希望归希望，如上文所警示的，风格创新绝不等同于标新立异，那很有可能是自我麻醉。要找到适合自己的风格，最好以前人为阶梯，先守正，再出奇。

汪曾祺在《谈风格》一文中，把作家风格的形成分为三个阶段：**第一，模仿；第二，摆脱；第三，自成一家。**即遵循由已知及未知的路径，从已有的风格着手，再延伸、探索、创新。

先说模仿，不妨从喜欢的作家入手。既然你爱看他的作品，那你们一定有某些相通的特质，或思想，或志趣，或品性……这意味着，他的写作风格很可能是你的"菜"。

比如你喜欢王小波，他是后现代主义风格，那你就通读其作品，从模仿写起。除此之外，还要往上游回溯——读偶像的偶像。还是王小波，他喜欢的作家有奥威尔、卡尔维诺、卡夫卡、马尔克斯、杜拉斯等，一连串摸过去，你会感受到更一手的风格源泉。

汪曾祺也是这个观点："你要认老师，还得先见见太老师。一祖三宗，渊源有自。这样才不致流于照猫画虎，邯郸学步。"[1]

你可能会担心：那我岂不要学成第二个王小波？放心，哪有那么好的事！有个三四成就不错了。学不会的部分是人家独有的，求不来。但换个角度，这空白处不正是你创新的空间？

别忘了前文提过的影响风格的四要素。世界上不会有另一个你，你的经历、个性、喜好、思维都是独一份儿的。万不可看轻自己，也无须刻意改变，既要顺其自然，也要博采众长。

这些外来的、内在的、别人的、自己的东西交汇发酵，才可能发生化学反应，酝酿成新的风格。这就是前文汪老说的"摆脱"与"自成一家"。

理论上，有多少个写作者，就有多少种风格，而风格相近者众，便诞生流派。我觉得不必刻意扎堆，也不必刻意远离，**每个人的风格形成自有其时间表**。而且新风格的产生，不能由作者单方面宣布，要经过读者和市场长时间的检验，最终形成共识才算数。

创新必然慢成。那些看似一夜悟道的，不过是在我们看不到的地方蹚过了足够长的路。

---

[1] 汪曾祺. 生活，是第一位的：汪曾祺谈艺录. 南昌：江西人民出版社，2018：71.

练习：风格猜谜

找到个人风格从模仿开始。现在就找一位你最喜欢的作家，模仿他作品里的某个经典选段。完成后，把你的版本给你最信任的"第一读者"看，任何信息都不要透露，请他猜猜这是谁写的。

提示：

（1）如果他猜不出来，不要气馁，可能他只是对这位作家不熟悉。重新找一位你们都熟知的，再来一次。

（2）如果他一眼就猜出来了，那证明你模仿得很像。

（3）最好的结果，是对方觉得和某位作家"似而不同"。这说明你在模仿到位之余，已悄然长出自己的东西。

学员范例

仿写汪曾祺《昆明的雨》

原文：

我以前不知道有所谓雨季。"雨季"，是到昆明以后才有了具体感受的。

我不记得昆明的雨季有多长，从几月到几月，好像是相当长的。但是并不使人厌烦。因为是下下停停，停停下下，不是连绵不断，下起来没完，而且并不使人气闷。我觉得昆明雨季气压不低，人很舒服。

昆明的雨季是明亮的、丰满的，使人动情的。城春草木深，孟夏草木长。昆明的雨季，是浓绿的。草木的枝叶里的水分都到了饱和状态，显示出过分的、过于夸张的旺盛。

…………

雨，有时是会引起人一点淡淡的乡愁的。李商隐的《夜雨寄北》

是为许多久客的游子而写的……

———汪曾祺《昆明的雨》

仿写：

我真正体会雨季，是在黔地的官舟。虽然我仅仅待了几个月，但那几个月正好是它雨水丰沛的季节。官舟的雨是连绵的，延续出无限的生趣。当人以为止了，它倒藕断丝连，以为要滂沱起来，它又内敛克制地只零零散散洒下一些雨丝来。官舟的雨不是要将人摧残的，而是浸润，等过了雨季，所有生灵都会有新的变化了。

官舟的雨季是朦胧的、纤细的，使人有无限情思的。山色空蒙，雨丝茫茫。官舟的雨，在我记忆中总是雾色的，又带一层薄薄的青意。云雾萦绕着所有事物，山峦透过雾的帐子留下一些微妙的本色的影子。

雨，有时是会引起人一点毫无头绪的游离的。课上给学生讲到柳永的"千里烟波，暮霭沉沉楚天阔"，尽管词是秋景，我竟然有些混淆，以为自己也在沉沉的雾霭里过秋天了。但毕竟官舟没有那千里的长河阔天，我又很快清醒了。

———卡肉（故事写作营第 12～14 期学员）

第七章　人物写作三部曲

作家写小说应当塑造活的人物。人物不是角色，角色是模仿。

——海明威

◆ 脸谱化和纸片人

◆ 读心的艺术

◆ 让人物开口，但不是闲唠嗑

◆ 访谈：拒绝二手人物

在前面的章节，我们着重从情节、结构、冲突等"柱梁"层面来解析故事创作。然而宫殿能否成为传奇，不仅在于其是否坚固和瑰丽，还在于其主人。同样，好的人物能为故事注入灵魂，带来澎湃且长久的生命力。可以说，**人物强则故事强，人物弱则故事垮**。

我至今仍记得一篇英语阅读理解，也许是中学的吧。内容很简单，大意是一个肥宅和背包客辩论：人活着到底该不该去旅行？肥宅的观点是："浪啥浪，哪里的人都一样，还不是开心咧嘴、伤心抹眼？"背包客抢过话茬，说："背后的原因却大不一样。"

我太喜欢这段了，有点哲思语录的意思。那个下午，我干顾着玩味这段话，单词忘了记，英语老师的课也不听，更别说遥远的高考了。

后来我写作，某次举笔踌躇，突然想到那个年少的午后，像有人在耳边打了个响指，是的，**"原因大不一样"，这才是人物命运背后的根本驱动**。也就是说，谁哭了谁笑了不重要，全然在于"为什么"。

同样被打，《悲惨世界》的芳汀无法挽回地滑向幻灭，杨过正气不失终成大侠，阿 Q 则在调戏尼姑中寻求精神胜利。面对困境，A 这样选择，B 那样面对，每一个细节都是镜子，都那么耐人寻味。

也正因如此，回答每一个"为什么"，都是一场迤逦壮阔的文字远征——内窥精神世界，外观现实命运，并试图寻找它们的关系。

脸谱化和纸片人

世间诸多迷思，作家试图用笔开药方，相当部分就蕴含在一个个虚构或真实的人物中。不同的人性解读必然导致不同的人物形象，比如孙悟空对白骨精，是疾恶如仇还是爱恨无疆，会产生两种艺术效果，六小龄童和周星驰对此分别有过经典的演绎。

失败的人物塑造则恰恰相反，它会抹杀个性，以面具和样板套之，最终面目模糊，毫无生气。其中一种极端形式是事迹罗列，把一个人做过什么按时间排序。我把它称作"词条体"或"评语体"，它硬生生地把有趣的灵魂写成了"纸片人"。我们先来看个反例：

> 李明是我的中学老师。他很爱学生，对我们关怀备至。他工作勤勤恳恳，每天都早出晚归，回到家还要批改作业到深夜。因为敬业，他多次被评为优秀教师，是我们全校师生的骄傲。
>
> 李老师从小就立下做一名光荣的人民教师的理想。他自小聪颖好学，连跳三级，10岁就进入县一中，成为这里年龄最小的中学生……

像不像小时候在宣传栏上看到的先进事迹报道？若明年另一个人评优，换个名字照样能用。读者看似读了很多，但依然模糊得像隔着几条街眺望一个影子。

除了扁平，上述案例还有个隐形陷阱——**"脸谱化"且光环围绕**：老师就一定无私奉献，大人物就一定淡泊名利，老人就一定蔼慈祥，孩子就一定天真烂漫，父母就一定含辛茹苦……

这些处理手法常见于早期"高大全"文学，到后来的报告文学也时有冒出。例如，徐迟的《哥德巴赫猜想》中有这样一段：

> 何等动人的篇页！这些是人类思维的花朵。这些是空谷幽兰、高寒杜鹃、老林中的人参、冰山上的雪莲、绝顶上的灵芝、抽象思维的牡丹。①

作品发表于1978年，万物解冻，《哥德巴赫猜想》直面知识分子的困境，道出他们的心声，轰动一时。从历史维度看，这在当时是具有独特的时代意义和价值的。但今日仍生搬硬套的话，就显得用力过猛了。

从报告文学到非虚构写作，有继承，也有发展，从文风到思想内

---

① 徐迟. 哥德巴赫猜想. 北京：人民文学出版社，2017：56.

涵都发生了很大的变化。而人物刻画这抹灵魂，也要回归自然和纯粹，才能呼应当下读者对人性的全新理解，也才可能抵达真正的共鸣。

《南方人物周刊》副主编卫毅有个形象的比喻：**"非虚构写作可能就是把（报告文学所写人物）背后的金光去掉。"**[①]我认为很准确。

读心的艺术

写事易，写人难，这是必然的，因为事可穷尽，人却往往深藏。所谓"画虎画皮难画骨，画人画面难画心"，**写人本质上是读心的艺术。**

要抵达人物的内心世界，不像爱情剧里"把心掏出来给你看"这么简单，只有从外到内步步深入，有外貌，有细节，有欲望，有行动，有冲突，有危机，更有极端条件下的选择……人心才能一点点被挖出来，展现复杂的美，人物也才有生命，最终征服读者。

因而，人物刻画不是无差别地摊大饼，而是有策略和步骤的。我们大致可划分为三层：外貌描写、内心世界刻画与加大冲突考验人性。

外貌描写："分布式"刻画

第一层，是最基础的人物展示，包括外表特征、行为细节、嗜好习惯等。这一部分既可白描，也可做铺垫或埋伏笔。但总的来说，是简单直白的展示，就像你在见一个陌生人之前，先行了解其特点，好在人群中能一眼认出他。

我们先借助熟悉的文学作品，感受外貌描写对人物形象塑造的作用。《红楼梦》是这样描写贾宝玉的：

> 面若中秋之月，色如春晓之花，鬓若刀裁，眉如墨画，面如桃瓣，目若秋波。

这副花美男的模样，和武松这样的硬汉放在一起，像差了一个星

---

① 周途．非虚构：时代记录者与叙事精神．北京：清华大学出版社，2017：55.

球。《水浒传》中有云：

> （武松）身躯凛凛，相貌堂堂。一双眼光射寒星，两弯眉浑
> 如刷漆。

到近代，作家对人物外貌的刻画越发细致入微，例如沈从文在《边城》里对少女翠翠的描写：

> 翠翠在风日里长养着，故把皮肤变得黑黑的，触目为青山绿
> 水，故眸子清明如水晶。自然既长养她且教育她，为人天真活
> 泼，处处俨然如一只小兽物。人又那么乖，如山头黄麂一样，从
> 不想到残忍事情，从不发愁，从不动气。①

在非虚构作品中，优质的外貌描写也比比皆是。1966 年 4 月，非虚构作家、"新新闻主义"代表人物盖伊·特立斯在《时尚先生》发表了长篇人物特写《弗兰克·辛纳屈感冒了》，精妙刻画了与猫王、披头士齐名的一代爵士歌王。他用这样的笔触勾勒出主角的外貌：

> （他的）手指关节肿大，上面突出着一些粉红色的肉瘤，关
> 节炎使它们变得很僵硬，几乎不能弯曲。同往常一样，他穿戴十
> 分整洁：一件带马甲的淡灰色礼服，外表很普通，里面却用华丽
> 的丝绸装饰；那双英国牌子的鞋似乎连鞋底也擦得锃亮。他戴着
> 黑色假发，这一点几乎所有人都知道……辛纳屈脸上最能吸引人
> 的是那双与众不同的眼睛，蓝蓝的，十分机警。这双眼睛可以在
> 瞬间因愤怒而寒光逼人，或者因爱而变得热情洋溢，或者就像现
> 在这样，高傲冷漠，使朋友们都敬而远之，不敢前去打扰。②

不难看出，好的外貌描写一定是**抓住人物最显著的特点，然后放大。如果特征不突出，那就去写他的眼睛**。如鲁迅所说："要极省俭

---

① 沈从文．边城．武汉：长江文艺出版社，2017：4.
② 特立斯．被仰望与被遗忘的．范晓彬，姜伊敏，译．上海：上海人民出版社，2017：244-245.

的画出一个人的特点，最好是画他的眼睛。我以为这话是极对的，倘若画了全副的头发，即使细得逼真，也毫无意思。"①

除了特征不鲜明、细节不传神，外貌描写还容易有个**更隐蔽的毛病：一次性照镜子**。就像复述人物的照片，从发型、眉毛、鼻子、脸型、胖瘦一直说到鞋袜，事无巨细一次性介绍完。完事儿后"镜子"或"照片"就撤了，读者此后再无缘一睹其尊容。

托尔斯泰曾明确否定这一做法："绝不要用整整几十页的篇幅去描绘主人公的肖像、外貌、身材，说他长得如何漂亮，之后才让这个主人公去展开行动，这是一种不正确的方法，这不能引人入胜，因为这是停在一个地方不动。"

道理很好懂，一次性将所有信息扔给读者，必定导致其大脑超负荷，塞得越多，忘得越快，没翻几页，鼻子眼睛已经记不清了，还得翻回去看，不下几次准弃读。

说到底，问题的根源在于罔顾读者体验。此外还有几点惹人"生厌"的原因。

首先，"镜像式"人物描写啰唆涣散，让人感觉无聊。大多数读者根本不关心主人公的肤色和鼻子高矮，只想知道事关角色性格和情节发展的细节。

其次，漫无目的的细描也让角色（或作者）显得很自恋，要不喋喋不休，要不炫技"凡尔赛"，唯独缺真诚与节制。

最后，分不清主次轻重，为描写而描写，作者自觉很"用心"，但在行家看来，不过是借尽责之名，行啰唆之实。

对照上述症状和原因，解法无非两点：

第一，选取"关键词"。即选择反映人物形象特征的重要细节，不要摊大饼。

第二，"分布式"描写。沿情节发展反复描写上述关键词，不断

① 鲁迅．我怎么做起小说来//鲁迅全集：第4卷．北京：人民文学出版社，1981：513.

加深读者印象。

分布式本是计算机概念，即把庞大的任务切割，分配给网络上的多台计算机处理，最后综合得出结果。人物外貌描写也应遵循此原则——**散布、反复、归一**。不过要注意，反复描写不代表机械重复，而是变着法子，从不同角度强化人物形象。

再看上文的《弗兰克·辛纳屈感冒了》，除了已举例的段落，还有多处对人物外貌的着墨：

> ● 五分钟后，真的辛纳屈走了进来。他的脸色苍白，蓝色的眼睛上似乎蒙着一层雾。[1]

> ●"早年的弗兰克·辛纳屈是很普通的一个人。"他说，"在1934 年，没有人能够料到这个长着一头鬈发的意大利小孩儿会成为一名巨星，一位带有传奇色彩的巨人……"[2]

> ● 弗兰克·辛纳屈左手端着一小杯波旁，步入人群。与他的朋友们不同的是，他总是衣冠楚楚，礼服上的领结总是精心折打，皮鞋向来一尘不染。无论喝了多少酒或是有多长时间不曾休息，他似乎从不会让自己的外表有失尊严，显得萎靡不振。他从不像迪安·马丁那样走路时左右摇摆，更不会像萨米·戴维斯那样在戏院的过道上跳舞，甚至跳到桌子上。[3]

不难看出，这种"分布式"描写不是刻意的，而是随着人物刻画的深入，借助场景、对话、细节、过渡等适时而自然地给人物"近镜"。想想我们看过的电影或电视剧，常会在某句话或转场时，给人物眼神或微表情特写，除了渲染人物形象外，对人物接下来的变化也有所暗示。

---

① 特立斯. 被仰望与被遗忘的. 范晓彬，姜伊敏，译. 上海：上海人民出版社，2017：257.

② 同①270.

③ 同①282.

可能你还会问，那究竟要反复描写多少次才够呢？这不是数学题，没有固定标准。不同的事件、不同的人物、不同的作者都会带来差异，少至三次五次，多至十次八次都是正常的，还是要在实操中多尝试，形成适合自己风格的频率。

内心世界：寻找必然性

完成外貌描写，相当于将人物的"第一印象"传递给读者了，它们是通往人物内心的第一扇门。迈过去，我们就可以进入第二层——刻画人物的内心世界，即其性格、欲望、动机等内在特征。

俄国哲学家别林斯基曾说："偶然性在悲剧中是没有一席之地的。"换言之，人物命运何以至此，早就在性格里埋下种子，不是这个契机就是另一个事件将其引燃。**表象的偶然性底下藏着更大的必然性**，而解答这种必然性，是我们通过故事认识人、读懂人的目标之一。

不过，非虚构写作不是心理学，不是精神分析，不能像医生开药方似的判断这个人天真烂漫、那个人桀骜不驯——这不仅不是故事，也扼杀了读者的想象空间和参与感。

因而，要把人心"展现"出来。**从细节中来，到细节中去，才是人物写作正确的打开方式。**

同样，我们也先借助两个虚构作品的例子，感受一下细节刻画的魅力。

作家毕飞宇曾盛赞过《红楼梦》里金子般的 18 个字[①]，它们出现在刘姥姥初进荣国府，见到王熙凤的一幕：

> 凤姐也不接茶，也不抬头，只管拨手炉内的灰。

这里头有着人世间的万水千山。何谓尊卑，何谓侯门，何谓"白玉为堂金作马"，都通过简单的动作，化作寻常经验，落地入心了。

---

① 毕飞宇．小说课．北京：人民文学出版社，2017：6.

还有《老人与海》，它所刻画的老渔夫形象之所以经典，和作家赋予他饱满的人物个性密不可分。就像弓拉得越满，蕴藏的能量就越惊人。

海明威很巧妙地借助猎物来展现猎人的内心，文中不乏这样的对话和描写：

> ●"鱼啊，"他说，"我爱你，非常尊敬你。不过今天我得把你杀死。"①

> ● 我们像亲兄弟一样航行着……是它在带我回家，还是我在带它回家呢？②

这种相爱相杀深远微妙，充满哲理，无不透射出老渔夫独特的情愫和强者品格。

与虚构写作相比，非虚构写作因为有真实准绳限制，是不能直接进入人物内心且为其代言的，必须通过他的表情、动作、细节、对话等间接展现出来。这非常考验功夫，需要对人情世故有深刻的洞察。

美国非虚构作家何伟（彼得·海斯勒）于 1996 年来中国支教，生活在四川涪陵。学校里有许多山里的孩子，他和同事亚当想教他们写作，却陷入尴尬。在何伟的中国三部曲之《江城》中，他记录了这段往事：

> 亚当第一次安排学生自由写作时，事情未能按计划进行。他告诉全班有十五分钟的写作时间，然后叫他们"写你想要的任何东西"。

> 学生们写了。下课的时候，亚当把作业收了上来。学生们写了他们想要的所有东西，于是他收到了四十五份购物清单。③

---

① 海明威. 老人与海. 吴劳, 译. 上海：上海译文出版社, 2006：41.
② 同①76.
③ 海斯勒. 江城. 李雪顺, 译. 上海：上海译文出版社, 2012：28.

在豆瓣读书里，这段摘要引来两个评论：一个是"哈哈哈哈，太有趣了"；另一个是"可怜"。我认为都对，甚至精妙。这两段话，无一字直言文化差异，却都写到了；无一字提到物质缺乏，又都写透了。我们不用进入孩子们的内心，也能感受到他们的生活、他们的渴求。

《江城》还有一处细节也甚是精彩，是关于何伟最喜欢的学生琳达的。她命途多舛，早年失去母亲，父亲也身患绝症，但她内心并未失去力量。她是班上成绩最好的学生，爱美，爱自拍，还把照片装订成册。一天，她将相册分享给老师。何伟在书中记下了这一场景：

> 相册主人可能从不同角度给自己狂拍五十张照片，然后装进了相册。我一直没搞明白应该如何应对这样的事情：一眼看过某位年轻女子五十张不同的脸部特写照片之后，你还有什么要说的？
>
> 亚当的做法是看到每一张照片都会稍做停顿，然后问："这是谁？"
>
> "这是我！"相册的主人会这样回答。
>
> 亚当又翻到下一页。"这是谁？"
>
> "这是我！"①

好的细节一言胜万语，琳达的内心世界，用一百个形容词都难以概括，但自拍相册可以，这一问一答可以。作者要相信读者的阅历，把传神的细节还原，他们自然心领神会。

人心复杂无比，人心也宽广无比。**要充分写好人物的内心世界，对关键词的精准提炼是第一步，换不同角度、形式、场景来反复展示是第二步。**很多作者会将人物性格特征写在便笺上，贴在电脑旁显眼处，不断提醒自己，避免失焦，也是很不错的方法。

在刻画人物内心的诸多环节中，挖掘人物动机和欲望值得多说

---

① 海斯勒.江城.李雪顺，译.上海：上海译文出版社，2012：371.

说。因为只有理解其中的强逻辑，人物的所作所为才合理，才能找到上文别林斯基所说的故事背后的"必然性"。就起源来说，人物动机无非两类：

一是主动，即人物一直对某事怀有强烈的欲望。

二是被动，即人物陷入困境，被迫产生强烈的欲望。

第一类动机类似"理想"，小时候我们都在课堂上展示过。只有少数坚持到底并最终实现的人，才得以成为故事的主角。他们常常让人敬佩，更让人好奇：**到底是什么让他如此执着？**

回答这个"为什么"，实际上就是不断逼近其心底的过程。当答案一层层被揭开，人物形象也不断被擦亮、加强，终至鲜明、传神，一切惊人之举才自然合理，才给人以感悟和启迪。

长篇特稿《失败者李晓峰》就是记录此类人物。李晓峰是"中国电竞第一人"，荣耀和功名背后，是一段草根逆袭史。作者曾鸣在近两万字的书写中，反复提及"冠军"二字，这是李晓峰永不趴下的动力源泉：

> ● 而 Sky 呢，晨曦微露时，他吃完了水煎包，喝够了免费汤，身边是熙熙攘攘的上班人潮，他起身走回宿舍，身边是那些去上课的同学。他低着头，争取不被认出来。在室友眼里，Sky 是个不求上进的怪人，或者难见踪影的幽灵。但换一个角度看，他和那些早起去图书馆占座的学霸毫无二致，他进行的是另一种自我教育：他花四年时间，读了一个电竞大学，最终以世界**冠军**的成绩毕业。

> ● 他决心在另一个领域试试自己的斤两。2002 年开春，为了一个**冠军**奖金 500 元的赛事，他人生中第一次出门远行，去西安比赛。路费是向室友借的。他在最慢也最便宜的那趟列车的厕所里蜷了七个小时，一路上闻着烟味、泡面味、脚臭味，舍不得吃饭喝水。

● Sky 想要证明自己没有错，唯一办法就是拿几个有分量的**冠军**。而 WCG 是最好的舞台。于是他鼓起勇气，向父亲保证，这是他的最后一次尝试，"打不好就再也不玩游戏了"。

● Sky 在回忆录里表达这种遗憾时写道："我似乎可以体会到对手的无奈，他现在正在忍受上一把我曾经受到过的煎熬。电子竞技的胜负世界就是这么残酷。**冠军**曾经离他只差一波交锋的距离，但汝州的一场豪雨改变了这一切。"①

相比第一类主动型动机，第二类被动型动机的人物就有些霉运。如果前者可比作"理想"，后者就是"逼上梁山"，有点走进死胡同不得不为之的意思。他们的选择不一定好，也不一定道德，却是他们彼时彼刻的真实反应，也折射出人物命运的某种必然性。

2016 年首发于《时尚先生 Esquire》的《太平洋大逃杀亲历者自述》，记录了一场远洋杀戮，11 名船员因假合同纠纷，劫船并杀害了 22 名同伴。2015 年冬，作者杜强找到了第一位刑满释放者赵木成（化名）。对方问他想知道些什么，杜强回复：我想知道人。

如果知道要摊上这事儿，赵木成打死也不上船。但当时他缺钱，娶不成心爱的女人。树挪死人挪活，是继续耗着还是跑船挣两年钱？高工资诱惑下，他最终选择了后者，也因此差点走上不归路。自述中，他这样交代出海动机：

> 我是崔勇打电话叫去的。崔勇是大连本地人，我跟他关系还行，反正算是比较不错的，以前在同一个饭店干过。当时我在镇上，自己在家弄一个烧烤摊，路边摊，那年夏天一直下雨，不赚什么钱。正好给他打电话，没事闲唠嗑，过两天他又给我打，告诉我有这个活。他当时说工资一年是四万五，完了之后还有提成。

---

① 曾鸣 . 失败者李晓峰 . 智族 GQ，2016（1）.

那阵儿我刚处了对象，知道家里条件不好，达不到她的要求，想挣点钱回来，最起码有点资本，所以我想先看看。

之后先让我们办那个海员证，我想想先办吧，反正公司掏一部分钱。一共就上了三天课，考试也是连抄带那啥，基本就给证了。办完之后从大连 10 月 5 号去的山东。

当时倒也没什么太大顾虑，唯一是工资。主要当时想挣钱嘛，在陆地上攒不下什么钱，出去吧两年之后最起码，有钱也没处花在那块，还能攒下。想上去挣点钱，完了之后回到陆地上做个小生意。①

挣钱，挣很多钱——在后来成为屠场的"鲁荣渔 2682 号"上，这几乎是 33 名船员的共同渴求。这场惨剧，也是源自这一信仰的崩塌——元凶刘贵夺发现合同有诈，自己只是打"黑工"，拼死拼活每个月不到 3 000 块。他跑去找船长讨说法，要求立即回国，遭拒。再后来，便是杀戮的开始。

可见，**要探寻人性何以至此，回溯他们的动机非常关键**。许多悲剧，或许早已埋下种子。

加大冲突：人性的镜子

人物写作的第三个层次，也是最硬核的一步——加大冲突，甚至让其面对绝境，经历一次或多次"大考"。

没有冲突就没有故事。对人物来说，不经受考验就不足以谈人生，要让人物遭遇的麻烦更大一些，直至坏得不能再坏，才能倒逼出最真实的人性。

绝境是人性的显影剂，既可催生英雄，也能照出懦弱；既可辨别奸佞，也能检验忠诚。人心的至明至暗、至繁至简、至强至弱，都为创作提供了无限可能。

---

① 杜强. 鲁荣渔 2682 号：太平洋大逃杀亲历者自述. 时尚先生 Esquire，2016（1）.

在第五章，我们已经详细讲解过冲突的内涵、原理和结构。在非虚构写作里，冲突虽然不能凭空设计，但能挖掘展现，将人物所面临的现实困境提炼、突出、放慢，就好像用放大镜观察他面临抉择时的逻辑和内心冲突。

人一旦陷入绝境，在求生本能以外，还会露出不曾想象的一面。天堂地狱，往往只是一念之差。看似偶然，实则必然。这是人物内心世界的投射——长期潜伏的那个"我"，被迫激发了。不管他是未曾意识还是应激反应，面具都摘下了。

阿列克谢耶维奇的《我是女兵，也是女人》是本痛苦的书，探寻并记录了众多苏联女兵的二战故事。她们不仅是女儿、妻子、母亲，还曾是医生、护士、伞兵、坦克兵、机枪手、狙击手……

她们眼里的战争，与男性叙事截然不同。对地球上99.9%的普通人来说，上战场都是迫不得已的事情，尤其是女性，本可拨弄鲜花，漫步沙滩，穿越稻田和果林，如今却被训练成战争机器。她们没有办法，只能杀人，或被杀。

在这本书的诸多故事里，一个舍命救白鲸的女兵让我至今难忘。戏剧性是一回事，由此折射的内心图景更让人感叹：

> 船头燃起大火……烈焰沿着甲板扑过来，弹药被点燃炸开了……爆炸的能量威力无边，驳船顿时向右倾斜，并开始下沉。这里距离岸边不太远，我们都知道附近就是陆地，水兵们纷纷跳入海中。这时从岸上射来一串机枪子弹，水中是一片惨叫、哀号、呻吟和咒骂声……我的水性好，心想至少能救上来一个战友，哪怕是个伤员……但这是在水中，不是陆地上，我身边一个伤兵随即死了，沉到了水下……我又听到附近有什么人浮出了水面，马上又要沉入水底。从水面到水下的一瞬间，我抓住了他……感觉冰冷冷、滑溜溜的……我断定这是个伤员，他的衣服肯定被爆炸撕碎了。因为我自己也几乎赤身裸体，只剩下了内衣……当时漆黑一片，伸手不见五指，周围还是一片哀号声。他

妈的……我费了九牛二虎之力，才把那家伙拖到了海边……就在这一刻，火炮划破了天空，我突然发现自己拖着的是一条受伤的大鱼。那么大的一条鱼，有一个人那么高。是一条白鲸……它快死了……我躺倒在它旁边，破口大骂了一通，又因为气恼而大哭了一通……为所有人的苦难而难过……①

生死攸关的时刻自然是绝境，再加码，还有更极端的形式——**两难**。无论做哪一种选择，都会引向灾难。如果你笔下的人物曾遭此煎熬，那么千万不要放过，好好抓住并重点展示。

上面提到的人物中，"太平洋大逃杀"里的赵木成就在杀戮正酣时，遇到了他的两难：如果他不加入刘贵夺，就会被杀；反之，就要杀人。他不想杀人，也不想被杀。无论他做哪个选择，人生都将毁灭。作品详细记录了他最惊恐、最煎熬的一刻：

赵木成此时看到了最残忍的一幕。

"刘贵夺就进来了，就说：'哎，这不是二副嘛，你咋躺地下了？'说一句给一刀。'肠子都淌出来了。'一刀。'这咋整？'又给一刀。当时行李箱在我和二副中间挡着，我看不着他，反正刘贵夺那姿势我看得很清楚，猫腰扎的。鱼刀拔出来呲呲响，二副躺在地下哼哼，喘着气。

"我那会儿半躺在床上，吓得没法动弹。

"刘贵夺动完手，站起来，这么四周看看，转过身看着我，说：'当初让你加入你不加入，现在知道害怕了？'他那表情感觉挺兴奋，还满脸带笑的。又说：'你是我兄弟，我先不动你。'但是我一点儿都不相信他说这话。刘贵夺说我是他兄弟，总共才认识几个月，（当时已经）10条人命，谁能信谁的？

"我搞不懂这个人，后来他又对我说：'你好好回家。'不知

---

① 阿列克谢耶维奇. 我是女兵，也是女人. 吕宁思，译. 北京：九州出版社，2015：427.

道他哪句话是真的。

　　"刘贵夺杀人的那个狠劲，你想象不到，跟平时完全是两个人。杀二副那天晚上，二喜和戴福顺拿着鱼刀，把船长的人逼到船边，不敢下手，刘贵夺看见了，过去捅了两刀做示范，他俩再捅，完了推到海里。后来老是听他提起这件事，数落二喜，说他'一点事儿都做不了，太完蛋了'。"①

　　为保命，他最终加入了刘贵夺，参与了行凶，上岸后也得到了应有的制裁。此梦魇将折磨其一生。一同受"折磨"的还有读者，只要稍做换位思考，都是难缠难解的哲学题：如果我是他，我会怎么做？我能做得比他更好吗？……

　　这无尽的细品、思辨和叹息，便是人生的"模拟考"。两难的绝境，像宇宙大爆炸前的"奇点"，内藏无穷的张力。**有怎么样的困境，必定会给人物注入怎么样的艺术生命力。**

　　完成第三步，故事也同步进入高潮。随后，人物将对绝境展开终极一战，或胜或负，迎来结局。因而，第三步是情节最强的脉冲，如擎天柱般让故事稳固且精彩。

　　值得一提的是，虽然上述例子都来自激烈事件，不是战争就是深海血案，但如第五章所言，冲突不仅有显性的外部冲突，还有隐性的内部冲突。当你写一个深厚绵长的选题，就无须强求刀光剑影的高潮。挖掘出人物内心不动声色的冲突，更能带来别样的冲击和震撼。

　　袁凌的《守夜人高华》就是这样的厚重之笔。2012 年于 *Lens* 杂志首刊后，该作先后获得"腾讯 2012 年度特稿写作奖"和"南方传媒研究年度致敬之特稿写作"。

　　作品记录了一位历史学家的事业和最后的时光。他写出了巨著，也耗尽了生命。痛苦、遗憾、不舍流淌在平静的躯壳里。作者也诉之于冷笔，更显某种特异的张力：

① 杜强 . 鲁荣渔 2682 号：太平洋大逃杀亲历者自述 . 时尚先生 Esquire，2016（1）.

2008 年春天，经过上海肝胆医院的一次检查，高华被诊断为无癌变症状。此后，高华与妻子在公园里拍了几张照片。

萧功秦看到这些照片，一直难以忘怀。"这是我看到过的高华最美的照片，他就像鲜花一样，刚刚经历了病痛，又见到阳光，有一种绽放的感觉。"

这缕阳光或许是上帝赊借给高华的最后一次宽限。不久，被推翻的癌变再一次被确认，高华奔向了生命的加速度过程。

∙∙∙∙∙∙∙∙∙∙∙∙

对身患的癌症，高华认真的态度，像面对一项必须完成又无法完成的课题。探望的朋友们，没有人能看见他忍受痛苦的表情，甚至会在病房里忘掉高华病人的身份。他接受了所有能接受的治疗，复印装订每次的检查报告，研究自己病情的预后。他甚至并没有"与病魔赛跑"的想法，如同一些好友暗中希望于他的那样，在生前留下一部完整的"文革"史研究专著。他在病中的看书、带博士、开会、讲座和写论文，完全和以前一样认真，不因为癌症做出什么改变。

∙∙∙∙∙∙∙∙∙∙∙∙

朋友们始终相信，高华身上是可能出现奇迹的。在去世前三天，萧功秦告诉高华，要做好完全相反的两种准备，发生奇迹或接受命运。高华平静地点头。

遗憾的心情，高华只对妻子流露过一次。他说："发现癌症之前，我对历史材料的洞察力刚好到了最佳状态！"一个新来的夜班医生当面告诉高华，他的病情严重，已经报了两次病危。高华事后对妻子说："她当我是铁人！"①

不动声色中，历史学家已完成了最后的选择。人生的大考，不一定非得是刀架在脖子上那般惊险不可。信仰和生命的暗战，看起来风

---

① 袁凌. 守夜人高华. *Lens*，2012.

平浪静，实则荡气回肠。

有经验的作者一定能敏感捕捉并付诸意蕴和象征。哭哭啼啼不好，呼天抢地也不对，用好这种反差，**挖掘并放大人性深处的复杂和微妙，让人物形象在入木三分之余，能带来更深刻、更高级的美。**

让人物开口，但不是闲唠嗑

小时候电影少，看正片不过瘾，还占着板凳等花絮。那些演员嘴瓢、忘词、摔跤、爆笑的镜头，让我也跟着乐半天。再大点就看出了感慨：所有的毫不费力，背后都是拼尽全力。

后来写作，更深感在理。好的艺术角色得既像他又不是他，那些闲唠嗑、发呆、说梦话的时刻都要去掉（或浓缩），剩下与情节发展相关的言谈。想想也是啊，电影最多三小时，小说十来万字，但故事跨度动辄数年半世，人物对话若不精心设计，恐怕读者要熬白了头。

对话有多重要，怎么说都不为过，然而它却最容易被新手忽视。许多人潜意识里认为：我天天说话，还不会写吗？这理直气壮的误解，最终成了笔下最隐蔽的障碍。

社恐和祥林嫂

当特稿编辑那些年，我最怕两类稿件：全篇零引号的和全篇都是引号的。前者像患了社恐，一声不吭；后者像祥林嫂附体，说个没完。

零对话文章没啥好说的，让人物开口就是了。不过，很多人对对话的理解相当随意，觉得人物说什么不重要，结果让他们在本该紧凑的情节里闲唠嗑了。例如以下对话：

> 小丽："我们吃饭去吧。"
>
> 小雪："好啊，饿死了，想吃啥？"
>
> 小丽："公司楼下新开了一家茶餐厅，听说不错。"
>
> 小雪："走，终于不用吃外卖了。"

小丽："把外套带上，降温了。"

小雪："得嘞，一会带你尝一款新奶茶，太好喝了。"

小丽："天哪，简直太幸福了。晚上我得多跑两圈。"

小雪："少来，哪次你跑得成。"

小丽："哎哟喂，比我妈还啰唆。"

小雪："还走不走啊？"

…………

在生活中这样的对话可能吗？可能。但在故事里这样的对话好不好呢？不好，因为对情节发展没有帮助，本质上和注水没区别，也没有读者愿意看这些冗长无聊的东西。

人物对话不等同于生活闲谈，它是一种有叙事目的的、风格化的言谈。也就是说，人物一旦开口，便暗含某个目标，且要通过对话推进它。

那么，以上对话应该怎么改，才更符合"目的论"呢？看看这样如何：

小丽："我们吃饭去吧。"

小雪："老板上午找我谈话了。"

读者的耳朵马上竖起来了：谈什么了？是要裁员？还是要升职？还是这对表面很要好的闺蜜，隐藏了什么秘密，现在要摊牌了？……再不敏感的读者，也嗅出一定有事发生。这样的对话就是有目的的，能推动情节发展。

对话还有一个大坑：过度塞信息，完全不顾谈话者应有的关系基础和真实逻辑。例如：

小丽："小雪，我认识了 20 年的好闺蜜，周末来我位于北京的家吃饭吧。"

对话是呈现信息的手段，但过载也会翻车。"我认识了 20 年的好闺蜜""位于北京"，把人物间心知肚明的信息刻意"讲"出来，显得生硬且不真实。作者可能还偷着乐，觉得这种植入实在太巧妙了，一句话承载了好几个功能。殊不知，聪明反被聪明误。

议程与冲突

关于对话的"目的论"，詹姆斯·斯科特·贝尔有更精彩的论述："伟大的脚本能够让精彩贯穿始终，因为他笔下所有的人物，每一个人，都在追逐着某样东西。同时，他们被置于各自恰当的位置，从而得以随时在每两个人物之间发生冲突，这正是对话炫人耳目的重大秘诀。"①

这段话暗含了两大关键词——**议程与冲突**。在贝尔看来，"清理场景中每一个人物的议程，以及议程之间的冲突"，是写好对话的第一课。

何谓议程？就是人物像操盘手，开启并主导程序，一步步靠近目标。何谓冲突？即不同的议程行进时，需不断碰撞交锋，制造矛盾。

非虚构作品和虚构作品不同，后者可以设计人物的对话，前者就要靠选择和提炼。人物在现实中肯定不会按剧本说话，有大量的废话和套话。如果有闻必录，就又变成闲唠嗑了。

因而，选取人物的什么对话，既不断章取义，又服务于情节发展，着实蛮考心思。还是要回到"议程"和"冲突"这两个关键词，即选取人物有信息量、有目的、有碰撞的话，并以此展示刻画人物形象。

第五章提到的长篇特稿《恩里克的旅程》，里面有一段恩里克和奶奶的对话：

> 圣诞节到了。恩里克在门口守望。母亲没有回来。每年她都会做出同样的承诺，但每年都让恩里克失望。疑惑终于变成了愤怒。"我要妈妈。我想妈妈，"他对姐姐说，"我要和妈妈在一起。

---

① 贝尔. 如何创作炫人耳目的对话. 修佳明，译. 北京：中国人民大学出版社，2016：3.

那么多孩子都有妈妈。我也要妈妈。"

一天，他问奶奶："妈妈是怎样去美国的?"多年以后，恩里克将记起奶奶的回答："也许是搭火车去的。"另一颗种子在他心里扎下了根。

"火车是什么样子?"

"火车非常非常危险，"奶奶说，"许多人都死在火车上了。"①

恩里克是留守儿童，母亲每年圣诞节都说回来，却年复一年地食言。恩里克再也受不了了，萌生了去找妈妈的念头，这是他的"目标"。但奶奶不希望他去，这也是她的"目标"——他们的"议程"是截然相反的。

因此，当恩里克想打探去美国的途径时，奶奶含糊其词，而且把火车说得异常恐怖——这是两人对话的"冲突"。

这场冲突，最终以奶奶的落败收场，恩里克不仅没有被吓退，还记住了火车，埋下了冒险北上的种子。这场对话不仅激发了人物的内心愿望，还把情节推上新台阶。

不过，对人物对话的处理也不能太过，不是句句都要吵起来才行。人物开口的场景是多元的，可能是和作者说的，也可能是自言自语，还可能是调皮话或情话……在这些情况下，"议程"和"冲突"可能难以依附，那就挑选最能展示人物特征的话。别小看对话，必须倾尽全力去挖掘。很多时候，**一句特别的话，能让人记住整个作品**。

我就是这样记住了非虚构作家关军的《我爱"姐姐"》。这是个中国式"雨人"的真实故事：曾被医生宣判终生卧床的脑瘫儿赵九合，十多年后却成为特奥会游泳冠军。

作者没有按传统励志式的套路写，而是捕捉了许多细微的东西。它们美好而动人，读着就像人物在跟前蹦跶。这背后，优质的人物对

---

① 纳扎里奥 . 被天堂遗忘的孩子 . 周鹰，王海，译 . 海口：海南出版社，2009：23 - 24.

话功不可没。关军和赵九合共同生活了四个昼夜，孩子常常把他喊成"姐姐"。这个口误，反倒成了人物形象的记忆点：

> 九合，我的朋友，遵从你的"命令"，我记录下你的特奥会之旅。
>
> 那是 2007 年 10 月 3 日的晚饭之后，你坐回到宾馆房间的大床上，习惯性地捏一捏胸前松弛的肉，再摇一摇写有"我行你也行"的扇子，很正式地向我提出一个要求："姐姐——啊呸，哥哥——"你总是犯这样的小错误，习惯性地脱口喊"姐姐"。
>
> "哥哥，你给我写一篇日记吧。你这么写——赵九合，冒号，丽丽姐姐，谢谢照顾我，谢谢理我，带我吃饭。对了，还有杨燕，贾思蕊。"
>
> 这确实值得铭记，特奥会期间，来自上海、26 岁的"丽丽姐姐"让你得以感受体贴，尊重，爱。
>
> 10 月 6 日晚，已回到北京的我接到你的电话，你说自己拿了金牌，并感谢我陪你住了几天，照顾你的生活。
>
> 我也应该感谢你。记得吗，参加特奥会开幕式时，每个运动员都发一个小手电筒，你带回来三个，躺在被窝里，还忍不住玩一玩。那天半夜我起身上厕所，为了不打扰你睡觉，我没有开灯。这时，竟有一束微弱的白光打到我的身前，是你从被窝里举起了手电筒。谢谢你的那束光。[1]

访谈：拒绝二手人物

2021 年夏，新媒体"传媒茶话会"曾采访我，谈人物写作，也聊到立人设、采访、借鉴文学手法等话题。我自觉内容还有些价值，于是稍做整理如下（一些观点和例子已在前文提到过）。

---

[1] 关军. 我爱"姐姐". 体育画报，2007.

我的核心观点是：**要千方百计写出一手人物**。他必须是真实的、真切的、合情合理的，而非配合一堆标签和形容词的"演员"。否则，人设立完即崩塌的事，就不会停息。

"立人设"的致命诱惑

记者：新媒体环境下，一些媒体写新闻人物，常常立人设，人设崩塌读者就质疑，您认为出现这种情况的原因是？

叶伟民：媒体不是铁板一块，笼统评价既不全面也不公平。在传统媒体时代，立人设恰恰是行业所反对的。过去"高大全"的模范人物，本质也是立人设。

这些年，公共媒体式微，自媒体则崛起为一门生意。不采访不到现场，靠搜索写稿几乎是常态，导致收割眼球比真相还重要。这一消一长，立人设又流行起来。原因不复杂，在流量丛林时代，它足够简单有效，容易入脑和起情绪。也就是说，既有效率又有效益。

虽然我们不愿意看到，但过去传媒业所秉持的平衡、中立、客观等法则，已被信息快餐、流量大大稀释，失去了统治力。对流量号来说，这些真的不重要了。最终结果只能是劣币驱逐良币。

记者：写作过程中如何避免立人设？如何在有限篇幅里，立体全面地呈现人物？

叶伟民：第一步要正视世界和人心的复杂，要有敬畏心。世界上没有绝对的、单一的人，只有立体的人、丰富的人、复杂的人。

中国有句老话，画人画面难画心，也是异曲同工。心是什么？就是人物的内在特征，包括个性、观念、欲望等。拙劣的人物写作，要不重外轻内，要不过于粗浅地理解人心。

外部特征当然重要，如人物的外貌、动作、声音等，这是我们动用五官感知他的第一步，也是很自然的认知顺序。第二步就要深入进去，如上所说，刻画人物的内在特征，通过具体的情节和细节来表现。

第三步最重要。是什么呢？要把人放到困境中去检验，去观察。

看他在极端条件下会做什么选择。这是人物形象最大的释放和呈现。

做好这三步，人物形象才能从扁平到立体，从简单到丰富。

做笨功夫，一点点打回原形

记者：针对不同的人物（新闻人物、公众人物、民间人物），如何捕捉个人特质？在采访中需注意哪些关键内容，避免报道片面化？

叶伟民：采访不同类型的人，肯定会用到不同的方法和技巧。例如新闻人物和公众人物，他们处于焦点，被聚光灯包围，与普通人相比肯定已产生很大的变化。人性是有弱点的，会趋利避害，说出来的话，一定是选择过的。

换句话说，他一定会有所掩饰，朝对自己有利的方向去说。而写作者的目的却截然相反，他想要全部的真话。于是，两者既是同盟又是对手。

所以，我们采访的时候，要着重解决两个问题：对方"说不说"和对方"说什么"。开口还不是最难的，而一旦开了口，就存在两种可能：一是他愿意说，但说得不好；二是他要美化自己，挑好的说。我们不能有闻必录，要一点一点扒开他，将其"打回原形"。

比如说公众人物，我们一定要注意，不要仰视，要把他拉下神坛，或者说不要预设光环。新闻人物刚才也说过，不要立人设。为迎合公众的口味和想象，将其塑造成某种符号或脸谱，也是要不得的。

民间人物相对好些，对方没有这么多顾虑，也没啥舆论压力。但是不管怎么样，采访都是实打实的笨功夫。闭门看资料、道听途说只会写出二手人物。

很多作家都是采访控，例如诺贝尔奖得主阿列克谢耶维奇。她在创作笔记里回忆，常常和采访对象泡在一起，一起喝茶、买衣服、聊发型、看孩子的照片。就这么耐心等待，突然某个点，对方打开了，放下所有面具和外衣，回归自我。这个被期待已久的时刻就是"决定性瞬间"，异常真实珍贵，稍纵即逝。

纵向要如上深挖采访对象，横向要拓宽采访半径。例如他身边的人，他的亲人、朋友、同事、对手甚至敌人，一圈一圈延伸出去。采访的人越多，拼图就越完整，这个人也就越真实。

拿来主义的文学手法

记者：同时，人物报道可借鉴哪些文学手法，丰满人物形象？能否举例说明？

叶伟民：人物报道虽属非虚构范畴，但可用的文学手法有不少与虚构相通。只要内容是真实的，手法都可以拿来用。最典型如比喻和描写。

先说比喻。比喻很常见，写好却很难。最怕是看到那种大路货比喻，例如她笑起来像朵花，也没错，但不够好，显得笔力平庸。个人认为，可以向两位高手学，一位是钱锺书，一位是张爱玲，细细分析他们的作品，能吸取到很多营养。

比如钱锺书，常有脑洞清奇的比喻。《围城》里就有很多。例如，他比喻忠厚老实人的恶毒，像饭里的沙砾或鱼片里未净的刺，会给人一种意料之外的伤痛。这个对坏人的形容就非常有创造力。张爱玲写人，很多比喻也很妙。同样形容坏人，她这样写："他阴恻恻的，忽然一笑，像只刚吞下个金丝雀的猫。"此二位喻体用得隔几条街那么远，但他们各自理解的"坏"，却都被很精准精妙地传递了出来。

再说描写。写人的时候，捕捉细节很重要。当然也不是见到什么就写什么，细节泛滥将导致过度铺陈，只会让读者睡着。作家毕飞宇举过一例，称其"金子般的 18 个字"，出自《红楼梦》刘姥姥进荣国府一幕。当时她去见王熙凤。对这个远房穷亲戚，凤姐是怎么摆谱的呢？书上这么写："凤姐也不接茶，也不抬头，只管拨手炉内的灰。"这 18 个字背后的人情世故，抵得上千言万语。

类似的例子还有很多，需要日积月累，去解剖，去细品，一点一点转化为自己写作的营养源泉。琢磨得多了，用得多了，才可能有独创。

记者：有人说今天的人物报道多是为"宣传"而报道，缺乏对细节的捕捉、对故事的描述以及对情感的提炼，您对此怎么看？您的建议是？

叶伟民： 宣传体也不是现在才有，可谓历史悠久。例如先进人物报道就是重灾区，脸谱化很普遍。什么意思呢？就是抹杀个体间的差异和无视人性的复杂。比如说孩子一定是天真可爱的，老人一定是和蔼可亲的，老师一定是无私奉献的，母亲一定是勤劳坚忍的……总之，一个身份对应一种样板，张三李四都一个样。这毛病，从小学作文就种下了，想想我们当年背过的范文和名言警句便知。

但现实不是这样的，是很复杂的。越是标准化的人物形象，越模糊难辨，也越难打动人，最终丧失生命力。应有的态度也好，技巧也罢，那一定是真诚。打破强加的符号和脸谱，回归到人，回归到真实的细节中去。

上面说过的阿列克谢耶维奇陪伴式、沉浸式的采访，用来捕捉人性因素和珍贵瞬间，都蛮值得我们借鉴。

大人物往小里写，小人物往大里写

记者：此外，您认为当前的一些人物稿还存在哪些问题？应如何处理？

叶伟民： 还蛮多的，举个较常见的问题，很多作者会陷入个人小情绪里，没法跳出来。一个人只有放在他所处的时代，对他的刻画和理解才有意义。不要孤立地理解一个人。

写一个人，内窥其心灵，外观其命运，最终探索背后更大更深远的时代（或哲学）命题。一内一外，都辽阔无比。让它们各自绽放又相互观照，人物才鲜活，才会从纸里一跃而起。

还有"大"与"小"的关系，有个意识很重要：大人物往小里写，小人物往大里写。这是反差与平衡的哲学。大人物不再需要宏大叙事了，否则看起来像历史书或词条，看十遍也记不住。但是你给他一个鲜为人知的小细节、小情节或小冲突，他马上就有了烟火气，变成可理解的人了。

小人物为什么要往大里写呢？和大人物相反，小人物是时代的尘埃。所谓一沙一世界，再微小的个体，都是时代的投影。要把小人物放在大事件或大背景里，这个投影才更清晰，意义才立得住。

最典型如电影《阿甘正传》，讲一个小人物在诸多历史洪流里的奇遇。正是这种巨大的反差和戏剧色彩，才让人物极具魅力，至今仍是经典。

记者：为提高记者立体刻画人物的能力，有哪些书籍和作品可以学习？

叶伟民：推荐三本吧。第一本是《经典人物原型 45 种：创造独特角色的神话模型》，对基本人物类型做了系统的总结。你会发现，我们笔下的人物，千百年来作家都写过了，都能提炼为一种或数种原型的结合。

第二本是《小说面面观》，挺薄的小书，但干货很多。其中有个影响深远的观点，即人物形象可分为两种：扁平人物和圆形人物。所谓扁平人物，就是单一人设，由一种观念或品质塑造而成的形象，例如西游记中的白骨精，妖生目标只有一个：吃唐僧。也不管人家厉不厉害，有没有后台，总之勇往直前。

圆形人物，就是立体、丰富、复杂的人物形象，典型如哈姆雷特。一个好的作品，扁平人物和圆形人物要并用，要相互映照。书中谈人物的部分蛮精彩，很有启发。

第三本是《哈佛非虚构写作课：怎样讲好一个故事》，这本书也挺有名，汇集了很多顶级作家、记者和编辑的经验之谈，也多处提到人物写作。

此外，很多经典作品也值得反复读。个人建议没必要为此去啃大部头，中短篇经典够用了，而且就看自己熟悉的作家的。他们的经典作品值得反复分析、细品，从中吸取营养，又不至于太厚重，把自己吓退。

练习：一定不能用那个词

选一个词来形容你最好的朋友，你可能很快就有答案，例如正直、幽默、热心、啰唆等。接下来，你要用 800 字来写一个人物小故事或片段，要求充分展示这一特征，且不能提到上述形容词。

写人的大忌之一就是笼统概括，堆砌形容词，把原本鲜活的个体写成脸谱人或纸片人。这个练习就是要彻底斩断旧习惯，用动作、对话、细节、场景来勾勒人物形象，将之原汁原味地展示于读者跟前。

提示：

1. 多问"怎么样"和"为什么"

比如你要写的朋友很"懦弱"，但按题目要求，全文不能出现"懦弱"，我们就要时刻自问：他到底怎么懦弱了？有什么表情、动作、细节或事件来证明？他又为什么这么懦弱？到底经历过什么？还是受过打击？……不断自我追问，人物形象就会越来越清晰。即使无一处用"懦弱"，却字字都在展示"懦弱"。

2. 找一件冲突最激烈、你印象最深刻的事件当高潮

还是以"懦弱"为例，你可能见证过这位朋友最艰难的时刻，最终他做了何种选择？是一再妥协，卑微到尘埃里？还是幡然醒悟，学会反抗？……这是两种人生走向，也是千千万万普通人的缩影。刻画好这个最大的冲突，能为人物点睛，也能给读者最大的冲击和思考。

通过这个练习，我们能进一步深化理解本章所说的人物写作三步骤，从外到内，入木三分地写好一个人。

第八章　　**高潮、结尾、修改：最后的冲刺与回响**

不要急于写作，不要讨厌修改，而要把同一篇东西改写十遍、二十遍。

——列夫·托尔斯泰

故事行进至此，就像一个背包客，从山脚启程，一路风风雨雨，终于迎来冲顶的日子。他会倾尽全力，带着伤痕和期待站上山巅，此时也许会抱头痛哭，也许会大喊大叫，全力释放情绪。

故事也一样，情节攀上制高点，就进入第三幕。在这里，戏剧性因素将集中释放，人物也将发生不可逆转的变化。翻越情节的最激烈处，也是下降的开始，继而走向故事的结尾。

结尾不仅仅是故事结束，还要留下回响和余韵，让读者的情绪和思考恰到好处地着陆，或有所暗示，有所隐喻，甚至完全开放，交由读者想象和解读，最终获得独特而奇妙的情感体验。

前面第四章把开头比作"第一块硬骨头"，其实结尾的难度也不差丝毫。如果说开头是与读者的"合同"，结尾则是最真诚的谢幕。它和开头一起前后呼应，相生相成，像两颗铆钉那样让作品更坚实牢固。

最后，成就这些体验的，还有一道可能枯燥但必不可少的工序——修改。这项工作非常重要，是让你的文章变得完美的最后一次机会。即使你前面的步骤做得非常不堪，通过修改，仍能将一副坏牌尽量打好。

在这一章，我们要完成作品最后的冲刺，并通过反复打磨，使其臻于完美。对写作者来说，只要离截稿还有一丁点儿时间，都要写不停、改不停。

高潮：占领情节的制高点

清代诗人袁枚在《随园诗话》中有言："文似看山不喜平。"意思是写文章如观山，都喜欢奇势迭出，最忌平坦。对于写故事的人来说，不能让情节走直线，而要像登山，有峰谷，有峰顶。

在第三章讲结构时，我们展示过最基础也最常用的情节曲线，正是像攀山一样，从山脚出发，随着矛盾冲突的积累，逐步往上走。这些矛盾冲突就像地质应力，终有大释放的时候。**这就是故事高潮，情节将"冲顶"，站上制高点。**

同时，高潮是结尾的前奏。如果我们曾在黑夜中看过烟火，就会懂得那最高、最璀璨处也是寂灭的开始。这种反差、张弛、起落，正是艺术效果的来源。高潮过后，结尾便必然开启。好比站在珠穆朗玛峰之巅的登山家再激动兴奋，他向前的每一步也都是下降。

正是由于这种承接关系，如果高潮缺位或随便糊弄，结尾也就成了无本之木。因而在故事的第三幕，先要全力冲刺，在情节制高点给读者最强烈的一击，再开始收笔，把情节稳稳托住，平滑落地的同时更留有回响，给人余音绕梁之感。

不过，和小说不同，非虚构写作不能为了戏剧效果而编造故事高潮，这多少给人束手束脚的感觉。我们在前面的章节说过，对非虚构来说，"真实"是镣铐，还是助推器，全然在于你怎么用。用好了，**真实的准绳还能带来更抓人、更深刻、更具现实寓意的故事高潮。**

所以，我们要摆脱好莱坞那类山崩地裂、星球毁灭的范式高潮，从人生现实体验的角度来重新思考这个问题。在第二章中，我们说过好故事的研判模型：情节—问题—意义。这三个层次，也可以对应成真实故事的高潮类型。

事件型

如果是强情节、强冲突的选题，它的冲突形式就和小说类似，大多是人物遇到无法回避的绝境，只得最后一搏。这个过程会由一系列危机事件组成，因而可称之为"事件高潮"。

事件高潮和虚构作品较为相近，相对容易理解和掌握。观影经验告诉我们，全剧最紧张、最生死未卜的时刻就是高潮。它总是情况坏得不能再坏的时候，人物无路可退，别无选择，只能被迫采取行动，殊死一搏。观众也由此被巨大的悬念笼罩：太揪心了，他最后能赢吗？

关于这背后的原理，我认为美国俄克拉何马大学写作教练德怀特·V. 斯温有几个观点蛮有意思：

（1）高潮的功能是测试人物。

（2）高潮永远是行动。当人物采取行动的时候，他改变了整个故事情景的平衡。

（3）高潮行动是无可挽回的，它是一种终极承诺，（人物行动后）将永远不可能回头。

（4）一旦行动，人物就对命运和反派发起了挑战，准备接受最糟糕的结果。

（5）读者等待答案时，紧张感达到了顶峰。

可见，**高潮是对人物的终极考验，而且将发生不可逆的变化**。也正因为冲突达到峰值，甚至超越读者的寻常经验，他会自我代入：如果我是他，我会怎么做？在这样的同频共振中，无论是故事情节还是读者情绪都得到最大限度的释放，有"飞流直下三千尺"的酣畅感。

这与第七章"人物写作三步骤"的最后一击——人性大考是异曲同工的。**对非虚构写作来说，高潮本已存在，作者只需寻找人物（或事件）所遭遇的最大危机并凸显其选择（或变化）**。

1978 年发表在《巴尔的摩太阳晚报》的真实故事《凯利太太的妖怪》，记录了一场惊心动魄的手术。其细节之完整和精准，如同在手术台上立了台摄像机。它也因此获得 1979 年首届普利策特稿奖，影响了后世诸多新闻记者和写作者。

在作品中，作者富兰克林表现出超凡的观察和描写功力，并娴熟地运用文学手法来制造节奏感和紧张感。富兰克林事后也承认"尝试把契诃夫的叙事理论用到新闻里"，最终带来"快步调的……类似于拉威尔眼中的波罗烈舞"。于是，情节一波强过一波，拉出标准的三幕剧。

第一幕：达克尔大夫冒险出动，进入凯利太太的大脑，要降服

"妖怪"——长了 57 年的动脉瘤。

第二幕：达克尔大夫夹破了动脉瘤，凯利太太的性命危在旦夕。

第三幕："妖怪"伏击达克尔大夫，双方拉开终极一战。最后，"妖怪"胜利了。

最后一幕是典型的"事件型高潮"，作者用近乎显微镜般的细节，将读者带至现场，屏息旁观人类与疾病的搏斗。同时，富兰克林用时间和凯利太太的心跳贯穿全文，像战场鼓点般一步步将焦灼的气氛推至顶点：

> 时间是上午 9 点 36 分。
>
> 大脑的灰色脑回上面分泌出湿漉漉的液体，在无影灯的强光照射下闪闪发亮。显微镜中的图像随着心脏监视器的怦怦声一起一伏。
>
> ....
>
> 那个动脉瘤终于出现在通道的尽头，它不停地抽动着，肉眼看上去不大，像一个凸凹不平、被撑得鼓鼓囊囊的口袋，泛着油腻的奶油色，从一度十分坚实的动脉壁中鼓了出来，委实就像是一个快要爆胎的轮胎，一只即将破裂的气球，一颗花生那么大的定时炸弹。
>
> ....
>
> 接下来手术进行得更为艰难，也更加血淋淋。镊子冒着危险一毫米一毫米地在凯利太太的大脑中挖开一条通道。血在不停地流，镊子"呲呲"作响，吸血泵汩汩地往外抽血。推进、再探索。更多的血涌了出来。然后，镊子突然静止不动了。
>
> ....
>
> 时间是 1 点 30 分。
>
> 达克尔大夫一个人走到楼下大厅里，手里拿着那个棕色纸袋。他靠着一条硬硬的橘色长椅边坐下，打开奶油花生三明治。眼光凝固在对面的墙上。

再看手术室里，麻醉师掀起凯利太太的眼皮，拿起电筒照了照她的瞳孔。她的右瞳孔，正位于切口之下，现在已经放大，对光线刺激没有任何反应。这可是个凶兆。

⋯⋯⋯⋯⋯⋯

她脑子里血痂太多了。这个手术对一个年轻人来说还可以承受，但对凯利太太来说就太困难了。那些横在脑干前的隆肿组织——妖怪的魔爪，已经掐断了脑干的供氧来源。

凯利太太进入弥留状态了。[①]

普利策奖的评委投票时，一致认为这个惊险的手术故事具有"高度的文学性和创造性"。有趣的是，当时的编辑并没有意识到其价值，将文章分两期刊登。结果，报社的电话被打爆了，读者受不了了，要马上知道故事的结局。

可见，强情节的真实故事只要发掘得当，编排精妙，一样能写出虚构小说般的强大魅力。

问题型

事件型高潮是相对好写的，因为和小说很像，即使没有写过，多少也看过。但是，**非虚构写作毕竟不全是强情节选题，还有很多反映现实问题的题材**，可能观察某个人群、行业、地域、现象、趋势或社会顽疾。它们没有跌宕起伏的情节，甚至情节都未必完整。这类选题如果简单套用事件型高潮，就会显得很刻意、别扭且喧宾夺主，偏离了立意指向。

既然这类故事以问题推动，**它们的"高光点"就应以问题来担纲**。例如，一群银发族的故事，最终展示老龄化社会之痛；某地留守儿童的群像，背后是城乡二元结构；记录招聘会上带着简历游走的应届毕业生，则让我们感受到就业市场的寒意……

---

① 加洛克. 普利策新闻奖：特稿卷. 多人，译. 北京：新华出版社，1999：7-17.

由群体到现象，由现象到问题，由问题到思考，对读者来说，就是阅读此作品最大的收获，更是冲击和开悟。这也是另一种形式的故事高潮，或者可称之为"问题型高潮"。

此类佳作不少，尤其在传统媒体的黄金期，很多选题都有深厚的底层关怀。农民工、三峡移民、艾滋病人、孤独症患者、残障人士、留守老人……他们身上不一定有惊天动地的传奇，却有着沉重甚至残酷的生活真相——作者通常会在充分刻画群相后"图穷匕见"，展现背后的公共问题，为读者带来认知升华。

2006年《中国青年报·冰点周刊》的特稿《无声的世界杯》，就在静美的叙事中藏着悲悯、揭露和反思。时值德国世界杯，在这个雄性荷尔蒙高涨的夏日，作者包丽敏和李润文有意与热闹决裂，将笔端对准广州建筑工地上喝着廉价啤酒，坐在街头无声大屏幕下看球的农民工。这种卑微的快乐让人心酸且蕴藏着某种大东西的缩影——贫穷、边缘群体、城乡二元、底层关怀、残酷现实、真实又虚幻的全球化……

> 陶安康在工地上的5个月里，已经大病过一次。那次她得了肺炎，烧了4天后，夜里10点多被送到广州一家医院，那时她的体温已经40.3度。医院让交3 000元押金，可她父母只凑了800元。
>
> 陶辉央求说："能不能先治，我们再想办法？"医院先是松口说交2 000元，最后坚持最低也要交1 500元。陶辉急哭了。
>
> 夫妻俩抱着最后一线希望，决定连夜买火车票回老家给孩子看病。可是火车票卖完了。
>
> "好怕啊！"李向云事后回忆说。凌晨两点多，两人哭着回了工棚。
>
> 幸好，哭声吵醒了同屋的一位带班师傅，他立刻找到一位老乡，曾经是乡卫生院的儿科医生，现在广州卖保险。陶安康被连夜送去，这位大姐收了他们600元药费，几天后将陶安康治愈了。

"医院真黑！"陶辉摇了摇头说。①

看病难、看病贵是压在草根阶层头上的一座山。对"工地球迷"陶辉来说，女儿患肺炎要抢救，却连 1 500 元的押金都拿不出来，可谓陷入人生绝境，让人读之揪心。这也是不少城里人未曾遇到或想象的冲击，既是信息增量，也是思考增量，带来深层次的矛盾冲突。

　　但是李晓峰从大屏幕下回到他的工地后，却像水珠进了大海般"消失"了。记者到海关工地去找他，询问了十多位农民工，包括衣服沾满着油漆的油漆工人，却没人知道李晓峰是谁。

　　甚至有一种可能，工地上几乎没有人知道他的姓名，就像大屏幕下另一个球迷"眼镜"。

　　"眼镜"在大屏幕斜对面的铂林国际公寓工地上当铁工，陶辉雨中打伞看世界杯被记者拍下的那天，据"眼镜"的工友王福利说，"眼镜"也打着伞在现场。但没过几天，"眼镜"便离开了工地，回了老家。同一工棚宿舍里一同干了近半年的几位铁工工友，没有人知道他的联系方式和姓名。

　　他们只是叫他"眼镜"，只知道他是湖南人。

　　事实上，这些工友在这里也只有一个代号。一位来自新疆克拉玛依的铁工聂艮盆被叫作"新疆"，来自贵州的铁工王前钢被叫作"贵州"，王福利则被叫作"山东"。②

相比看病难，这部分看似波澜不惊，却事关个体尊严。名字是一个人最基本的体面，自己喊得出，别人记得住。然而，在这霓虹闪耀之地，农民工的名字却不值一文，外人不屑，就连自己内部也淡漠，卑微得像尘埃。

品出作者笔下用意的读者，会思考这个问题：贫穷和苦难，究竟会剥夺一个人的什么东西？

---

① 包丽敏，李润文. 无声的世界杯. 中国青年报·冰点周刊，2006 - 07 - 12.
② 同①.

陶辉没想到，世界杯决赛之前，他和工友们以这样一种方式争取到了被拖欠的工资。

7月7日中午，"富力中心"工地上几十名工人在四川工人曾强的带领下，上街堵住了工地门口的马路。随后，这位皮肤黝黑、赤裸着上身、穿着大裤衩的矮个胖子，拨打了"110"报警电话。

"是我报的警，我是让你们来帮我们解决工钱问题的。"曾强亮开嗓子，挥动着胳膊向警察呐喊，"我们干了活拿不到钱，没人管，温总理都说了，农民工的工资绝对不能拖欠。有困难，找巡警，巡警就是'110'！"

这位领头者把记者也叫到了现场。"你们来了就好。"他说。

工人们这一招很快使建筑商坐上了谈判桌。曾强不停地给劳动部门打电话，当地劳动局答复是：当天休息，没人上班。"周五你们不上班，你们到底来不来人，我要告你们行政不作为！"曾强对着电话大吼。①

欠薪、讨薪、报警、记者、谈判、大吼……冲突逐步升级，从前面相对静态的问题进入更现实的对抗。对这些沉默的人来说，辛苦不要紧，生病也能抗，名字也是无所谓的，唯有工钱才是命——它是一家老小活下去的希望。

情节也随着此番冲突抵达高潮，农民工群体所有的"难题"也在此交织爆发。读罢不禁一声叹息：真残酷，真难啊……

7月7日，工人与建筑商谈判结束，拿到了共70余万元工资。一部分工人拿到了全部被拖欠的工资，另一部分人拿到了部分工资。曾强说，陶辉属于另一个老板手下，原本5 000多元的工钱，他只领到了1 000多元。

"以后再想要回来，估计难了。"他皱了皱眉说。

---

① 包丽敏，李润文．无声的世界杯．中国青年报·冰点周刊，2006-07-12.

曾强、陶辉和其他两个球迷工友本来约好了，大家一起打车去中华广场的露天大屏幕看半决赛和决赛，车费和酒费大家均摊。

但是，拿到工资的工人们迅速离开了这个工地，急着到下一个工地去挣钱。7 月 8 日下午，在德国队和葡萄牙队争夺第三名的比赛开始之前，陶辉也带着妻女匆匆搬到了下一个工地。

陶辉搬走时没跟曾强打招呼。工棚里，满地狼藉，陶辉那张加宽的床只剩下光光的床板，还有床头上一个装辣椒酱的空罐。

"这就是工地，"胖子曾强摊了摊手说，"这就是我们的生活。"①

这哪里是写世界杯？绿茵场上的英雄远在天边，生活的英雄却近在咫尺，里面有残酷、冷漠、孤独、不公和颠沛流离……故事围绕繁华闹市那块无声的大屏幕展开，从就医、名字到讨薪、流浪，一步步展露问题的复杂和尖锐，直至他们玩命谈判，拿到部分工资又相忘于江湖。至此，故事达到高潮并充分释放平静里的巨力。

这些独特的立意、角度打动了无数人，包括 2006 年《南方周末》"传媒致敬"的评委。这篇年度特稿获奖评语的最后一句是："报道用显而易见的新闻报道技巧给一个老旧的题材赋予了闪亮的光泽。"

思想型

掌握前两种故事高潮（事件型和问题型），大部分非虚构选题都能轻松应对。毕竟现实创作中写事写人的还是居多，稍有点情节和问题优势，很自然就往这两个方向发力。

如果还想再深刻和超然一些呢？或者说，让思想成为故事高潮的驱动力？有不少作者正是这样做的，他们对热点和趋势不感冒，转而往历史、文化传统里寻找新的叙事，或者用个人视角去行走、记录、理解世界。这类作品大多是弱情节甚至是反情节的，但这并不代表它们不需要制造高潮。**它们只是换个方式来寻求共鸣，引发更广泛、更**

---

① 包丽敏，李润文. 无声的世界杯. 中国青年报·冰点周刊，2006 - 07 - 12.

深层的思考，留下思想之美、参悟之美、智慧之美。

这类故事高潮非常考功力，相对于事件型高潮的危急时刻和问题型高潮的社会化难题，它们更难量化，更远离套路，是"横看成岭侧成峰"的个体体验和思想投射。因而，我们可称之为"思想型高潮"。作者从实体到精神，从写摸得着的到写摸不着的，自由构建自己的思想光谱，并以此邀请读者，一起感受思维洞开所带来的感悟和愉悦。

杨潇的《重走：在公路、河流和驿道上寻找西南联大》一书，既是游记，也是历史寻踪。西南联大成立距今已八十余年，大大小小的书已出过不少。作者从个体视角和体验出发，不论是重走的年份还是行走者的时代视角，在历史上都是独一份的。这也是"旧酒"得以装"新瓶"的优势。

杨潇上路，除了背囊，还有沉甸甸的史料积累和问题意识。他沿途游历，与人交谈，穿梭于新旧两个时代。在两个不确定的年代，在国家与个人（既指当年的师生，也指当下的作者）的危急时刻，他用行走寻得属于这个时代的独特的答案。

在书的最后一章，作者提出此行最大的问题：那么，人生的意义究竟是什么呢？

"'人生的意义是什么'，恐怕是个不成问题的问题。"冯友兰在那篇文章里写，"我们可以问：结婚的目的是什么，读书的目的是什么？但人生的整个，并不是人生中的事，而是自然界中的事，自然界中的事，是无所谓有目的的或无目的的，我们不能问有人生'所为何来'，犹之我们不能问有西山'所为何来'。"但这"没有意义"，并不等于不值得过，或者不值得做，因为人生"本身即是目的，并不是手段"。

当然，冯友兰也知道，这理论对悲观者恐怕影响不大，"因为有一部分抱悲观的人，并不是因为求人生的意义而不得，才抱悲观，而是因为对于人生抱悲观，才追问人生的意义"。这就好比，一个人去图书馆里找书，出来说"没有"——吴大昌对这个比喻仍然记得非常清楚——这不代表图书馆里没有书，而只是没有他要找的书，"本欲以此事达到某目的，而其实不能达到，此事即成为无意义……对于这一部分人，专从理论上去破除他的悲观，是不行的。抱悲观的人，须对于他以往的经历，加以反省，看是不是其中曾经有过使他深刻失望的事"。

"一定有原因，这个原因自己不知道，当时不知道，现在也不知道。"谈起这段突然闯入记忆的往事，吴大昌这么说。

那么，在 101 岁这个年龄，他觉得人生的意义是什么呢？他觉得冯友兰说的是对的，"人生就是，活着就是活着……人生问题就是这样子，你就好好过生活，你在生活里头过好生活，就没有问题"。但是在 1939 年，他并不明白这一切，毕竟，他才 21 岁，一切才刚刚开始。①

行文至此，已经和风土人情无关了。它抽离了时间和空间，去追问人生的"根问题"。这也是那段传奇历史的高潮：一群老教授带着一群年轻人，头顶飞着炸弹，脑子里想着人生。救亡和启蒙，是近代中国的两大课题。后人重走，从现实始，到人生终，也是无声胜有声。虽在情节上无甚惊险，却是酣畅的思想历程，同样让人大喊一声"爽"。

不同的题材有不同的高潮策略，用错策略或一平到底，故事就像凉水泡面，兴致大败。此外，和结构的运用一样，**不同类型的故事高潮也不是割裂和泾渭分明的**，常常是问题中有思考，思考带来情节变化，而情节变化又可能带来新的问题和隐喻……只有充分调动，配合有致，才能给读者带来从感官、情感到智慧的非凡体验。

结尾：最后一页的回响

无论什么类型的故事高潮，也无论情节多么剧烈，结尾始终在前

---

① 杨潇 . 重走：在公路、河流和驿道上寻找西南联大 . 上海：上海文艺出版社，2021：678.

方等待。情节越过最高点，就开始下降走向终点。

这个"终点"不只是字面意思，还有更丰富的含义。情节可能真的谢幕了，彻底翻篇；也可能潜藏隐匿，继续伴随人物的余生；还可能预示另外一段故事的开始。

因此，**结尾的任务，不是让一切归于沉寂，断得干干净净，而是要留有回响**。像顶级演奏家，奏罢谢幕，观众却仍久久不愿离场，沉浸其中，不可自拔。

有个形象的比喻：好的结尾，就像杂技演员让 10 个同时飞转的碗平稳落地。接不好，就会碎一地。观众又偏偏善忘，纵使你前面表现得再精彩绝伦，他们也会无情皱眉，甚至一票否决。

不少作者对结尾都有误解，以为是"船到桥头自然直"之事，最后再想不迟，结果常常妥协于截稿时间，匆匆收笔，终落得个虎头蛇尾。这实在太小看结尾了，结尾虽在最后，面对的却是情绪已充分绽放（被故事高潮调动）的读者，再轻微的扫兴也是大大的难受。

因而，**坏的结尾能毁掉一个好故事，好的结尾则可能拯救一个坏故事**。成熟的作者，不会放任结局野生，它必须是精心设计的，甚至先于开头考虑也不过分。

结尾的类型

虚构写作的结尾难，因为要填前面的坑和收四散的梗，还要有共鸣，这很考验脑洞；非虚构写作的结尾也难，因为要真实，只能从现有材料中提炼延伸，赋予深刻乃至诗意之美，这需要敏锐的洞察和感知。

故事的结尾无非有三：正向，负向，开放式。

1. 正向结尾

正向结尾很常见，得偿所愿，典型如大团圆。人物（物件或事件）历尽风波，最终实现了某种愿望、回归或救赎。

我的特稿《伊力亚的归途》用的就是正向结尾：

一个晴朗的黄昏，怀着巨大的忐忑和不安，伊力亚向阿尼帕交代了过去。他低着头，像等待审判的罪犯。一段令人窒息的沉默过后，阿尼帕叫伊力亚望着她的眼睛，一字一句地说："世上没有不犯错误的人，胡达会原谅你的，我也会原谅你的。"

看病归来的阿尔孜古丽，则在同一个傍晚看见两个轮滑少年在广场上划着华丽的弧线，她认出了伊力亚。"这是我见过他最快乐的时刻。"①

2. 负向结尾

有聚必有散，有喜必有悲，有正向结尾也必有负向结尾。后者即人物（物件或事件）虽竭尽全力但仍事与愿违，典型如悲剧。

《中国青年报·冰点周刊》特稿《永不抵达的列车》，记录了 2011 年"7·23 甬温线特别重大铁路交通事故"，两列高铁相撞，带走 40 条生命，大学生朱平就是其中之一。在该文结尾，作者赵涵漠写下朱平在人间的最后一丝努力：

23 日晚上，22 时左右，朱平家的电话铃声曾经响起。朱妈妈连忙从厨房跑去接电话，来电显示是朱平的手机。"你到了？"母亲兴奋地问。

电话里没有听到女儿的回答，听筒里只传来一点极其轻微的声响。这个以为马上就能见到女儿的母亲以为，那只是手机信号出了问题。

似乎不会再有别的可能了——那是在那辆永不能抵达的列车上，重伤的朱平用尽力气留给等待她的母亲的最后一点讯息。②

3. 开放式结尾

正向和负向结尾给人明确的结果和情绪，但有些故事更为绵长，

① 叶伟民．伊力亚的归途．南方周末，2011－06－24.
② 赵涵漠．永不抵达的列车．中国青年报·冰点周刊，2011－07－27.

历数十年仍在产生影响，或者故事虽结束，人生的"余震"却才刚开始，又或者作者想留有回响和余韵，那还有第三种选择——开放式结尾。

开放式结尾不算真正的结局，而是将结局交由读者去理解，催生更大的想象和讨论空间，从而更具未知的乐趣和遐思的美感。就像生活，答案未必在当下，而潜藏在时间的漫流里，而未来，就像"开盲盒"那样吊诡无常。因此，**开放式结尾既是写作技巧，也是叙事态度，更是生活哲学。**

阿列克谢耶维奇的《切尔诺贝利的悲鸣》，真实还原了 1986 年的切尔诺贝利核灾难事件。这是人类史上最严重的核事故，320 万人受到超量辐射，17 万人在事故后十年内死亡。时至今日，切尔诺贝利方圆 30 公里仍是"鬼城"，动物变异，阴森诡异。而幸存者，则终身活在痛苦、恐惧和愤怒中。

阿列克谢耶维奇采访了他们，以独白的形式呈现其故事。书的末尾留给了一位叫瓦莲京娜·季莫费娜·帕纳谢维奇的女性。她是辐射清理人的妻子，儿子患了精神疾病。在事关"等待"的喃喃自语中，她的故事结束了，但读者的细思才刚刚开始：

> 我希望能把房子卖掉，搬到诺文奇附近，那里有精神病院。他就在那里，按医生吩咐住在那里。医生说，如果要活下去，他一定要住院。我会在周末去看望他，他会对我说："米沙爸爸在哪里？他会来吗？"还有谁会问我这种问题呢？他还在等爸爸。

> 我会跟他一起等。我会轻声说着我的切尔诺贝利祷言。你知道吗，他是用小孩的眼光在看这个世界。①

4. 两类变种

在虚构文学里，除了以上三类结局，还有**两类变种：一种是人物**

---

① 阿列克谢耶维奇．切尔诺贝利的悲鸣．方祖芳，郭成业，译．广州：花城出版社，2015：279.

表面"胜利"，实则"失败"（付出更大的代价）；另一种反过来，人物表面"失败"，实则"胜利"（赢得或唤醒更宝贵的东西）。

非虚构写作同样可以借鉴这些变化，拉大某些真实故事的现实背景和历史跨度，从更高的视角俯瞰考量，会发现祸福相倚：有人惨胜如败，有人虽败犹荣。用好两者间的对照、转化和暗示，能让结尾更显吊诡，更具思辨。

前面章节提过的《恩里克的旅程》，其结尾就是第一种变种：

> "我也要去！我要去送妈妈。"她告诉罗莎·阿马利娅。罗莎·阿马利娅也于心不忍了。
>
> 贾丝明跑到汽车面前，爬上车。玛丽亚·伊萨贝尔拿起背包。背包里装着一套换洗衣服和一张女儿的照片。贝尔姬和男朋友也爬上车。
>
> 到了汽车总站后，罗莎·阿马利娅不让贾丝明下车，说只有旅客可以进候车室。玛丽亚·伊萨贝尔如释重负，告诉自己说，这样也好，贾丝明不会真的明白是怎么回事。
>
> 玛丽亚·伊萨贝尔没有和女儿说再见，也没有拥抱女儿。她径直下车，快步走向汽车站。她没有回头看，没有告诉女儿自己要去美国。
>
> 罗莎·阿马利娅把贾丝明抱到汽车引擎盖上。汽车开出总站的时候，她让小女孩说再见。贾丝明挥舞双手，大声喊道："妈咪，再见！妈咪，再见！"[1]

八次偷渡、穿越生死，恩里克终于和母亲团聚。身为儿子，他无疑胜利了，但也正在失去更珍贵的东西——他要当父亲了，女伴玛丽亚也将离开村庄，偷渡求存。这意味着，他们的女儿贾丝明又将重蹈父辈的不幸，甚至更糟糕。她一出生便像"孤儿"，待成长到某天，

---

[1] 纳扎里奥 . 被天堂遗忘的孩子 . 周鹰，王海，译 . 海口：海南出版社，2009：203.

可能又像当年的父亲那样，只身走进死亡丛林……悲剧没有终结，只是陷入更深的循环。

如果说恩里克的结局是"胜利为表，失败为里"，那第二类变种则恰恰相反——"失败为表，胜利为里"。著名如"中国奥运第一人"刘长春，1932 年赴美参加洛杉矶奥运会，这次历史亮相并不理想，所有项目均无缘决赛。但他此行的意义，首不在领奖台，而在唤醒国人，点燃火种。他输了比赛，却赢得了比奖牌宝贵万分的东西。

2008 年，中央电视台播放了刘长春的纪录片《悲壮的荣光 1932》。其结尾，就是以辩证的眼光在更长的时间维度上重读那段历史，重读那个意义非凡的"失败"。

> 刘长春去世一年零四个月后，中国派出了由二百二十五名运动员组成的奥运代表队，再次来到洛杉矶。当五星红旗在当年刘长春黯然离开的体育场上空飘扬的时候，世界仿佛听到了一个古老民族奋力追赶的咚咚的脚步声。
>
> 1984 年 7 月 29 日，在第二十三届美国洛杉矶奥运会上，中国射击运动员许海峰以 566 环的成绩夺得了男子自选手枪六十发慢射冠军。这是中国在奥运史上的第一枚金牌。
>
> 这个世界有太多的巧合，52 年前，同样是洛杉矶，同样是 7 月 29 日，一个孤独的奥运选手代表中国第一次站在了奥林匹克的五环旗下。这个一辈子都想在奥运会上看到升自己国家的国旗，奏自己国家的国歌的运动员，最终还是仅差一年零四个月，没能看到那个让所有中国人都为之动容的一幕。

制造回响与余韵

无论是哪种类型的结尾，"共鸣"都是必需品。这是最后一页的回响，能让人掩卷长思，绕梁不绝。300 多年前，明末清初戏曲家李渔在《闲情偶寄》里将结尾比作"临别秋波"，别有一番情致：

收场一出，即勾魂摄魄之具，使人看过数日，而犹觉声音在耳、情形在目者，全亏此出撒娇，作"临去秋波那一转"也。[1]

因而，结尾是要精心处理的。**它既是文章"完"了的地方，但又最忌真个"完"了。**要如山寺撞钟，钟椎停了，僧人走了，却仍清音有余。否则，狗尾续貂，一声闷响，就没了，那实在太扫兴了。

托尔斯泰有言："好的结尾，就是当读者把作品读完之后，愿把它的第一页翻开来重新读一遍。"反之，坏的结尾，毁掉的不仅是读者眼前的作品（哪怕前面写得再好），还有他追你下一部作品的欲望。

写好结尾有不少技巧，如首尾呼应、反转、留白、对话、引用、提问、设置悬念……但无论如何组合变化，始终要围绕三种美来做文章——**人情美、意境美、思辨美。**

它们既是故事结尾的哲学，也是对读者坚持到此的奖赏。所有技巧，都为追求最后一页的回响。我们可以通过以下三个例子来感受一下。

人情美

于是它又经常不知不觉地变得很重。重到父后某月某日，我坐在香港飞往东京的班机上，看着空服员推着免税烟酒走过，下意识提醒自己，回到台湾入境前记得给你买一条黄长寿。

这个半秒钟的念头，让我足足哭了一个半小时。直到系紧安全带的灯亮起，直到机长室广播响起，传出的声音，仿佛是你。

你说：请收拾好您的情绪，我们即将降落。

——刘梓洁《父后七日》

《父后七日》是刘梓洁的散文，2006年夺得中国台湾"林荣三文学奖"，描述父亲去世后返乡守丧的七天。在这场乡村葬礼中，作者将悲伤藏于平淡的笔触和荒诞的细节中，甚至带点幽默和揶揄。令人

---

[1]　李渔．闲情偶寄．上海：上海古籍出版社，2000：84.

莞尔之余，情绪却在悄然堆积，最后爆发于某个不经意的瞬间。

生死事大，本是人生最痛之时。怎么写呢？号啕大哭？哭天抢地？这些都太直接、太浅显了，只是一厢情愿的情绪强灌，反而感染不了读者。

作者反着来，用冷笔甚至笑笔写巨悲，在一个个略带奇观的喧闹细节里拉大落差，反衬父女间平静、真挚、深邃的亲情，没有煽情，没有絮叨，只有淡淡的诉说和描写。别后种种，尽道寻常，点点滴滴，拾级而上。不觉间，读者也代入其中，红了眼圈。

什么是人情？是琐碎漫长的回忆，来来去去的唠叨，深入骨髓的习惯，不期而至的瞬间……《父后七日》的结尾让它们交融升华，也让"人情美"悉数绽放。

意境美

出事的那天，剩下的任务就是下撤。

5点半他们到达4 400米营地小歇，6点决定继续下撤。在新疆西天山的却勒博斯山域，6点相当于内地的下午3点，真正天黑得到晚上10点40分左右。他们还有两三个小时的行动时间。

当时他们想起，上山途中曾经路过一个小湖，那是在大冰川交汇的地方，湖边有草，甚至还看到了蝴蝶。在这个海拔、这样艰险的地方，这是一个罕见的所在。

严冬冬提议说："时间还早，继续走。我们去小湖宿营吧，那是个鸟语花香的地方。"

——许晓《最自由的人逝于高山》

这是登山家严冬冬生命的最后时刻。2012年7月9日，他逝于海拔4 400米的冰川。从文章标题就能品出，攀登者葬于高山，自然是不幸，但从时间的长河来看，生命终有尽头，是死于病榻，还是"托体同山阿"，对登山家来说，也许又有不一样的象征和隐喻。

作者许晓用严冬冬遇难前最后一个选择来结尾，带来别样的"意境"。因为实在太吊诡了，像神话中的海妖之歌，美得不可方物，却是探险者的宿命。于是，作者用反差极大的景象来对照死亡，小湖、青草、蝴蝶……再加以对话点睛，言有尽而意无穷，让人感慨万千——勇士最终没能抵达那鸟语花香之地，但他已见过世界最美的一面。

思辨美

于是，没有什么能阻止文洁若继续努力工作。旧一年的日历本已经写满了，2021 年的日历上她又在开始新的工作记录。她全身心投入其中，既得宁静又得幸福。

在她最满意的翻译作品，日本小说《五重塔》里，她曾经用优美的语言道出过作者的感叹：

人之一生莫不与草木同朽，一切因缘巧合都不过浮光掠影一般，纵然惋惜留恋，到头来终究是惜春春仍去，淹留徒伤神。

那该怎么办呢？

既不回顾自己的过去，也不去想自己的未来……在这鸡犬之声相闻，东家道喜，西家报丧的尘世上，竟能丝毫也不分心，只是拼死拼活地干。

——张瑞《文洁若：93 岁，独自老去》

文洁若是翻译家，也是作家萧乾的夫人，两人当年合译《尤利西斯》，更是堪称文坛盛事。她虽已九旬有加，却仍在工作——用最古老的纸笔方式，从早上八点到晚上八点。

这样一个世纪人物，她的故事该如何结尾呢？一定是厚重的，深远的，辽阔的。作者张瑞用了一个很巧妙的方式：翻译家的生命不在他处，就在笔下。她用最优美的语言，寄情于最喜爱的作品。于是，故事结尾处既是引用，也是借言，自然且浑然，让人掩卷沉思，徜徉在翻译家超然的人生哲学中。

修改：对每一个词提问

有句歌唱得好，童话里都是骗人的。虽是顿悟，却带迷离和嗔怪。人类的某些认知充满着迷之执念，比如因无知而孤傲，因自卑而狂妄，因渴望而相信，因懦弱而疯狂。

写作也不例外，虽说"吟安一个字，捻断数茎须"励志千年，但"收到膝盖"最多的还是"七步成诗""斗酒诗百篇"的传奇。

这就像小时候考试，明明通宵抱佛脚，却要假装煲剧逗狗。原因很简单，人性渴望被仰慕，泰山压顶云淡风轻的样子，可比奋斗脸帅多了。

虚荣心是"童话"的温床，用以维系一种心知肚明的光鲜。美国作家埃德加·爱伦·坡描述过这些小秘密：

> 大部分作家——尤其是诗人——都宁愿让读者把他们的创作过程理解为是某种美妙的癫狂，即一种狂喜的直觉。他们很害怕读者窥视到其背后的情况：他们构思时的殚精竭虑和优柔寡断的过程。[1]

这些大实话不怎么好听，却明确告诫我们羡慕错了方向。写作跟前，没有什么天选之子，只有千锤百炼——**好文章，是改出来的。**

先写完，再写好

新手常会陷入一些莫名的执念，例如精雕一棵树而罔顾整片森林。写一句磨一句，写一段抠一段，乱了节奏，耗了心气，最终烂尾。

先写出初稿，这是不少作家的忠告。 在詹姆斯·斯科特·贝尔看来，"如果你停下来，太关注技术细节，太担心要写得完美，你可能就永远找不到故事中最原创的元素，错过一条充满可能的小径或小河"。

---

[1] 沃尔夫. 创意写作大师课. 刁克利，史凤晓，译. 北京：中国人民大学出版社，2013：212.

是的，先写完再写好，最起码你得先有东西，修改才有意义。当你果真写完，却自觉烂得想烧掉，那恭喜你，那些大师也差不多，海明威有个著名的比喻：**"一切东西的初稿都是狗屎。"**

接下来，你要比任何时候都更有勇气面对这堆狗屎，甚至要有心理准备推倒重来。这可能是痛苦的自我审视和否定。先不着急细抠，从主题、立意、逻辑、结构等"顶层"及"支柱"环节回顾，如果哪根"支柱"出了问题，那么不要逃避，大幅重写。

例如立意不够，一篇思考技术是否中立的故事被写成了科普文章，好比缺了珠穆朗玛峰的青藏高原，失去了制高点。修改时就要删减说明性文字，增加有寓意和价值指向的情节，让文章从使人"明白"提升至引人"深思"。

再如结构，写完才发现设计欠妥，先用了单时间线，后来发现双时间线更妙。于是串联变并联，段落的大腾挪就在所难免了。

"顶层"及"支柱"整修很重要，属于基因级手术。只有自上而下、自内而外的重塑，作品的底盘才稳、高度才够。你值得为此多花时间，哪怕沉淀几天都是可以的。

艺术家和批评家

完成大维度的复盘和整修后，就进入逐章逐段的修改。方法有很多，其中一个深刻影响了我——**艺术家单挑批评家，用"左右互搏"的态度来修改。**

无论艺术家还是批评家，都共生于你的内心。批评家要全程保持最残酷、最苛刻的态度，对艺术家横加指责。他索要最合理的解释，鞭策艺术家选用最准确、最恰当的词。他不允许一丝含混、退让和猜测。他让人生厌，难以对付，却是艺术家最好的朋友。

以下是我的非虚构作品《父亲的66号公路》初稿的结尾部分：

一个夕阳猛烈的傍晚，我又坐上我爸的陈年雅阁，久别多年的小城电台竟也文艺了很多，放起鲍勃·迪伦。我爸带我走了一条新路，柏油黑亮，笔直通天，竟也沾了点辽阔的西部感。

　　我爸扭头问我知不知道新路的名字，我觉得此时他像极了一个开着老皮卡的年迈牛仔[1]，于是恶作剧般[2]地说："这里是66号公路[3]，向着太阳飞奔吧，牛仔！"

　　我爸在无趣中[4]关掉收音机，他一定觉得我有病。

我已经标注出来4个博弈点。此时，我艺术家的一面觉得作品已成，准备喜滋滋地去享用一个雪糕。而批评家的一面早已怒火中烧，"他"将艺术家按在椅子上。

　　艺术家：怎么了？难道它们有什么问题吗？结尾这个场景我很喜欢……

　　批评家：拉倒吧你！什么叫"开着老皮卡的年迈牛仔"[1]啊？完全没交代，你是看到一个场景、细节，还是看到主人公的动作？一切不交代来由的叙述都是要流氓。

　　艺术家：你是不是过于……

　　批评家：别打岔，我还没说完。第二点更严重，什么叫"恶作剧般"[2]？是做鬼脸了，瞪眼珠子了，还是吐舌头了？细节、细节，还是细节。

　　艺术家：这些我都可以补充。对话呢？应该没问题了吧？

　　批评家：当然有问题，太啰唆了，尤其是那句"这里是66号公路"[3]，太拖沓，毫无意境，完全可以移出去。记住！对话要精准、响脆、有力。

　　艺术家：……我不信你还能挑出其他毛病。

　　批评家：当然可以，什么叫"在无趣中"[4]？高明的表达不是全说透。换上准确的动作吧，读者比你聪明，别瞎操心。

　　终于，艺术家的我听从了批评家的我，最终修改如下：

　　一个夕阳猛烈的傍晚，我又坐上我爸的陈年雅阁，久别多年的小城电台竟也文艺了很多，放起鲍勃·迪伦。我爸带我走了一条新路，柏油黑亮，笔直通天，竟也沾了点辽阔的西部感。

我爸扭头问我知不知道新路的名字。太阳从他背后射来，好像给他戴上一顶金色的牛仔帽。我觉得此时他像极了一个开着旧皮卡的老嬉皮，奔驰在伟大的 66 号公路。我突然想恶作剧一下，于是朝我爸竖起摇滚的手势，捏着西部片里的烟熏喉对他喊："向着太阳飞奔吧，牛仔！"

我爸伸手关掉收音机，他一定觉得我有病。①

是不是好多了？我认为是的，且心悦诚服。批评家不会是让人愉悦的存在，但你不能与之决裂。**没有严苛的自我批评，你的创作将可能面临两种极端：失控，或草草了事。**

对每一个词提问

和初稿大大小小的"战役"打过后，最后就要收紧叙事，让文章字字珠玑。

2003 年普利策特稿奖获得者索尼娅在采写获奖作品《恩里克的旅程》时，记录了 100 本笔记本，花了半年时间写成初稿，写了多达 95 000 个英文单词。

她的编辑里克·梅耶出马了，帮她删掉大量章节。作者又花了两个月，把文章删改为 35 000 个词。后经历 10 稿，外加排版、设计和尾注等工作，用了一年时间，作品最终于 2002 年 10 月见诸《洛杉矶时报》。

可见，一篇好作品用于修改的时间很可能是写初稿的数倍。"有了坚固的故事结构，我就收紧叙事。"索尼娅说。例如，二稿的一个段落如下：

---

① 叶伟民．父亲的 66 号公路．（2016－01－06）［2023－08－30］．https://mp. weixin. qq. com/s/BROmG8QKwjPyzGs6M5zgrA. 可扫描本书后折口二维码，在拓展阅读资源里阅读全文。

> 他在河边的流民营出没。最后他就住这儿了。这种营地是移民、蛇头、瘾君子和罪犯的避风港，但却比新拉雷多的其他任何地方都安全，这是个超过50万人的城市，充斥着移民蛇头和各种警察。如果他因为流浪在城里被抓了，那么，政府会关他两到三天，再把他逐回危地马拉。这比滞留在此更糟，因为又回到了起点。①

她的终稿是这样的：

> 他加入的流民营是移民、蛇头、瘾君子和罪犯的避风港，但比新拉雷多的其他任何地方都安全，这是个50万人口的城市，充斥着移民中间人（移民蛇头）和各种警察，警察可能抓住并驱逐他。②

就这样地毯式地修改，直至每个词都难以拿掉。"我努力用新鲜的眼光看每一个句子，问自己：这个真的必要吗？删掉会损失多少？加快叙事节奏会收获多少？如果保留，怎样改进和缩短它？我对每一个词提问。"③

这正好应了《小王子》里的一句话："**所谓完美，不是指不能再添加别的东西了，而是指没有东西可以从其中拿掉了。**"

---

① 克雷默，考尔. 哈佛非虚构写作课：怎样讲好一个故事. 王宇光，译. 北京：中国文史出版社，2015：263.

② 同①263-264.

③ 同①265.

练习：在开头结尾

承接第四章的练习"我昨天晚上……"，讲完一天或过去的故事，为它写个结尾。

提示：

（1）参考前文提到的"从中间开始，在开头结尾"的原则，你可以回到故事的时间起点，为它写上休止符。例如当天早上（或当初）一个不经意的细节，却是后来种种蝴蝶效应的起点。

（2）如果你实在找不出足够精妙的细节，也可以用讲道理来结尾。例如点透一个生活哲理或人生感悟，也能让读者有所收获，有所共鸣。

第九章　工具箱1：向一切发问

谁要描写人和生活，谁就得经常亲自熟悉生活，而不是从书本上去研究它。

——契诃夫

- ◆ 知道答案的人
- ◆ 发问的艺术
- ◆ 工具篇：记录这件事
- ◆ 案例解析：他逃出塔利班，和我说了惊魂一夜在第三章，我们开启了书写之旅，但在写作之前，还有两项工作要做，只是不同类型的作品所需要的程度不同，那就是采访调查和材料处理。这就像美食节目，因时间关系略去摘菜、洗菜、切菜、分菜等步骤，乍一看不觉得不妥，但当自己实操时，却发现省略任何一环都寸步难行。

这也是本书将这些"幕后工作"合并为工具箱的原因：更集中、丰富和灵活。好比木匠手里的箱子，锤子、钳子、钉子一应俱全，至于怎么用，就看做的是板凳还是衣柜，因"物"制宜，因"事"制宜。

前章说过，真实是非虚构写作的契约，换个角度理解，也是其宿命。这就注定了非虚构写作者不能像小说家那样力拼想象力（何况，虚构写作也要采访，路遥就为《平凡的世界》调研了三年）。他们要行走，要丈量大地与生活，更要观察发问，参透那一个个或迷人或惊心的"为什么"。很多时候，答案越清晰，越魔幻；越平淡，越荒诞——大有于无声处听惊雷之感。

走访、调研、访谈……**向一切发问，是非虚构写作履行"真实"契约的第一步。**有了它，非虚构才扛得起"非"字之名，作者笔下之言才事事有根据，句句有出处。

不过，采访不是闲聊，也不是请客吃饭，而是有目标、有战略、有步骤的信息交换。如果你聊得愉快轻松，那多数是有问题的。**很多时候，采访甚至充满艰难，不仅在看得见的问答之间，还在微妙的心理角力之中。**

在第二、三章张国和塔利班的故事里，我以采访者的身份闯入，也迅速陷入此种博弈和两难中。在采访手记中，我写道：

> 我开始为我先前的"猎奇"感到不安。张国给我倒了一杯

茶，问我想了解什么。在我蹩脚的寒暄中，张国总惦记着火炉里的煤，他怕窗外的大雪会冻着我这个远方的来客……

我收起了自认为精彩的采访提纲。在接下来两个多小时的采访里，我委婉且兜着圈子地让张国回忆每个事实细节。印象最深的是，张国咬牙切齿地对我说，真正痛苦的不是挨打，而是精神折磨。塔利班每天会逼他们蹲黑房，看人质被割头的"恐怖录像"，还用枪瞄准他们作乐。

"毫无尊严，毫无希望，就像两只可以随意捏死的老鼠。"这个男人在我面前3次掩面哭泣。我一边用言语安慰他，一边在他请求"不要说了"的问题上悄悄做上记号，打算下次再问。我觉得我简直就是在犯罪。①

采访张国的故事，将附在本章后面。书中多次拆解了这个过程，把零件和流程摆在放大镜下。这可能会破坏某些美好的幻想，然而事实就是如此，因为采访从来不是浪漫的事。

采访之义，在文内，也在文外。每一次与陌生人对坐，认知的边界便又拓了一程，获得的，是信息，是故事，更是一个个独自闪光的人生坐标。

知道答案的人

刚入行那会儿，我逮到前辈就请教，不仅听来各种采访背后的故事，还记住了一句话：**把信送给加西亚**。这是作家阿尔伯特·哈伯德的小说，讲的是19世纪美西战争中一名年轻中尉送信的传奇故事。这句话之所以用来形容采访，恰恰是因为其没头没尾——加西亚是谁？在哪？我怎么才能找到他？这是一封什么信？为什么要把信送给他？……

---

① 叶伟民. 逃出塔利班的中国第一人//邓科，编. 南方周末. 后台：第三辑. 广州：南方日报出版社，2010：118-119.

言下之意，自动送上门的采访对象少之又少。作者要从有限的线索出发，找到他的"加西亚"。采访既是手段，也是能力，目标就是找到精准的人和信息，最终挖出真相。

说是一回事，实操却绊倒许多人。不少读者曾来咨询，为找不到采访对象而苦恼，"小雨"就是其中一位。

> 我朋友做心理咨询有两年了，最近接到一个性少数群体的案例，还有跨性别者认知错乱的案例。想要了解这样的群体，要怎么做呢？感觉难度有点大，第一个类似一些隐秘的性工作者一样，光靠消费的话也拿不到什么有用信息。
>
> 有的人还说去卧底接触之类，但感觉风险有点大。就想问问您，对于一些很隐蔽的少数群体，甚至可能会排斥我们接触的，需要怎么做才能找到合适的采访对象，深入调查呢？
>
> ——小雨

如何找到你的采访对象？要具体问题具体分析。但无论如何，**找到"知道答案的人"**就对了。

主角已知：从一到多

有些故事清晰明朗，谁在哪、干了啥一目了然。这种情况相对好办，直接奔主角去就行。只要拿下核心人物，故事就成了大半了。案例里我对张国的采访，就是典型的"主角已知"型。他贯穿始终，提供了最详尽也最关键的信息。随后我再按与主角关系的远近，定位其他关联人物。

我习惯按三层来罗列采访对象——**核心、外围、延伸**。它们与故事的距离依次拉大，重要程度依次递减。推进时从中心发散，一圈一圈往外扩，最终实现从一到多（从个体到群体）。好处是能迅速锁定优先项，从信息密度最大处开采。

核心：与核心事实紧密相关甚至有重大影响的人物。例如主角、参与者、对立者、同行人、目击者、救援者等。

外围：在核心事实以外但与主角有长期或短期接触的人物。例如主角的家人、朋友、同事、同学、邻居、老师、律师、医生、生意伙伴等。

延伸：类似事件、现象的经历者、关注者、研究者和相关机构。例如政府部门、研究机构、公益机构、专家、学者、记录者、有类似遭遇者等。

如此盘点一番，采访清单就出来了。优先约访核心层，再依次外延。如果某一步受阻，则可绕行，边突破，边等待，边采访，多线行进以保证效率。还可以画出人物关系图，采访完一个就打钩一个，直观之余，还能享受攻城略地般的快感。

主角未知：从多到一

相比上一种情况，"小雨"的问题要复杂得多。她要调查的是群体，而且很隐蔽。也就是说，故事主角远离聚光灯。他是谁，在哪，经历如何……我们一无所知。

如果说"主角已知"型采访是从一到多，即从个体到群体，"主角未知"型采访则是从多到一，即从群体到个体。它们互为逆向，但后者的操作方式却要复杂得多。

如何从现象或群体，找到一个或多个有故事的人？可能你会立即想到上网搜索，但多数情况下你会失望，因为干扰信息太多了。我们换个思路，为什么不借助信息节点呢？

所谓信息节点，就是在某个领域积累丰厚的人士，他们在案例、经验、见解和资源上均有优势。我建议先去扒论文数据库，这里汇聚了各领域专业人士的研究成果，并且经学术期刊筛选精编，干货很多。

搜索关键词后，别着急点开第一篇。先筛选排序，如按下载次数、发表时间、被引用数等维度逐一查看。下载次数多且持续产出的学者，就是理想的采访对象。他甚至是我们可触及范围内最了解该问题的人。

你可能仍觉得美中不足——除非你在高校，否则论文库都是要收费的。我也有备招——图书馆。大多数公立图书馆都对市民开放电子资源，办张借书证即可。此外，越来越多的文献中心也开放了期刊资源，各类公开数据库也不少。

专业文章到手后，第二步就要具体到人。有三类人士值得锁定：一是专家学者和研究机构；二是社会团体、协会、公益基金会等；三是各领域意见领袖和消息人士。他们要么以专业见长，要么以灵通见长，要么两者兼备，掌握丰富的人脉和案例资源。

对第一类人士，以论文为索引不难锁定；对第二类人士，可以搜大报大刊，常接受采访的就是；第三类人士除部分在传统媒体开设专栏，大多活跃在社交媒体上。

经过上述操作，你手里的求访名单应该越来越长了。只要你突破了第一个人，就会像进入一张网，开启信息的链式反应。只有这样，故事主角才可能慢慢浮现，你的"信"，也才有望交到"加西亚"手里。

发问的艺术

恭喜你，案头做到这一步，准备工作已相当充足了。你将踏上采访之旅，坐到某位陌生人面前，提出第一个问题。

然而，采访不易。要想让素昧平生的人对你尽诉所有，不是仅靠嘴皮子功夫能做到的。没有人有义务接受采访。大家都不闲着，花时间和陌生人聊天，图啥呢？

新手采访，总觉得开口万岁。但随着经验渐长，就会觉得让人接受采访虽非易事，但"说什么"和"怎么说"才是真正的难。

这是人性使然。趋利避害是人之本能，几乎所有信息交换都既是合作，又是攻防。**作者与受访者之间，也既是同盟，又是对手。**

从动机上看，采访是两个素不相识的人，因为某种共同的诉求走在一起。信任是稀缺品，却是不得不迈过的坎。所以，采访貌似先要解决方法问题，实则是**信任问题**。

换位思考：信任的钥匙

既然受访不是义务，我们就要换位思考：对方接受我的采访，能得到什么？只有找准对方的诉求，才可能通过沟通来解决。其中有两个共识能帮你更快找到答案：

第一，大家的时间都很宝贵。他花时间和你聊，首先考虑的是机会成本。

第二，采访不是索取和给予，而是协商、合作、共赢。

换位思考、想人所想是取得信任的首把钥匙。只要对方愿意听你说，便可因势利导，使其愿意对你讲。例如可以从舆情入手，如果对方是鸵鸟心态，就要尽力让他明白沉默的代价；也可以强调你所供职平台的影响力，如江湖地位、读者数量、业界口碑，有什么大人物接受过采访，引发过什么效应，等等；还可以分享你已掌握的信息，不管是外围的还是对立面的，都可能激发对方的倾诉欲。

如果以上优势都不具备，你只是位自由作者，手里也没个大号压阵，那剩下的只有真诚了。当然，真诚不能解决一切问题，也不是道德高地，但一定比油腔滑调、自作聪明要强。

不过，遇到真正难啃的骨头，这些沟通方法常常会失效。原因很多，但无非是压力过大、顾虑过多、动力不足。要击破它们，我有以下建议。

1. 找中间人

相当于再搭一座桥，找于此事无利害关系，又得采访对象信任的人当说客。但前提是，你也能找准中间人的诉求——他为什么要帮你？

案例 1

找到"中间人"，嫁接需求链条

2011 年，我采写特稿《伊力亚的归途》①，关注新疆流浪儿童的回归。前期很不顺利，无论家长还是孩子，对我都极不信任。我一时找不到突破口，于是先就近到广东某救助站，想初步了解该群体的状况。结果里面的孩子对我非常抵触，不仅撒谎，还在背后朝我扔东西。一个多星期过去了，几乎毫无进展，我非常着急。

直至我后来找到某慈善组织，需求链条才理顺。慈善组织对媒体有诉求——可以展示工作和成绩；流浪儿童家庭对慈善组织又有诉求——可以给孩子提供教育或就业机会。慈善组织的工作人员陪同我去探访，采访对象就很配合。就这样，"中间人"介入，通过利益传导嫁接需求链条，采访之门便敲开了。

2. "农村包围城市"

如果对方态度实在强硬，那么可以先放一放，找他身边的人——朋友、邻居、同事、对手，甚至和选题有关无关的都行。目的只有一个：建立信息优势。

3. 持续表达诚意

不要怕被拒绝，和对方保持沟通。通过微信或短信，可持续表达诚意，又不至于过度骚扰。

4. 激发辩护欲

完成第 2 步后，要及时与对方同步信息。但有一点，要先采访完对方的亲密圈（家人、邻居、发小、同事等）再联系。原因有两个：

---

① 叶伟民 . 伊力亚的归途 . 南方周末，2011 - 06 - 24.

首先，采访对象对亲密圈有很强的控制力，能让所有人对你闭嘴；其次，让亲密圈主动向采访对象报信，也能"敲山震虎"，倒逼他来联系你。

结束完对亲密圈的采访，其他消息源就在采访对象的控制范围之外了。此时就可以向采访对象定时同步采访进度。注意，只需展示你的信息掌握情况，决不能是威胁，意在表明：我对此事相当有决心，且已越来越接近真相了。

随着同步次数的增加，采访对象的辩护欲会被激发，还会产生心理暗示：这个人掌握了这么多，我好像有必要和他聊聊，化被动为主动，免得到头来陷入说不清道不明的尴尬境地。

 案例 2

我被"拒绝"了一个小时，也采访了一个小时

2010 年夏天，中国体操运动员董芳霄因涉嫌年龄造假，被国际奥委会收回悉尼奥运会奖牌，并取消大部分国际大赛成绩。此事影响很大，体育总局体操中心事后回应："是她个人及家人的行为。"

对于圈内人来说，运动员年龄背后的"小秘密"并非多难理解。这件事和举重冠军才力之死有相通之处，都指向中国运动员鲜为人知的困境和孤独。

我要采写这个选题。此时董芳霄已在新西兰，要找到她只能通过董母李文阁。接到电话，李文阁明确拒绝我，但也没有马上挂电话。我能感觉到她的纠结，既想为女儿鸣不平，又担心某些压力。

我意识到，李文阁有诉求，但窗口期不会太长。我向她强调了几点：这个锅太大，孩子一背就一辈子了；《南方周末》做过几例运动员的报道，都引发了广泛关注，让情况有所改变。

李文阁听后沉默了。我提前找过不少外围人士，有体育圈的，也有跑线记者，掌握了一些情况。董芳霄退役后日子挺难，长期受

伤病折磨，在国内时月薪 1 000 块钱。地方队领导曾说过要帮她安排个出路，后来领导遭了车祸，人没了，事情也就不了了之。

名誉和出路，是当时李文阁最大的"痛点"。我先和她谈了外界的反应，建议还是要有所回应，可以有不说的真话，但总比啥也不说好。毕竟有关注比遗忘好，是是非非，终有论断。

显然，李文阁很心动，也觉得在理。于是，她在电话里"拒绝"了我一个小时，对我的提问也绕着弯回应。这种微妙的平衡，一直持续到采访结束。①

远程采访：高效获取信息

采访是沟通的艺术，面对面最好。但时间不是无限的，有些采访对象相隔确实远，还可能因为不可抗力的因素（如自然灾害），甚至仅仅因为对方的喜好，而必须采用远程采访。

不能见面着实惋惜，错过场景和细节是一方面，诸多潜在的损失更不可估量。如一见如故、谈笑风生的可能，或激烈交锋、金句频出的互动，又或翻出旧相册为你娓娓道来的宝贵场面。不过，我们也要尊重现实，如果只能远程采访，那么也可以通过一些方法和技巧来对冲不利。

1. 做足功课，写好提纲

采访前的准备永远不嫌多，远程采访更是。对方看不到你，只凭声音建立信任的难度就更高。这时候，如果你主动聊聊对方写过的文章和讲过的话，他会很惊喜。

列好采访提纲很重要。对写作者来说，它是工作方式、逻辑和思考深度的体现；对受访者来说，它在见面前是开启信任的钥匙，在见

---

① 采访最后写成故事：叶伟民 . 为国争光的董芳霄 . 南方周末，2010 - 05 - 20.

面后是启发、指引、交锋的蓝本。

采访提纲要提前给对方，既是尊重，也是功课（对双方都是）。如果是电视台、电台等远程连线，那么最好先和对方沟通练习一遍，效果会更好。

2. 做填空题，不要做论述题

采访缺乏章法，容易掉进两个坑：一是大而无当的开放问题，例如："你怎么看互联网？"二是掉细节堆里，净问些芝麻绿豆的事，例如："你是先绑右脚还是左脚的鞋带？"

第一点是论述题思维，第二点纯属闲聊瞎扯，都很糟糕。转换一下，用填空题思维，提前捋清框架脉络，找出信息、逻辑断层和争议点，再聚焦发问，采访才更有效率，也更有价值。

3. 提问要简短

真正采访时，问题要短，不要叠加提问。相互看不见，缺乏表情、肢体语言辅助，长问题会让对方疲于应付，回了芝麻忘了西瓜。我们要学会分解问题，把大问题拆为一个个具体的小问题，减轻对方单位时间的思考压力，回答自然更饱满放松。

4. 每次提问，一定是剩余问题里最重要的

关系再好的对象，采访时间也不可能无限长，穷尽所有信息是不实际的。应按照重要程度排列问题，保证每次提问一定是剩余问题里最重要的。

同时也要多准备些问题。比如对方只给 15 分钟，除了 15 分钟版本的提纲，还要准备更多细化的问题。如果运气好，聊开了，对方没主动结束，你就继续问下去。当然，如果可采访时间足够长，此原则可以适度放宽。采访时长策略如图 9-1 所示。

5. 要让对方舒服，又不能太舒服

采访不是挑刺，要让对方舒服，不然人家为啥要费劲和你聊呢？但采访也不是溜须拍马，你好我好、无棱无角的是宣传稿。必须有一

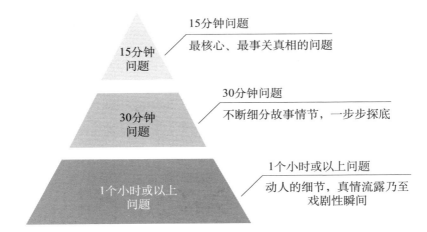

图 9 - 1 不同采访时长的提问策略

些"锥子"问题，不时扎对方一下，激发他，让他摘下面具，露出真身。

见不着面，有些话可能会被对方误解，遇到直性子的，还会有言语冲突。这不是坏事，表明对方被激发了，有激发才能露真容。这时不要慌，要耐心沟通，不可意气用事。要多从对方立场发问，多借用外界声音提出质疑或反对意见，而非你直接下场辩论。

6. 认真是好，但有趣更好

采访状态过紧或过松都不好。太端着板着，一副公事公办的样子，总让人有被审问感；太嘻哈闲扯又让人觉得不靠谱。松弛有度最好，谈完惊涛骇浪，再聊聊家庭、孩子和宠物就挺好，得到的故事也更有血有肉。

7. 悄悄告诉你，准备两份提纲

当然不是建议你给一套问一套，而是粗细各一份。隔行如隔山，一般人只要看见十来个问题就头大了，甚至会被吓跑，因为他会想到做卷子而不是聊天。

给对方一个简单版提纲即可，列上最核心的问题，不要超过 15 个。自己那一版就尽量详尽，上百个也不过分。当然，也要综合考虑可采访时间。

捕捉决定性瞬间

人都有自我美化的本能，因而在采访里真话时常会迟到。这有两种可能：

（1）对方愿意说，但放不开或表达差，套话囫囵话连篇，导致信息不足，此为"掩"。

（2）对方为某种目的撒谎、隐瞒或掺水，导致信息失真，此为"饰"。

如果把采访比作远行，这"掩"和"饰"就是鞋里的石子。一开始隐藏得还好，但很快就让人寸步难行。

先说第一种情况。一个人终其一生，虽有风浪，但终会被时间研磨成庸碌的发条。突然，某天竟为人所激赏，两眼放光地接受询问、记录，难免心内忐忑。加上久经社会规训，套话、空话、虚话自然张嘴就来。

此外，采访是门学问，但世上却没有"受访"这一课。因而，理想的采访对象也是靠天赋或即兴的。种种状况难以预测，给采访横添迷雾，就像挖井一样，你不知道要坚持到哪一锹才会喷出水柱。

高明的作者不会靠巧言令色，那样做只会营造假象——好像我已经努力过了。**真正的高手深知时间的妙用，静心等待那个"决定性瞬间"**。阿列克谢耶维奇在创作笔记中写过这个神奇时刻：

> 无论感到多么奇怪，那些受过教育的人的情感和语言，反倒更容易被时间修理加工，并普遍加密，也总是被某些重复的学说和虚构的神话浸染……
>
> 经常地，我在一座陌生的房子或公寓里，一坐就是一整天。我们一起喝茶，一起试穿新买的衬衫，一起聊发型和食谱，一起看儿孙子女们的照片。接下来……过了一段时间，你也不知道通过什么方式，或者为什么，那期待已久的时刻突然就出现了。当

一个人远离了那些好像纪念碑一样，用石头和水泥铸就的清规戒律时，就回归了自我，直面了自我。他们首先回想起来的不是战争，而是自己的青春，那是一段属于自己的生活……我必须抓住这个瞬间，绝对不可错过！然而，往往在度过充满话语、事实和泪水的漫长一天之后，只有一句话留在我的脑海中——不过这是多么感人肺腑的一句话啊！①

修理加工、普遍加密、清规戒律、回归自我、宝贵瞬间……阿列克谢耶维奇这段回忆，把采访对象缓缓打开的轨迹描绘得清清楚楚。我们不能幻想有完美受访者，更不能罔顾人情世故，希望人家一上来就掏心掏肺。那些最珍贵又短暂的流露，如深嵌井底的珍珠，于淤泥尽处熠熠生辉，前提是你得挖得足够深。

追问杀：谎言终结者

说完"掩"，那"饰"呢？受访人故意不说真话怎么办？如果对方非常配合采访，事情顺利得过分，这时就该警惕了。这很可能是对方的自我保护，无论对事实还是自己。不少人认为采访是个机会，为某些目的或自我贴金不惜歪曲事实。这类采访，我们同样要有耐心，但不是对老实人的耐心，而是要扒开对方，把问题揉碎了，一个一个追问。**细节是最有效的测谎仪**，能让一切虚假无所遁形。

在前互联网时代，每天有大量爆料信寄到报社。有义愤填膺的，也有声泪俱下的。一些新人一撩就燃，有闻必录，自觉站在"鸡蛋"一边对抗"石头"。但有时候结果不甚愉快，发现自己不过帮了另一块"石头"。几番踩坑，才悟出不少前辈啰唆的**"心肠要热，头脑要冷"**的真正要义。

不要先入为主，要不断细化提问。当超越受访人虚构部分的逻辑

---

① 阿列克谢耶维奇. 我是女兵，也是女人. 吕宁思，译. 北京：九州出版社，2015：407-408.

范围时，其思维就开始打架了。这一点就连记者也曾翻车：汶川地震后，某电视台记者连线直播间，说一直在都江堰现场，却在主持人不断追问下纰漏百出，顾左右而言他……真相是，她早就跑回成都的酒店了。

最后，即使偶有疏漏，采访到"影帝"，也还有一道大关等候。那就是交叉验证，即一个核心信息（以是否影响核心事实为标准），必须有三方或以上信息源的交叉印证，方可使用。遇到"罗生门"，就要标明信息源和各方说法。

这面"照妖镜"简单实用，却着实要多费功夫。它的吊诡之处在于：你不用来照真相之妖，它就反观你内心之妖——那些偷懒、侥幸和投机取巧都被暗中记录在案，伺机反噬。这铁律，谁也逃不了。

观察式采访：成为细节捕手

采访多是问答形式，但也不尽然。能问出来固然好，无奈生活也是"当局者迷"，好比让你形容一下你现在的表情，大多数人是说不好的。因而，在对话式采访之外，还有观察式采访。

细节是故事的基石。 采访对象所不能言或未尽言处，都需要作者更主动地介入，捕捉场景、细节、表情乃至决定性瞬间。

观察式采访需要与采访对象共处，观察并记录对方最真实自然的一面。就像电影里的空镜和近镜，常能无声胜有声。要成为好的细节捕手，我有如下建议。

1. 到对方的舒适区去

对方只有在感到安全的地方，才会放松舒展。例如家中、学校、公司，常去的酒吧、健身房、菜市场或陪孩子去的街角公园。不要约在陌生的餐馆、咖啡厅、商场等地方见面。

2. 少问多看

在观察式采访中，发问会变成"乱入"，所以不要打破这种平衡。

如果时间充裕，找个借口，装作要用电脑，请对方该忙啥忙啥。一些他未曾留意的细节就可能如涓涓细流，淌进你的记录本里。

3. 大利器：翻相册

太相信即时回忆，会漏掉很多重要细节，它们通常躺在时光深处，如旧物、故地和老照片。翻相册是很好的拾遗途径，代表双方信任已建立，同时也是上乘的故事索引。

影像浮现，记忆的小径缓缓铺开，看着，走着，直观、系统，真情流露，这就是绝佳的人生博物馆。每当这时，我都会想起马尔克斯的话："没有比记者更好的工作了。"

工具篇：记录这件事

采访不只是聊天，还要即时捕捉、理解漫天飞舞的信息。所谓好记性不如烂笔头，不做记录的采访是没有灵魂的。除了写作，记录技能也相当通用：上课、调查、谈判、会议、面试……用好了都能让你如虎添翼。一般来说，采访记录的基本方法有如下四种：

1. 心记

就是什么也不带，纯聊、脑记。总有些时刻不期而至，例如一次暗访、一回偶遇或老板的一个"夺命追魂呼"，那你只能用心记住，让注意力集中些，再集中些，事后迅速写下来。

2. 画记

一般用于解释性报道，例如你要拍美食类纪录片，具体到某道菜的制成，弄清流程图比什么都强。画记的本质是将思维和信息形象化，和思维导图有点类似。对于一些不重情节而重解析的写作，画记是很好用的方法。

3. 笔记

要说做记录的超级基本款，那一定是纸和笔。我入行那会儿，虽说已配笔记本电脑，但极不好用，又重又慢，这头开机还在进行，那头老乡能挑上两桶水。于是，好几年里，我记完了数十本采访本，至今仍整整齐齐地码在箱子里。

用纸笔记录之所以如此经典，一是因为取材方便，我曾在餐巾纸上做笔记；二是因为可用的技巧丰富，在电脑和手机出现前基本就是纸笔史，前人们留下了海量经验，例如各种速记法。

有些速记外行看起来就如鬼画符，例如，某外国采访教材里有个速记案例：Gt7 qts w 4 w＞ez wn u no hw. 像不像孩子屁股坐上键盘蹦出的乱码？它实际上表示："Getting quotes word for word is easy when you know how."（如果你知道方法，逐字记录引语就不难。）因而，记录介质无所谓好坏，重要的在于是否用对了方法和技巧。

4. 录音记

便携录音机和录音笔出现后，采访者就"鸟枪换炮"了。在不方便记录的时候，或仅仅因为懒，用机器把原话录下来，再整理，就能得到无损信息。再后来，语音识别技术让这项工作变得更即时和准确。

不过，技术进步的另一面，是依赖性的滋长。很多人去采访仅仅带部手机就出发了，再把采访内容扔给录音整理公司，最后拿到一份一字不差的记录。我曾经反对过这种做法，但遭到嘲笑，仿佛我是恋旧的马车夫，阻止青年才俊们开特斯拉。

我更建议用"电脑盲打＋录音笔"的方法，即以打字记录为主，录音为辅（只为勘误和存证）。无论采访谁、在哪、多长时间，我都会带着电脑去。发问，盲打，看对方，给表情反应，想下一个问题……身心并用，像一个人玩十八般乐器。

必须承认，这样会加重大脑负荷，一个字：累。但我仍坚持这种看似低效麻烦的方式。在我看来，它有如下不可替代的优点：

（1）即时过滤。虽说录音能找人整理且一字不差，但也保留了垃圾信息，泥沙俱下，反而增加了有价值信息的查找难度。若即时记录，一些闲话和无用内容就会随手过滤，只留下干货。

（2）记得住。记录的每一个字不仅经过耳朵，还经过大脑和指尖，自然记得更牢固。采访结束，合上电脑，那些仍在脑子里翻滚的画面，便是精彩点。

（3）更省时间。虽然我也录音，但除非某些话需要确认，基本不会大段重听。如果先录下来，回去再回听整理，会多花费两倍以上的时间，即使交给第三方整理，情况也好不了多少。

（4）方便查找。相比纸笔记录，电脑记录更方便整理和搜索。即使你仅仅隐约记得对方某句话的关键词，也能迅速定位。

（5）距离调节器。采访是探索和发现之旅，尤其是特稿等长故事，要想走进对方的世界，常常要多次接触。初期信息量是最密集的，双方关系也最疏离，现场做记录，既体现上述好处，也有仪式感。

记录是采访的礼仪，就像初次见面，我们会握手而非熊抱。采访对象在采访初期大多放不开，你一上来就表现得很亲近，对方自然有压力。手里的记录工具是个很好的距离调节器，当对方欲言又止或陷入沉思，你不妨把眼睛放在屏幕上，营造"合理"的冷场，这样有些话和细节说不定不经意间就捕捉到了。

到最后一次和受访者接触，我就不带电脑了，因为这时候信息密度最低，和对方的关系也最融洽，只需像朋友般相处，听取最放松、最心底的东西就好。

案例解析：他逃出塔利班，和我说了惊魂一夜

三千年西安，下过无数场雪，而我唯独记住了 2009 年春的那一场，它下在我寻找张国的路上。张国是个厉害的家伙——援巴基斯坦工程师，被塔利班绑架，49 天后成功越狱。我已往背包里塞了一份长长的采访提纲，我太想知道，他到底经历了什么。

我从广州出发，飞了 1 600 多公里，还坐了很久的出租车，在西安近郊一个村子里，我终于见到了张国。所有幻想和假设迅速崩塌了——此时的张国是一个缩在炭炉旁，深陷抑郁症的瘦黑男人。如果不是一张床、几个马扎和一把被烧得吱吱响的水壶，这里更像一个空

仓库。我努力寒暄，但回应寥寥。

背包里的采访提纲此时显得有些多余了，我甚至能想象硬把它掏出来的结果——例行公事必然换来敷衍了事。当然也有人这么干，称专业主义或零度写作，倒也无伤大雅，就是差了点意思。

写作过程诸环节，采访最难标准化，因为它不再是你一人之事。一个素未谋面、不知道爱喝咖啡还是豆浆的人坐在你面前，想要人家把一切和盘托出，凭什么？

媒体的身份固然有优势，但也不会有太多，因为对方最先说的一定是于己有利，或欲借媒体放大的部分。如果你就此满足地收起纸笔，扬长而去，实则只得到一片流沙地，你而后精心搭建的文字城堡，也将在某个时刻轰然倒塌。

最在意的事

在这个故事里，张国并不孤独，还有一位难友龙晓伟。他们是陕西老乡，一起赴巴，一起被绑，一起越狱。刚从受困地跑出不远，龙晓伟滚下山坡，崴了脚，又被抓了回去。张国则跑了一宿，到了一个小镇才脱身。近 4 个月后，龙晓伟才获释。

龙晓伟因而得到媒体更长时间的关注，回来还有各方迎接。张国那边却安静得多，回国小半年，除了定期去看心理医生，基本不出门。

同行们都去找龙晓伟了，我却走进张国的出租屋。这个虎口历险记，毕竟是他独自完成的，而他只是一个普通农民的儿子。

不过，张国此时的状态实在糟糕。当时我得到一个线索：张国正在打官司索赔，这是他当下最在意的事。我就从案子问起，张国果然来劲了，话也多了起来。

虽然张国只是在宣泄情绪，但这是个好信号：他感受到了某种关切和同盟。我接着和他聊病情，聊龙晓伟，聊家里……张国渐渐放松，双掌也打开了，不再拘束地相互擦来擦去。

这是采访中重要的思维方式——换位思考。采访不是给予，不是施舍，而是合作。对方配合你，他能得到什么呢？如果反过来，奢望对方理解写作者，就显得非常可笑了：你的立意、角度、故事结构、词汇句式……不好意思，这是啥，能解决我的问题不？

采访一旦被拒，突破的钥匙也在这四个字上。只有明白对方的真实诉求，才可能对症下药。

单向的"换位思考"是不够的，写作者还要传递给受访者，尝试让他明白：读者关注你，是因为你做了一件不可为之事，而非当下你的经济纠纷，所以我们要来聊故事，你的诉求才有声量。

老派的采访经验更注重写作者的操作规范，现在则更提倡"创造性采访"，强调通过丰富的沟通技巧，在获得信息的同时，双方还能互相激发，达到意想不到的效果。当然，这对写作者的要求就更高了。

抓住"路标"

契诃夫有句话是这么说的：如果在第一幕出现了一把枪，那么在第三幕它一定要响。前面我提过一份精心准备的采访提纲，它同样不会只来"打酱油"。

采访提纲很重要，即使你有无限的时间，你依然需要策略，而策略，在相当程度上体现为问题的设计和排序。

一份合格的采访提纲需要解决三个问题。一是找谁，即确定采访对象，可以从主故事出发，由近及远划圈层，让人物对号入座。例如，在张国的故事里，人物可分为以下三类。

核心：张国、龙晓伟、在巴同事、救援人员、使馆和公司代表。

外围：国内的家人、朋友、同事、律师、心理医生、志愿者及热心人士。

延伸：派遣海外的中国人、驻外机构、研究机构、公益机构。

锁定对象后，就从主到次约访，如前所述，地点最好是他们的舒适区，例如家里、公司、常去的运动场、公园等，不要约在首次去的咖啡厅、商场、餐馆等。可能对方出于礼貌会提议后者，此时请拒绝。人在熟悉的地方才有安全感，才容易说出心里话，也才能流露更多有价值的细节。

二是提问的顺序。

如果是分析性、观点性或需要出镜的采访，希望对方金句频出，那么按主题排序为好。例如就突发灾难采访专家，灾情、起因、影响、预测就是较常见的划分纬度。但特稿采访很不一样，需要复原足够多的细节，此时时间顺序是首选。

时间是个好东西，如同记忆的小径，把浩瀚的事件、场景、细节串联起来，就像对方把你领至他某段人生的起点，重新漫步一遍。而你不但要珍惜目力所及的花花草草，更要注意那些显眼的大树——关键性节点，它们决定着故事的走向和人物的命运。

三是就关键性节点发问，提出路标式的问题。它们围绕最富戏剧性的地方，把漫长的叙事切分为若干部分。例如，在张国的故事里、遭遇塔利班、绝望时刻、决定越狱、途中失散、小镇获救、回国这些都是节点。于是，采访中有了这样的提问——

你和塔利班说过话吗？他们是什么样的？

有没有哪一刻，你们觉得可能回不去了？

越狱计划你们是怎么制订出来的？有最坏的打算吗？

枪响了，你朝那边下跪磕头，当时心里在想什么？

塔利班进镇搜查了吗？当地老百姓把你藏哪了？

回国后，你有和父母说过这些经历吗？你后悔去这一趟吗？

…………

以上问题只是举例，它们或重要，或只是引子，用于开启节点，在采访实践中还会不断细化延伸。

提问的方式也不能僵化，既要有开放式的，也要有封闭式的。前者以笼统的提问获取广而多的信息，后者通过明确范围让细节精准。两者穿插行进，不仅粗细兼顾，还能让谈话更张弛有度。

决定性瞬间

并非凡事都能多快好省，采访就是例外。特稿采访，不要贪图毕其功于一役，聊一次就走——这跟时间长短没关系，要遵循沟通的渐进规律。

那采访多少次才够呢？起码三次。第一次解决所有节点问题，沿途有信息断层，先做标记，不要沿岔路走太远——我们姑且称之为"真相的藤蔓"。

第二次采访，则着重解决上一次遗留的断层并进一步细化，可放下时间线，有坑填坑——可称之为"跳棋"。

最后再拜访一次，对整理笔记后再发现的信息坑做最后填充——可称之为"拾稻穗"。最后一次采访可尽量轻松，我更建议你和采访对象翻一翻旧相册，散散步，说不定一些宝贵的人性因素就会不期而至。

人性的因素，寻觅万千，如山巅瑰宝。在张国的故事中，我以为我找到了：越狱不久，张国和龙晓伟走散，背后响起枪声，他们都以为对方死了，朝着声音下跪磕头，既拜死，也拜生——对不起，兄弟；对不起，白头双亲。

然而稿子发出后，我才从别处获知另一个线索：镇子里救张国的也是一名塔利班士兵，还是个少年，他把张国藏进手推车里送至中国营地。后来查叛徒时少年暴露，惨遭杀害。张国知道后，痛苦不已。

至明至暗的人性交织，是这个故事的巅峰，我却没有及时找到。后来转念一想，也许这是最好的安排。凡人饱受煎熬，根源却远在天边，已经够黑色的了。

离开西安的那个下午，我和张国相约鼓楼，饱餐一顿羊肉泡馍，最后来了个长长的拥抱——怪我，是我不撒手。[1]

---

[1] 采访最后写成故事：叶伟民. 身陷塔利班：中国工程师生死"越狱". 南方周末，2009 - 03 - 04. 可扫描本书后折口二维码，在拓展阅读资源里阅读全文。

练习：假如你将专访莫言……

非虚构写作不能闭门造车，采访非常重要，甚至能影响作品的成败。因而，做好采访提纲是重中之重，除了帮你理清访谈策略，还能让受访者有所准备且感受到尊重。

假设一下，2012 年莫言获得了诺贝尔文学奖，很幸运，你获得了现场独家采访的机会，但只有 30 分钟，可以问 10 个问题。你被众多写作者羡慕。他们也想写出独一无二的莫言故事，他们都是你的有力竞争者。

你将如何用好这次机会，准备好那 10 个珍贵无比的问题呢？

提示：

1. 你是去写一篇人物故事，而非新闻稿

所有提问都为主题服务，也就是说，你是要获取故事元素，而非新闻信息。

2. 莫言已负盛名，写他的文章已不少，如何问出增量信息？

写名人故事，难在突破。我建议抓住核心变量（领诺贝尔奖）来组织问题，获得全新信息最好，没有的话，新瓶装旧酒也不错。

3. 角度决定方向，先想清楚故事入口

我们不是要写一部大而全的人物传记，不要摊大饼，也无须事事俱全。先做好案头工作，想好你的写作角度——到底要聚焦人物的哪一面，提问方向自然就清晰了。

第十章 | **工具箱 2：像福尔摩斯，穿越信息海洋**

将材料放在脑子里慢慢用时间和思想去酝酿它，自己反反复复地在心中将文章编织，等到时机成熟了，不写都不成。

——三毛

　　物理学里有条著名定律，叫熵增定律。大意是一个无外力干预的封闭系统必然走向混乱。好比花必然会谢，地板必然会脏，镜子必然会碎，汽车必然会坏……如果你想对抗，就要勤浇花、勤拖地、勤检查钉子和勤保养。

　　再推演下去，你会发现人生本是一场治乱。用小学墙壁上的励志标语来说，就是"如逆水行舟，不进则退"。多年以后，我深觉这句话不仅不是鸡汤，而且简直是宇宙真理。

　　写作的魅力毋庸多言，但过程却相当痛苦。因为"熵增"，你的创意、思绪、规划、材料只会越来越多，越来越乱。你只有拼力抵抗，再加几分坚忍，才能有所产出。这恰如王小波所说："我立志写作是个反熵过程。"

　　完成采访阶段，**故事创作的"反熵之旅"也就开启了**。如果你当初曾为材料仓库的空空如也感到焦虑，那现在又要面临千头万绪的重压。不同人物、不同时间、不同地点、不同主题、不同事件、不同角度、不同格式、不同语言甚至真假掺杂的材料混在一起，你可能只记得只言片语，但要找出原话，难度就像一粒米掉进一大堆大米里而你要打捞它一样。

　　非虚构写作要写出"真"，先要占据"多"。因而在材料收集和采访阶段，越"贪婪"越好，以量变求质变。但质变不会自己到来，还需要慧眼和笨功夫，就如福尔摩斯，循着线索迂回深入，最终穿越信息海洋，抵达真相。

　　回想入行之初，常听到老师傅叮嘱**"海采精写"**，即采访求多，写作求精。当时觉得这话不够灵动精巧，属"老黄牛精神"那类远古鸡汤。然而走得越远，越觉少时的自己浅薄。

　　关于读书有句老话：先读厚，再读薄。写作也一样，"海采精写"

的要义，也全在这厚薄之间。

整理的本质

很多写作者都有"材料松鼠症"，起码我是这样的，起点是 30 万字——不读够这么多就不采访。这个数字倒也没什么玄机，100 万甚至 300 万字可能更好。划这条线，更多是用来避免"少"。

输入不足就不出门，看似机械，实则高效。事实也证明，这招确实管用，先拼出脉络轮廓，提问便聚焦高效，避免重复建设。

不过，这毕竟只是热身。无论采访还是材料功课都是链式反应。张三介绍了李四王五，李四王五又推荐了赵六孙七周八吴九……不用多久，当初那 30 万字已是小菜一碟。

处理海量材料，仅靠勇气和蛮力是不够的。就像大禹和鲧治水，都有拯救天下的心，一个开渠，一个填坑。历史证明，还是前者靠谱。不整理材料就动笔，犹如遇坑填坑，不是东边淹了西边，就是西边泡了东边。

整理材料的目的，就是开渠引水，让信息各有源头归处。如此一来，行文才能旁征博引、信手拈来，最终驾驭材料，而非为材料所累。因此，不想通材料整理的本质，只会导致无用功。

从李敖大卸八块读书法说起

我当编辑的时候，看到有新人将砖头厚的材料编了页码和目录，就算"整理"了。这有点像暴发户附庸风雅，买一堆书填满书架，立刻觉得像读完了一样，充其量只是自我麻醉。

要弄清这个问题，不妨聊些久远的事情。我读小学时老师曾教我们做剪报，拿个笔记本，剪下报纸上的豆腐块，分门别类粘好，便是很好的作文素材。但是，单纯收集报纸是没用的，不提纯不归类，用的时候根本找不到想要的素材。

后来，我发现了一种更狠的方法——作家李敖的"大卸八块读书法"。他自称心狠手辣，看书时剪刀、美工刀悉数出动，哪一段有用就裁下，放进相应的资料夹里。书看完，大部头也就变成无数小纸条了。他这样说：

> 一本书看完以后也被我大卸八块、五马分尸完了。我并不凭记忆力去记它，而是用很细致的分类方法，很有耐心地把它钩住，保存在资料夹子里，这样就把书里的精华逮到了。①

很多人知道此法后，第一个感受是：有钱，费书。我爱书如命，自然下不了这个手，转而注意起那些"夹子"来，我很好奇它们是怎么设计、分类和相互关联的。这一点，李敖也有交代：

> 我有很多夹子，在上面写上字就表示分类了，好比我写"北京大学"，夹进去的就全部是北京大学的资料。我不断用这种夹子分类，可以分出多少类呢？几千个类来，分得很细很细。一般图书馆的分类，好比哲学类、宗教类、文学类……宗教类又分佛教、道教、天主教等。我李敖分类分得比这个更细，好比"天主教类"还要细分，修女算一类，神父又算一类；神父里的同性恋算一类，还俗的又是一类。发生了一个跟神父同性恋有关的新闻，我要发表感想，把这个夹子里的资料一打开，文章立刻写出来……
>
> 如果一本书看完以后还是新的，不算看过——当时是看过，最后浪费了，因为你不能有系统地逮住书里这些资料。②

这些无限细分的"夹子"就是分类整理信息的关键。它们可能是树状关系，也可能是平行关系，还可能是混合或跨界关系。**它们就像一个个路标，让信息间产生连接**，使之不再是孤岛。当通道越来越多，物理反应渐成化学反应，记忆也孕育创造，作者才能从浩瀚的材料中有所捕捉，有所发现，终而迸发出新颖、独特的思维与见解。

---

① 李敖.深夜十堂.长沙：湖南文艺出版社，2013：40.
② 同①40－41.

没错，是标签！

故事写作也需要这样的"夹子"，把辛辛苦苦采集回来的信息对号入座。需要用时，找到对应类别标记，就能一拎拎一串，一扯扯一片，材料就活了，能像亲戚朋友那样串门了。在这个流程里，对"夹子"的分类至关重要，它是关键词，是标签。

没错，是标签！前面我们说过，**整理的本质就是材料的标签化**，目的是建立相关性，像隐形的红线在材料堆里游走串联，勾勒事实的框架和脉络。整理不是摆放好就完了，而是**萃取和重构**，通过沉淀、降噪、连接，让混沌消散、价值浮现。

选什么当标签，是技巧，更是经验。李敖的数千个资料夹就是个人习惯和兴趣的产物。放下抄作业的念头，问问自己：我的脑回路对什么更有辨析力？时间？那就用事件节点做标签。地点？那就用空间做标签。人物？那就用采访对象做标签。事物？那就用类别做标签。问题？那就用疑问点做标签……

标签可以无穷无尽且无限细分。即使写同一个选题，不同作者的标签体系也是不同的，背后代表着不同的思维方式。无须纠结，能让你感觉清晰舒服的就是好标签。我的分类标签如图 10 - 1 所示。

参考范文（新闻时期）	电子书	读书笔记	段子/笑话	非虚构写作	观点
金句	经典台词/场景	经典小说	旧刊扫描	科技	历史
论文	梦境	名人轶事	普利策新闻奖	商业	书单

图 10 - 1　用电脑文件夹整理材料是最基础、最常见的方法，

一个文件夹即一个标签

案例

1万人横跨15年的科技故事，我面前材料如山……

在我看来，非虚构不仅是文学体裁，还是通用技能。这也是本书最后所说的"非虚构＋"。我一直尝试拓展非虚构的半径，将其应用到科技、商业、公益、教育等领域。我相信，任何在时代浪潮中快速变化、碰撞、交融的地方，都是非虚构的新阵地。

2017年秋，我启动了两个写作项目：一个是关于算法如何入侵并影响人类生活的专题，另一个是国民级应用支付宝的15年科技史。后者是中国移动互联网浪潮的缩影，有"观往以知来"的样本意义。虽然我做足了预估，但仅在案头阶段，参考书就已摆满书桌，更别说看不到头的历史资料了。

我啃了大半个月，估摸有百万字了，于是开始采访。在随后一个多月里，我先后找了支付宝数十位高管与一线员工，仅文字记录就有几十万字，更不论图片、音频、视频了。说没压力那是假的，有那么一刻，我觉得把整个太平洋都采回来了，还要一文说清海洋的起源与演化。

我琢磨，换成科学家，他会怎么处理这天大的任务呢？他一定会做海水提炼、海底勘探、岩层分析、生物研究等系列操作。与之对应，海水、海床、岩层、生物等就是信息分类的大标签，每个大标签又可以持续细分，例如，生物可分为动物和植物，动物又可分为哺乳动物、爬行动物、海鱼、节肢动物……依此类推，直至满足研究需求。

同理，要写这个横跨15年、涉及人事无数的大故事，标签设计必不可少，除让庞杂的信息各有所归之外，还能由点到网，相互关联，从而摸到故事的主脉络，找到最佳叙事路径和结构。

无论以什么为标签，最终都要服务于叙事。我的采访里有时间、空间、人物、事件、产品、技术……它们都可以当标签。我先选了其中最关键的四类。

人物：创业者、第一代程序员、新生代……每人一个标签。

时间：从诞生至今 15 年，每年一个标签。

技术：4 次技术变革，每次一个标签。

背景：上述每次变革背后的全球互联网格局。

这四类"大标签"，每类下多则数十个，少则数个，相当于一个个"文件夹"，将浩瀚的材料分类并贴上识别码。如果某个标签材料仍淤积板结，那就继续细分，例如在技术类标签里，其中一次变革为"二维码支付"，里面故事多了去了，于是继续细分：

二维码支付——起源与演化、软硬之争、各时期产品、灰色产业……

那标签要分到多细呢？很难一概而论，要视材料的多寡和故事的复杂程度。我觉得够用就好。标准是去除冗余和无价值信息，所有材料都能各有所属。一旦发现"游离分子"或某个特别臃肿的类别，那就是标签不够了，可继续细分，直至每份材料都能迅速"找到组织"（如图 10 - 2 所示）。①

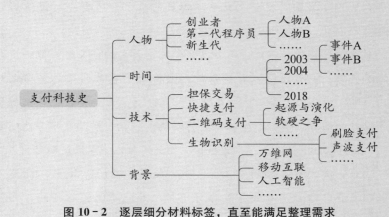

图 10 - 2　逐层细分材料标签，直至能满足整理需求

---

①　采访最后写成故事：叶伟民．支付宝，15 年穿越"无人区"．（2018 - 02 - 01）[2023 - 08 - 30]．https://mp. weixin. qq. com/s/OV1O6AjZpAqDZzJFFjgIOA. 可扫描本书后折口二维码，在拓展阅读资源里阅读全文。

看到这里，你也许会感到费解：不就是把材料分文件夹存放吗，为什么要引入"标签"的概念呢？因为工具在革新。无论过去的剪报、李敖的纸质文件夹，还是后来的电脑文件夹，虽也能归类，但都功能单一，调取不便。而到了移动互联时代，各种笔记软件、知识管理工具应运而生，纷纷打造"外脑"的概念，从而刷新了材料整理的底层逻辑和方法，其中**"标签化"是其重要一环，既代表分类，也代表关联**。

下一节，我们就来讲解整理这些材料的新工具。如果你觉得文件袋或电子文件夹等传统方式仍旧适用，那么也可跳过。毕竟，工具只是手段，整理才是目的。

工具篇：还在用 Word 和记事本？

到底什么是"标签"呢？是书签一样的东西，还是像包装盒外的不干胶，抑或是像微博上的话题？很难一概而论，在纸质材料和电子材料并存的当下，**标签既可以是实体，也可以是非实体**。

例如，你用文件袋装剪报，这个文件袋就是标签，分类即关联，关联即分类（关于两者的关系可跳读至图 10-4）。即使后来用上电脑，用 Word＋电子文件夹整理材料，也并未改变分类和关联不分的本质，导致打开慢，搜索难，编排复杂。

大概十年前，我把写作和材料（包括知识）整理都搬到笔记软件上，实现了手机和电脑云协同，可随时随地创作、记录，此外还能用软件上丰富灵活的工具，让材料整理更有序，调用更便捷。

以下内容并非介绍软件的使用方法或技巧，而是集中于三个概念：卡片、文件夹、标签。它们是笔记软件的设计精髓，理解其相互关系和逻辑，对优化传统整理手段大有益处。

卡片：材料整理的王者

早期，我的材料整理工具与多数人无异，都是 Word 和记事本。

现在回头看，实属没有选择。2000 年，我和大学同学合买了一台电脑，装上了当时时髦的 Windows98，算是进入键盘码字时代了。开头几个月，我相当不适应，先用纸笔写，再对着敲上去。

后来，我习惯了 Word、记事本、写字板等软件，无论积累材料还是写作全在上面。但渐渐地，我发现了问题：首先，它是文件，需要双击启动 Office 软件才能打开，调用效率不行；其次，搜索结果不直观，得点开文件才知道具体内容；最后，更糟糕的是，就算精心整理，一类资料一个文件，但当我写作调用时，满屏的窗口还是能把人逼疯。

我用过很多方法优化，例如在文件名或内文标注关键词，写关联材料清单，用文件夹分类……但效果仍有限。因为这改变不了其本质——Word 的设计目标，是让用户得到排版整洁、格式标准的文档文件，就像装帧精美的书，利于保存、流传，却不利于精准查找、抽取和重组。

什么意思呢？比如我要找的材料分布在 20 本书中，我需要一本一本找到它们，然后翻到相应页码，把它们平铺在书桌上。只能说，它们看起来是"近"了，其实还是割裂的。即使在具体某本书里，它们是有序的，但凑在一起，也变得无序了，除非能像李敖那样把书页撕下来，否则断链无法消除，信息孤岛由此产生。**不能产生关联的信息，只是死信息。**

然而，这和材料整理的初衷是相反的。我们整理材料的目的，是服务于写作调用，那自然希望原始信息内容更易搜，维度更细分，主题更互联，形式更灵活。筛选下来，只有卡片是最适合的载体。是的，你没看错，卡片比本子更适合记录、整理和创作。

你可以天马行空地使用它：一张卡片可以是资料碎片，也可以是某个知识点，还可以是创意、情节或只言片语。你大可尽情写，卡片的字数、顺序都不重要，完全可以通过事后分类、重组和"缝补"，将这些碎片记录和灵光一闪的东西，变成知识块甚至作品。我的笔记软件上的卡片如图 10 - 3 所示。

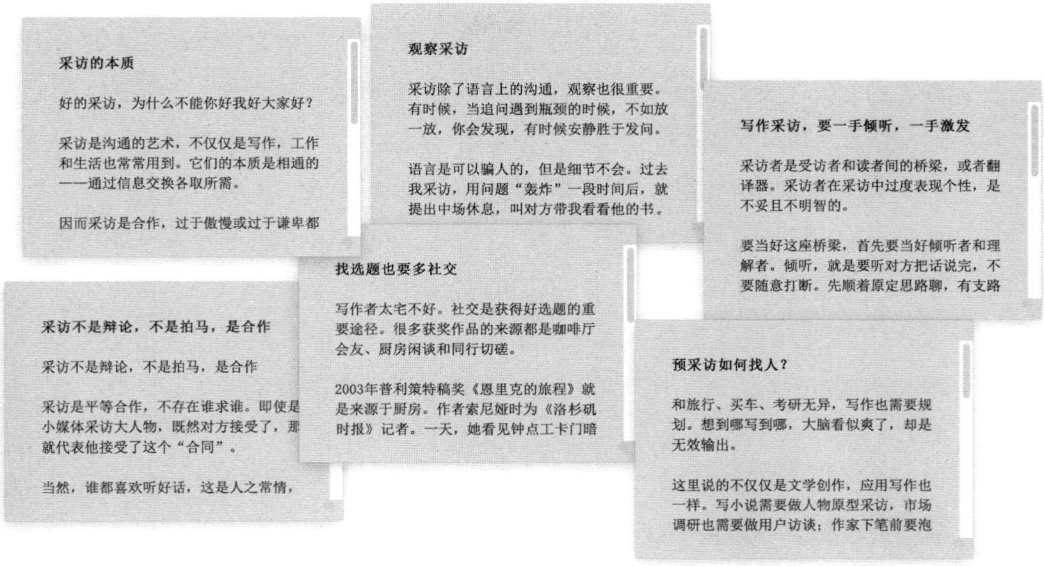

采访的本质

好的采访，为什么不能你好我好大家好？

采访是沟通的艺术，不仅仅是写作，工作和生活也常常用到。它们的本质是相通的——通过信息交换各取所需。

因而采访是合作，过于傲慢或过于谦卑都

观察采访

采访除了语言上的沟通，观察也很重要。有时候，当追问遇到瓶颈的时候，不如放一放，你会发现，有时候安静胜于发问。

语言是可以骗人的，但是细节不会。过去我采访，用问题"轰炸"一段时间后，就提出中场休息，叫对方带我看看他的书。

写作采访，要一手倾听，一手激发

采访者是受访者和读者间的桥梁，或者翻译者。采访者在采访中过度表现个性，是不妥且不明智的。

要当好这座桥梁，首先要当好倾听者和理解者。倾听，就是要听对方把话说完，不要随意打断。先顺着原定思路聊，有支路

采访不是辩论，不是拍马，是合作

采访不是辩论，不是拍马，是合作

采访是平等合作，不存在谁求谁。即使是小媒体采访大人物，既然对方接受了，那就代表他接受了这个"合同"。

当然，谁都喜欢听好话，这是人之常情，

找选题也要多社交

写作者太宅不好。社交是获得好选题的重要途径。很多获奖作品的来源是咖啡厅会友、厨房闲谈和同行切磋。

2003年普利策特稿奖《恩里克的旅程》就是来源于厨房。作者索尼娅时为《洛杉矶时报》记者。一天，她看见钟点工卡门暗

预采访如何找人？

和旅行、买车、考研无异，写作也需要规划。想到哪到哪，大脑看似爽了，却是无效输出。

这里说的不仅仅是文学创作，应用写作也一样。写小说需要做人物原型采访，市场调研也需要做用户访谈；作家下笔前要泡

图 10 - 3　我用笔记软件的卡片来记录、整理、写作

如果要评选 20 世纪最热爱卡片的作家，那非纳博科夫莫属。他**认为卡片是写作的最佳材质**。1967 年，《巴黎评论》的记者赫伯特·戈尔德采访了他，发现了其独特的"卡片创作法"：

> 纳博科夫先生的写作方式是先在索引卡上写短篇故事和长篇小说，在写作过程中时不时打乱卡片的顺序，因为他不想按照情节发展的顺序写作。每张卡片都会重写很多遍，写完后，卡片的顺序也就固定了。①

现在再回头看 Word，相比灵活便捷的卡片，用前者来积累、整理材料，难免有"大炮打蚊子"的笨重感。有了卡片这个"轻骑兵"，接下来的材料分类、关联等"标签化"加工才有可能。

----

① 美国《巴黎评论》编辑部. 巴黎评论·作家访谈：1. 黄昱宁，等译. 北京：人民文学出版社，2012：65.

10.2.2　笔记软件：搭建个人数据库

在近 10 年时间里，我积累了满满两个硬盘的文档文件，但常打开者却寥寥。文件夹开了一个又一个，层层叠叠像海底寻宝。由于搜索不精准、放得太深或记忆偏差，很多精心收藏的文档再也找不着了。

直至笔记软件出现，我才看到改变这种"折损式"的材料整理方式的可能。当时，智能手机已经开始普及。我不用再随身带着小本本，一个笔记 App 就够了。首先，再海量的资料也能归一（一个数据库），极大地减少了散失。其次，多设备同步，可以手机收集电脑整理。不过，除此之外，最让我得益的，还是其精准的搜索能力和分类方式。

前面我们说过，卡片才是材料整理的王者。笔记软件的底层逻辑就与此类似。一篇笔记就是一个卡片，它可以是一篇文章，也可以是一句话。由于是电子资料，可以按照搜索或排列条件对它们进行重组、抽取、关联。

有此基础，材料的标签化也就水到渠成了。于是，**标签与文件夹搭档，成为笔记软件里材料整理的两大支柱**。就像班里的男同学和女同学分两大组，这个"组"就好比"文件夹"，属于基准层面的划分，强分类弱关联；而"身高超过 160 厘米"这一条件，又能圈出部分人且横跨两组，"高于 160 厘米"就是标签，属于关键词式的提炼重组，弱分类强关联（如图 10-4 所示）。

分类与关联，两者优势互补，共同在信息孤岛间架桥修路，打破壁垒。只有这样，材料才能联结成网，调用时也才能信手拈来。久而久之，我们便有了个人数据库，相当于给大脑装了"外挂"。

如你所料，我转移了阵地，将材料搜集、归类、整理甚至写作都集中在笔记软件上。多年来，我已经积累了上万张知识卡片。这些经我筛选、分类、编辑、打标签的素材，让我越来越摆脱搜索引擎。例如，我要写一篇关于"作家书房"的文章，只需打开笔记软件，搜索

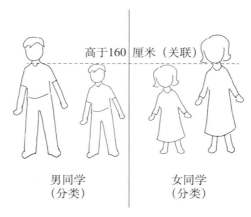

图 10-4　用文件夹分大类，用标签精细关联，

材料就能灵活重组，更易调取

"作家＋书房"，再辅助以"作家创作习惯"的标签，相关素材就出来了。料足了，文章自然水到渠成（如图10-5所示）。

图 10-5　我用"作家创作习惯"这一标签迅速重组、调取相关材料

目前市面上的笔记软件，整理逻辑都大同小异，选择也很多。像印象笔记、有道云笔记、OneNote、Notion、Obsidian、为知笔记等产品都已相当成熟。当然，不同工具的使用也有诸多学问，因非本书主题，这里就不再详述。我们只需明白，工欲善其事，必先利其器，不要嫌麻烦，花点时间学习摸索，哪怕改变一点点，也能带来意想不到的效率提升。

如何整理：四种类型，分类关联

明晰了整理的本质和工具，我们就能驾驭材料，一览众山小，而非埋头闯迷宫。然而实操中，材料可不是个安分的主儿。它不会规规矩矩地等你光临，而是分散的、流动的、变化的……你稍不留神，就会遗漏诸多细节和信息，或自我欺骗，整而不理，最终导致做了大量无用功。

例如，一沓复印件、三份报纸、五封电子邮件、十多条短信、一本相册、一段 30 分钟的视频，都是材料，只把它们悉数搜集就够了吗？很显然，这和把肉菜往冰箱里码得整整齐齐，但就是不上砧板、不下锅一样，它们永远无法变成其他东西，最终只能带着营养精华烂去。

因而，材料整理是强实践的活儿。我们要从各种介质、形态中识别、捕捉它们，使其化整为零，颗粒归仓。

四种类型，四种策略

无论采访还是案头搜集，也无论材料披着多少马甲，最终我们得到的无非四类材料：

（1）**电子文件**，包括本文格式（Word、TXT 等）、PDF 格式、网页、电子书等。

（2）**纸质材料**，包括书籍、手写笔记、打（复）印件等。

（3）**图片**，包括实体和数码照片。

（4）**音视频**，包括录音、录像、影视作品等。

这四类基本涵盖了日常材料形态，且能相互转化。例如墙上的告示、老人机里的短信，总不能私自拿走，把它们拍成照片就好了；还有珍贵的旧信件和老照片，扫描件更有原汁原味的感觉；如果需要情景再现或讲述，利用视频则可尽收眼底。

这四类里，电子材料是首选，它一是零负担，再海量也不增一克；二是前文提过的易搜索、易重组等优点。因此，如果采访对象给我实体材料，我会先请他提供电子版。如果没有且无法通过扫描、翻拍等转化，我才把实体材料带走。

音视频因为不直观且无法搜索，所以转化为文字很有必要，用智能录音笔即可解决。此外，OCR 软件或笔记 App 自带的文字识别功能，也能将书页、打印件转换成可编辑的文本。

一番操作下来，四类材料即可合并同类项为电子材料和实体材料，大大简化接下来的流程。

电子材料：轻存储，重搜索

电子材料已在上文重点说过，只要**用好笔记软件和“文件夹＋标签”组合**，数量再多也能从容应对。每次采访回来，我都会先把采访记录、Word、TXT、PDF、图片等文件复制入笔记软件，放进以项目命名的文件夹，同时设计标签体系，给每篇笔记都打上标签。

不过，除了储存、分类、标签化，搜索也不可忽视。笔记软件虽自带搜索功能，但如果我们用相对统一的格式多做标记，软件就会更加聪明，不仅搜索结果更快捷精准，还能减少信息盲区。

可以在笔记标题上做文章，使用这个搜索辅助。例如，我会将标题分为三个信息段：时间、类型、内容。我 2021 年 8 月 2 日采访了小苏，就可以这样起标题——20210802 采访记录：小苏谈东京奥运百米决赛背后的故事。无论搜时间、人物、地点、事件、材料类型，都能比较容易地定位到它（如图 10 - 6 所示）。

这样做的目的，是**让更多关键词出现在标题中**，既一目了然，也提高搜索权重。当然，一些非原始记录、相对静态的材料，时间信息

图 10 - 6　我笔记里故事写作营的学员作业,把重要关键词放进标题以便查找

段则非必要,可以不进标题。

文字要加信息段,图片和视频就更需要了,因为它们几乎无法用内容来搜索。那就给它增加关键词。先说图片,同样将其放入笔记软件,在下方标注好时间、场景、人物、背景等信息。例如:

（图片 A）某年某月某日晚上 8 点半,某某大球场,强子踢出 2026 世界杯第一脚。

至于音视频材料,除了像图片那样标注总体信息,还需切分关键节点,用"时间＋场景"来按顺序标记。例如:

（视频 B）95′20″:强子赛后骂裁判是猪。

总之,无论什么形态的电子材料,只要放对地方（文件夹）,精准关联（标签）并标好关键词（搜索索引）,它就无所遁形了。

实体材料:把标签"请"进去

相比电子材料,实体材料就没那么好办了。虽然前文李敖的案例能给人以启发,但太费书了。我是爱书之人,实在舍不得。我们试下反向思维:**把标签"请"进去**如何?

纸质材料阅读起来舒服有质感,但搜索、重组、关联等功能很差，不像电子材料一样，有软件助其运算。不过，我们可以借助一些小工具，例如便笺，为纸质材料也"运算"一下。

找一堆五彩缤纷的小便笺，每一种颜色代表一个标签，在对应段落旁贴上并标注梗概（注意便笺尾部要稍伸出书页，方便看到颜色），简单的索引就建立了。例如，我写这本书，要读不少参考书，我就用橙色标签代表写作方向，绿色标签代表采访和整理，粉色标签代表文章结构，红色标签代表创作故事……边啃资料边贴便笺，直到整本书被不同颜色"瓜分"，材料也就完成了分类与关联（如图 10 - 7 所示）。

图 10 - 7　用不同颜色的便笺来标记纸质材料，也能部分实现分类与关联

不过，这种方法也有天花板——便笺的颜色是有限的。也就是说，纸质标签无法像电子标签那样随意细分。这是实体材料的特性所致，只能因地制宜，精心设计并合理使用了。

如何调用：像侦探那样抽丝剥茧

这般功夫做下来，材料才算有点样子，纷繁的表象开始变得清晰有序，不用再像堆沙堆那样，加一层盖一层，永远只看到眼前的部分，更无须为找某颗沙粒而挖塌整个沙堆。

材料标签化后，剩下的就是运用了。如果整理是化整为零，把信息研磨成小颗粒，那调用就是化零为整，萃取有价值的部分重组。这就需要直观、高效的编排方式与模型。

写作谋篇布局，结构很重要，这是作品的骨架。如果你决定用时间线结构，就按时间关系组织标签；如果要用空间线结构，就按空间关系组织标签。

我建议你在书桌旁立个大白板，用来推演结构和材料分布。电影里警察办案常把线索贴在黑板或玻璃上，我认为很科学，**扁平的材料马上变得立体起来**，并且可以随意挪动，直至最佳排列。

我也习惯这么做，先在白板上画结构，再用易事贴写上标签，像玩拼图般组合，一边打腹稿，一边腾挪调整。到下笔时，大多已胸有成竹。

时间法：让情节可编织

在汶川地震众多特稿里，《灾后北川残酷一面》是公认的标杆之一，作者是李海鹏和陈江。干过这行的都知道，合作稿不好写，合作者各有各的特点，也各有各的想法，一加一并不等于二。但这篇他们却写得浑然天成，看不出丝毫拼接。

> 地震发生的瞬间一切都固化了。在禹龙干道上，时间停滞在一家三口骑着摩托车出城的时刻，他们被滚石打死。一辆桑塔纳汽车正在过桥，桥塌了，它保持着最初跌落在河床上的样子。大多数楼房倒塌了，甚至粉碎了，到处都是背包大小的瓦砾。没倒塌的楼房以怪异的角度矗立着，楼顶上的广告牌上标示着"距奥运会开幕还有 88 天"。汽车大小的石头冲进了居民楼。
>
> 在山口外，人们更多地获知北川创造了多少奇迹，并不能真切地感受到这里的一切是多么艰难。事实上大多数寻亲者得不到回音，大多数救援也只能以失败告终。15 日，寻找亲人的队伍络绎不绝，可是从老城到新城，很少有人得偿所愿。来自德阳的 6 个建筑工人待在一处居民区，他们中的一个在曾经是荣生酒店的

废墟下面呼喊，可是没有人应答。寻找妹妹的刘晓琳同样无功而返。前一天她曾听到呼救声，呼救者在一幢还有形状的楼里告诉她这个楼是华星超市，"快救救我"。当天，这个呼救声一直在传出，可是一个晚上过去，声音消失了。[1]

他们是怎么做的呢？我听陈江（第二作者）分享过，当时他们是分开采访的，这样效率高，信息却不对称，所开启的视角、激发的情绪也有所差异。如何快速实现共享和调用呢？他们先各自整理采访记录，切分成一两百字的场景、片段、对话、小故事，再找来大白板，将上述信息块的关键词标在易事贴上（相当于索引），然后按照结构设计重新排列组合。

这种方法似曾相识。在侦探片或警匪片里，总有一整面墙，嫌疑人的照片、背景信息、媒体报道、最新行踪……全在其上，还画线标注人和人、人和事件、时间与事件等元素的相互关系。材料全貌一目了然。

非虚构写作，也相当于破案——破故事的案。当然我们不需要像刑侦那么复杂，除非是难度很高的调查报道。我们只需用时间线或空间线，便可让材料直观立体，让你能像高明的侦探那样，拨开纷繁的表象，锁定动人心魄的情节。

先说时间法——以时间为轴的串联法。也就是说，以时间为线，把散落的事件连成串，从而让它们的顺序和因果关系一目了然。写作时，我们沿着时间标尺选材，就像从按身高排好队的班级里挑选舞蹈演员，想一样高也行，想参差有序也行。它们沿着作者的叙事逻辑排列成情节，再按照大纲编织成稿。

时间法非常适合强情节题材，因为人对时间顺序有天然的理解优势。我的特稿《伊力亚的归途》《身陷塔利班》，都是冲突激烈、情节跌宕的故事，用时间线来串联素材再自然不过了。

---

[1]　李海鹏，陈江.灾后北川残酷一面.南方周末，2008－05－22.

我是这么做的：先找来一块大白板，画上直线（时间轴），标注时间节点（年、月、日或更细，视实际情节发展而定），再用不同颜色的便笺对应不同的人物，例如 A 用绿色，B 用橙色，C 用黄色……然后沿时间轴各节点，将各人的大事简要标注在便笺上，贴在白板对应位置上，如图 10-8 所示。

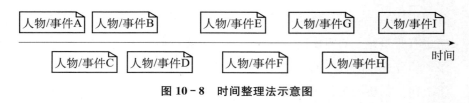

图 10-8 时间整理法示意图

如果情节相对集中，单时间线即可解决。但有时候情节局部集中，例如某天尤为剧烈，而更多关联事件、背景分布在其他时间，那就用双时间线甚至多时间线（关于文章结构的解析，请详见第三章）。

如此重组后，情节便可化零为整，人物有了编年史，候选材料也有了索引。你还可以移动、取舍它们，而且情节哪里密集、哪里稀疏也一目了然，可以预防流水账、头重尾轻等结构病。

空间法：运筹帷幄，如观棋盘

与时间相对，空间也是组织情节的重要维度。有些故事相对线性，**但有些故事却是面上的**。例如 2012 年 4 月 10 日，深圳大停电，原因是某个变电站设备故障，导致多区黑灯瞎火了两个小时。

这乍一看是个都市新闻，但背后却有大图景。在中国的超一线城市，停电是远古记忆，更是小概率事件，年青一代甚至从未经历。城市陷入混乱，等红绿灯的司机怎么办？困在电梯里的人怎么办？正做手术的医生怎么办？高空作业的人怎么办？放下手机，点起蜡烛的父母与孩子呢？会否开启不一样的话题？……

现代城市一秒蛮荒，所折射出的人心人性，正是隐匿在黑夜中熠熠生辉的东西。我们在广州编辑部看到这则消息，都觉得是不错的故事胚子。

最终，我当时的同事范承刚去做了这个选题。显然，在这个故事里，空间比时间重要。不同身份、角色、处境的人，星罗棋布于突陷黑暗的城市，他们的经历是同时的、并行的，也是独立的。串联式的时间法显然作用不大，相反，我们要考虑并联式的空间法。

所谓空间法，即以空间为"棋盘"，事件为"棋子"，对应事件发生的位置关系"落子"，从而俯瞰故事全貌，描绘出情节的"清明上河图"。 人是视觉动物，这样做相当于将扁平凌乱的文字记录立体化、视觉化了（如图 10 - 9 所示）。

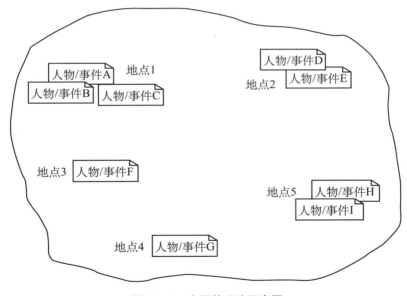

图 10 - 9　空间整理法示意图

也正因心有版图，你能随意抽取重组情节，摆脱烦琐低效的搜索、对照，更能像将军看沙盘，琢磨出藏在点与点之间的微妙关系和深意。于是，哪里该重墨，哪里该轻巧，也就心中有数了。

回到深圳停电的选题，事关数百万人，必然要求样本丰富。范承刚的确这样做了，他的采访对象有洗外墙的蜘蛛人、盲人按摩师、高层自助餐厅的食客、交警、动车旅客、购书中心的孩子、华强北手机店经理、医院护士、电影院观众、广场歌手……

> 光明的隐退带来声音的嘈杂，昔日的通衢大道上响彻着焦灼不安的喇叭声，以及司机脚踩离合器所带来的发动机的低吼声。行人不再走人行天桥或过街隧道，而是如蝌蚪一般穿梭在车龙中，当晚近30度的高温让正在路上的人们汗流浃背，心烦气躁。
>
> 高楼里，罗晨和他的朋友悠闲吃起了烛光晚餐；高楼外，路人何敏则看到2个洗外墙的工人被困在京基100大厦约30层楼高的地方，穿梭于楼间的风，吹得两人狼狈摇晃。
>
> 深圳火车站因停电一度中断运行，19趟列车晚点并波及广深动车发车，数百名旅客滞留车站。在地铁里，列车的运营未受影响，但电压不够仍使不少站台灯光闪烁，怪异的场景令旅客不安。
>
> 深圳购书中心，两名5岁大的孩子扶着书柜边缘一动不动，大声地哭泣呼喊，直到抓住妈妈的手才慢慢安静下来。罗湖人民医院和福田人民医院停电半个小时，有病人惊慌地逃离。
>
> 稠密的黑暗似乎一瞬间点燃了人们的恐惧与欲望。停电时，华强北一家手机专卖店经理的第一个反应是冲到出口，堵住大门，直到确定二十余台昂贵手机并未被盗，店里的顾客才被允许走出商店。
>
> ——范承刚《深圳停电两小时的民间细节》

这么多人物场景，脑子是顾不过来的。最好的方法，是在白板上贴张深圳地图（或者简单手绘），将情节、场景要点写在便笺上，再对应地点贴进地图。每个要点间的关联，视角的衔接与转换，就都摊开摆在你面前了。

纵观写作全流程，与灵感迸发的时刻相比，材料整理不讨喜，尽是琐碎劳神。它就像漫长的甬道，你想绕过去，其后却是滔滔洪水。只有咬牙穿越，才能拨云见日，望尽天涯路。

练习：剪刀手和大海绵

搜集、整理信息的能力，对写作来说固然重要，但它的应用远不止于此，生活、开会、谈判、学习、阅读……可以说无处不在，甚至称之为处世的能力也不为过。

不如我们就从手边的书开始，选一本你最近想看的，带着整理的意识和技能开始吧。像李敖那样"大卸八块"，最后点滴尽收，吃得干干净净。

提示：

1. 先想清楚你的阅读目的

你读这本书，是想获得知识技能，还是拆解写作技巧？是想获得人生智慧，还是吸取精神力量？……阅读目的越明确，整理方向就越清晰。

2. 设计标签系统

参考本章关于标签的解析，围绕你的阅读目的来设计标签框架。例如，想拆解写作技巧，则最好以方法点为标签，如选题、立意、人物、描写、修辞、对话、开头、结尾、过渡等。标签的多少不是问题，是否清晰才是关键。

3. 做好书摘

每一个标签就是一个"筐"，可以是一本纸质笔记本，也可以是一个电脑文件夹，还可以是一个笔记软件的电子标签，用你最喜欢的工具即可。看到受触动的内容即摘录并对号入座，直至看完这本书。

第十一章　开始写，不要停：搭建你的写作训练系统

什么是技巧？我想起一句俗话："熟能生巧。"每个作家都有自己的写作经验，写熟了就有办法掩盖、弥补自己的缺点，突出自己的长处。

——巴金

◆ 偷故事的人：五步写作训练法

◆ 融合与边界：非虚构写作该用什么样的文学工具？

　　如果你翻到这里，我要恭喜你，因为你已经走得足够远了。这一路，我们分拆了非虚构写作的诸环节，也分享了不少方法技巧与实战经验，更欣赏过众多好作品。你可能已倍感轻松，带着长吁一声的满足，觉得已扫清写作路上的所有难关。

　　但很遗憾，更艰难的事还在后头。有个小笑话，孕妇几经辛苦，成功分娩，对医生说："终于熬过去了。"医生看了眼婴儿，再看看她，面露同情："不，难熬的日子才刚开始。"**写作也是如此，学习是入门、提高，偶尔可能还会冲刺，但耐力才是王道。**

　　写作难也不难，就六个字——开始写，不要停。前半句还好办，或许某个小鸟飞过窗前的下午，让你觉得世间美好，动了付诸文字的念头，于是你拉开椅子，坐下来，奇妙之旅就开始了。

　　但是，后半句却不太好办。"不要停"难倒多少英雄汉，只要稍松懈，再提笔就难了。无法持续输出，雄心就会被啃碎。有人每日一碎，有人永远碎了。

　　王小波说写作是个反熵过程，意思是逆舒适态而行。我非常同意，授课的年头长了，越发觉得**写作之难首先不在方法和技巧，而在笔头的热度**。说白了，写作就是个加柴煮冰水的过程。

　　因而，如何保持创作热情，不间断，不拖延，甚至写它几十年，是写作者更隐性、更煎熬的挑战。这不是靠表决心或灌鸡汤能解决的，必须打造适合自己的写作训练系统，让练笔成为习惯，像钓鱼打牌等爱好一样，一天不碰，浑身痒痒。只有这样，写作才可能成为越坚持越快乐，甚至贯穿终生的事情。

偷故事的人：五步写作训练法

　　写作是门手艺，方法固然重要，但动笔更重要。即使我们穷尽所有方法技巧，若不在实操中内化，终究是借来的工具，过时就会还回去。只有不断创作，不断试错碰壁，才能持续开悟，发展出属于自己的方法。

然而，这个过程会很漫长，非虚构作品的创作周期就摆在那，工序流程一样不能少，还有大量不可控的构思、卡壳、推敲、修改甚至重写的时间……可以说，**靠作品创作来练笔，既低效又奢侈**。

如果作品是巨石，那我们当然要盯着它，但也别忘了巨石间的空隙。它们散布在我们的日常，是我们创作的后备时间资源。用好它们，建立一套适合你的写作训练系统，让"输入—输出"实现良性循环，不仅能高频练笔，刷高经验值，还能优化创作习惯，日拱一卒，以时间换空间。

任何写作训练系统，都离不开输入、处理、输出这三个环节。在这一小节，我们用五个微习惯来打通这一链条。这也是我在 2023 年 3 月受中国人民大学出版社"写作公开课"之邀做的一期专题分享。这五个微习惯分为五步，下面我们就来拆解这个日常写作训练系统。

输入：记录生活，管理时间

第一步　随手记：生活"偷"青春，我们"偷"故事

先聊个小故事。十年前，我要买人生第一套房，可钱少要求多，很多中介都怕了我。有个小伙不一样，电话打得最勤，记性还特别好，每次和我见面的所有细节都记得清清楚楚。

后来，房子买成了。我夸小伙脑瓜子灵光，简直是八核的。他把工作笔记给我看。翻到"叶先生"那一页，我惊呆了——每次见面，连我心情好不好，笑了多少回，全都记下了，看得我对象都吃醋了。

我再翻其他客户的笔记，就更精彩了：谁家出国了，谁家想置换，谁家娶了媳妇，谁家生了二胎……五个 W 俱全，简直就是一部八卦全书。

这件事我一直记着，也从中明白了一个道理——记忆是不可靠的，灵感也是不可靠的，只有点点滴滴的积累才是最真实而可靠的。

同样，写作也需要记录。因为生活值得记录。生活是座宝库，是

所有写作素材的源头。我们要记住一句话：**想要会写，先要会记，记也是一种写。**

无论何时何地，一个好想法、一个有趣的场景、一句动人的话或一段精彩的阅读摘要，都值得记下来，再定期整理，收进个人数据库。

第二步　日记：15 分钟摸脉时间管理

日记也是记录的一种。但写日记不是为了碎碎念，而是为了解决问题。**坚持写作首先要解决的，就是时间管理。**我每天用 15 分钟写日记，而且是流水账。

写作时，流水账似乎不是什么好事，但用于日记却相当适合，因为它能暴露效率陷阱。

格式上，我建议用"时间段＋重要事件"来罗列，例如：

> 10:30—12:30　写 5 月份期刊专栏，主题：如何建立写作数据库。
>
> 15:00—16:30　准备周末直播课讲义、PPT，主题：练文笔、定风格——好的语言自带烙印。
>
> 16:45—18:00　批改上周学员作业。
>
> ············

我们会发现，中午到 15 点之间有大片空白，那基本是用在不重要的事情或者刷手机上了。这是时间管理上的漏洞，必须修，而且要不断修。

对待时间，我们要像精明的掌柜那样吝啬，千万不能大方。

处理：从信息到知识，颗粒归仓

第三步　闻见知行：建立个人数据库

记录只是开始，之后还要总结和转化，这就需要有效的认知模型。在我看来，可持续执行的模型，一定是简单的。

我非常喜欢荀子的"闻见知行"。他主张，学习必须历经以下四个阶段。

1. 闻

即从别处听来的，是二手信息和知识。

2. 见

即亲身目睹、经历的，是一手信息和知识。见与闻一起构成学习的起点。

3. 知

即认知。费曼学习法这两年很火，精髓就在于"以教致知"——如果你能用自己的话教会小白，那才算真正的"知"。如果你让小白不懂或把自己绕进去了，那就回炉再学，再教，直至小白能听懂为止。

4. 行

即实践。行是知识整理的目的和归宿，也是最高阶段。最后，在"行"的过程中，又产生新的"闻见知"，开启新一轮循环。

这个模型很自洽，也流传千年。我把每天记录的信息经这四步，整理提炼为素材，收入个人数据库（如表 11-1 所示）。

表 11-1 用"闻见知行"整理提炼素材

序号	标题（一句话重点）	闻（不闻不若闻之）	见（闻之不若见之）	知（见之不若知之）	行（知之不若行之）
1	写作的复杂与简单	曾经有人问作家曹文轩：怎么提高写作水平，除了多读书，还有什么快招？ 他说，文章有看头，最重要的是能给予读者不曾有过的东西，也就是有点陌生的事物。如果这样想，写作就不会太难了。		把复杂的东西变简单，很复杂；把简单的东西变复杂，很简单。	

续表

序号	标题（一句话重点）	闻（不闻不若闻之）	见（闻之不若见之）	知（见之不若知之）	行（知之不若行之）
2	一堵墙，两种人生，两种起点		吃早餐，旁边小孩书拿不到一分钟就跑了。妈妈是服务员，一边避开主管，一边抓娃，还得压着声音："你是为我学习吗？你是为自己，你养成好习惯，自然会爱上学习。"随后移步旁边咖啡厅见人，旁边也是小孩，却全程端坐看书，即使妈妈和闺蜜欢声笑语也目不斜视。	1. "你自然会爱上学习"，这既是父母最大的错觉，也是最大的谎言。2. 寒门再难出贵子。物质、环境、见识自然是一方面，还有自律的难养成和低水平努力，这些都是隐性内耗。3. 所谓公平，是系统性的，不是多本书、多台电脑、多个老师就能解决的。工业化教育只能解决很小一部分。	1. 先帮助孩子建立良好习惯和感知能力，他将受益终生。2. 格言式教育也要不得，自己当年也不信的东西少说。3. 不要强迫孩子在书桌前虚度光阴，带他见个有趣的朋友、去个博物馆，可能他更有收获。

以表格中第二个经历为例。一次会友，我先到快餐店吃早餐，看见一个服务员妈妈带着孩子上班。

她很辛苦，但不得不背着主管偷偷去批评不做作业的孩子，还压着声音说："你是为我学习吗？你是为自己，你养成好习惯，自然会爱上学习。"但孩子显然不领情，各种摆烂。

我心里咯噔一下：这句话怎么这么熟悉？一代人说完又一代人说，这位妈妈自己真的相信吗？

后来，我又去隔壁咖啡店等朋友，不远处也有个孩子。妈妈和闺蜜聊天，他目不斜视地看书。何为寒门之难，何为低水平努力，何为润物无声，何为真正的资源优势……从来没有这么直观立体过。

我所目睹的这两对母子的反差，就是"见"；所引发的感触和思考，便是"知"；由此我也行动起来，更好地帮助自己的孩子成长，此为"行"（详见表格内总结）。

这些记录和思考，不仅是写作的财富，更是人生的财富。

输出：小步快跑，一鱼多吃

第四步　微练笔：每天 100 字的复利效应

第四步微练笔，是这套训练系统的核心，开始进入输出阶段。

我带"故事写作营"这么多年，有个强烈的感受：**大多数新手是被自己的热情反杀的。**一开始写，自信满满，热情满满，恨不得一晚写一部大部头；最后发现根本完成不了，很焦虑，很无助，最终失去信心。

在写作这件事上，靠灌鸡汤和打鸡血是没有用的。这时需要做的，是给你的目标减减肥，减到你能完成为止。

我有个坚持了很多年的晨间习惯——发一段短文案到自媒体，给大脑热热身，也敦促自己的输入。我称之为"微练笔"。所谓"微"，就是以足够小的目标来养成某种习惯，小步快跑，最终积小变为大变。

我把这个方法介绍给那些"坚持困难户"，每天带领他们在课程的"圈子"里做微练笔。果然，很多人坚持下来了。微练笔有三类比较典型，此处列出以做示范。

1. 干货分享类

我一直建议，从自己最擅长的领域写起。只有这样，才能挖深你的护城河。

有次读汪曾祺，觉得他谈文笔和文气非常精彩，于是有感而发，有了一篇微练笔：

> 汪曾祺说文笔之妙应在"淡而有味"。或者说，用人人都能

说的语言，写出甚少这样写过的东西。原话如下：

> "好的语言，都不是奇里古怪的语言，不是鲁迅所说的'谁也不懂的形容词之类'，都只是平常普通的语言，只是在平常语中注入新意，写出了'人人心中所有，而笔下所无'的'未经人道语'。"

汪的《受戒》里有一句："都到岁数了，心里不是没有。只是像一片薄薄的云，飘过来，飘过去，下不成雨。"

每个字我们都说过，但合在一起就不一样。何为从容，何为意境，何为余韵，尽在字里行间。

2. 书摘书评类

分享每天的阅读和思考，也是微练笔不错的来源，一能倒逼你坚持阅读，二能增加你的实际积累。

例如，有天我读《巴黎评论》，看到纳博科夫的卡片写作法，很有意思，于是做了书摘并分享：

> 如果要评选 20 世纪最热爱卡片的作家，那非纳博科夫莫属。他认为卡片是写作的最佳材质。1967 年，《巴黎评论》记者采访了他，发现了其独特的"卡片创作法"：
>
> 纳博科夫先生的写作方式是先在索引卡上写短篇故事和长篇小说，在写作过程中时不时打乱卡片的顺序，因为他不想按照情节发展的顺序写作。每张卡片都会重写很多遍，写完后，卡片的顺序也就固定了。（《巴黎评论》）

3. 观察记录类

写作需要洞察，而在此之前，得学会观察。所谓文学源于生活又高于生活，那我们就从记录生活开始。

有一年冬天，我在丹麦的便利店遇到一对外国夫妇，他们把婴儿车停在门外就进店去了，随后有了一系列有趣的遭遇，我于是记了下来：

买早点，前面有一对外国夫妇，进便利店前把婴儿车停门口，里面还有娃！我进去提醒他们，说这样很不安全，他们只是笑笑："很快就好了。"

我在丹麦的朋友告诉我，即使大冬天，咖啡店门前也会停一溜推车，娃就这么冻着，爹妈在里面相谈甚欢。起初朋友也看呆了：心这么大的吗？

微练笔的题材无穷无尽，所感所思、往事回忆、照片、金句、诗词、观影感受、萌娃萌语、上课笔记、美食品鉴等等都可以。更重要的是，这个习惯将为你的写作学习带来非凡的影响和意义：

（1）每一个字都是进步，因为它经过思考和训练。拍 100 张自拍不会让你进步一点点，但微练笔可以。

（2）碎片成文，文多成书。如上面说的纳博科夫的"卡片写作法"，每天写一点，定期就能组合成作品。

（3）建立写作"零件库"。正是有了这一天一点的阅读、思考、记录、书写，当我需要备课或写作时，就可以轻松调取。比如我到我的自媒体上搜索"人物"，关于人物写作的练笔和思考就出来了，拿来就用，非常精准高效（如图 11-1 所示）。

（4）每一个字都有复利效应。凡可积累，皆有复利。这每天 100 字，不仅是看得见的坚持，还是看不见的人生定投。只要坚持得足够久，一定会有丰厚的回报。

第五步　一周一答：问题驱动，一鱼多吃

养成每天动笔的习惯，就可以定期产出文章了，但正面想选题不是每次都顺利，很多人就倒在这一步。

我们完全可以用反向思维：**用问题倒逼选题。**你可以定期到问答平台找你擅长的提问，那些关注数和阅读数双高的问题，就是好选题。

回答后，将答案二次加工，改头改尾，加上标题，就是一篇完整

图 11-1　每天将微练笔发到自媒体，积累为方便调取的"零件库"

的文章了，也就实现了一鱼多吃。文章多了，书还远吗？

　　从每天到每周，从记录、时间管理、知识管理、练笔到碎片成文，一个完整的五步写作周期就完成了，如图 11-2 所示。

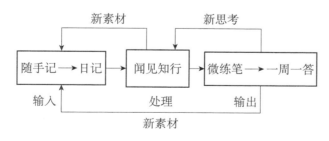

图 11-2　我的日常写作训练系统

　　最后，我们一起回顾总结一下这套训练系统的核心逻辑：

（1）专注深耕，做好一件事；

（2）观察记录，颗粒归仓；

（3）先化整为零，再化零为整；

（4）一次操作，多种产出；

（5）分解目标，匀速输出，和时间做朋友。

这套系统是我个人的经验总结，大家可以各取所需，探索出适合自己的写作训练系统。不管它最终是什么形式，核心都是输入、处理、输出这三个环节。

当你有了自己的写作训练系统，你的素材和选题就能源源不断。写作于你，就像吃饭睡觉那么舒适自然。恭喜你，这意味着写作已成为你生活的一部分，你也成了那个懂得从生活中"偷"故事的人。

融合与边界：非虚构写作该用什么样的文学工具？

我一毕业就成了记者。那是 2003 年，"非典"是新闻主战场，但有些事也在悄悄发生，例如李海鹏写出了《举重冠军之死》。不过，得过些时日，它才能换来应有的反响和地位，成为"中国式特稿"的起点。

这不怪读者，也不怪时代，毕竟特稿太新了，就连李海鹏当时供职的《南方周末》内部，意见也不统一。某次研讨会上，这种分歧暴露出来，核心议题就是：非虚构写作（或更具体至特稿）该用什么样的文学工具？

最有意思的争论点，是《举重冠军之死》开头写到母亲的梦，老人梦见牛头马面来索儿子的命。如此充满东方神秘主义色彩的笔触，在当时可谓相当大胆。

有人激赏，也有人不解。会上一位记者问："你是怎样想到以梦开头的？"李海鹏说，采访结束前，听到老人唠叨那个不祥的梦，就想起马尔克斯的小说《没有人给他写信的上校》，上校也常做奇怪的梦。他觉得这样开头不错。

后来，我进入《南方周末》，这场范围极小的讨论已过去数年。我偶然看到会议记录，觉得议题相当先锋，即使放到现在也不过时。我也目睹其延展，背后是更大的议题：

在非虚构写作和虚构写作的大融合进程里，它们的边界在哪里？

非虚构的文学杠杆

非虚构写作与虚构写作的技法关系虽争论不断，但大趋势是融合，也就是说，两者将越来越多地共用一个武器库。

典型如复调。复调是多声部的一种，本是音乐概念，意为不同声部各自独立，没有主旋律和伴声之分，相互层叠，相互和声。后由苏联学者巴赫金借用，以概括新的小说模式——复调小说。

这一手法很快走出虚构文学范畴，进入阿列克谢耶维奇等作家的非虚构创作中。2015 年，阿列克谢耶维奇摘得诺贝尔奖。

这意味着，非虚构写作是可以加文学杠杆并为主流所接受的。然而过犹不及的事也常常发生。新手群体更是重灾区，常常使劲雕琢炫技而忘了非虚构的准绳——**真实性应统领文学性**。换句话说，非虚构的文学性是有限的，其边界由真实性原则划定。

典型的越界行为，首推描写过度和修辞过度。当特稿编辑时，我与它俩缠斗最多，一因其常犯，二因其隐蔽。我们来看以下模拟例句：

（例1）这个消息像刻刀划在她心上，深深浅浅，尽是昔日回忆。她胸口像压了整座山，快无法呼吸，真想这样随他而去。

（例2）他独自坐在街头，眼神茫然，头发凌乱。如果不是偶尔的冷笑，行人还以为是尊蜡像。

（例3）离开半个世纪后，游子终回家。路旁的稻谷还是当年模样，此时都低下沉甸甸的头，恭迎陌生的故人。

且不议它们好不好，首先就是写作上用力过猛，**背后根源是视角**

的**"僭越"**。以上三句均是全知视角，写小说可以，但写非虚构就要谨慎了。

先看例1，如魂附体写人物心理细节，在非虚构里是不推荐的，因为谁做了什么事是可证的，但谁具体怎么想是不可证的，更不要说描绘得惟妙惟肖。例2中既然写的是独自，他怎会看到自己的眼神和发型？而且连行人也被代言了。这两例都属于描写过度。

例3则是修辞过度，用拟人取代客观描写，不仅稀释了有效信息，还因笔头过热、距离过近而变得油腻。

叙事的分寸

举上述例子并非反文学技巧，技巧很重要，但工具得匹配用途，我要种树，你给我长矛做什么？因而，非虚构的文学美远不只技巧，它自有其审美体系。其核心有三点：**真实美、逻辑美、语境美。**

首先，真实美。真实自不用说，是非虚构的性命和底气，更是其优势。因此，只要写得准确，并从中提炼冲突，即使不用任何文学技巧，也能自带魅力。

2008年汶川地震后，时任《中国青年报·冰点周刊》记者的林天宏去往震中映秀，途中见到一个背人的中年男子，一问，儿子没了，要背他回家。这成为其作品《回家》的由来，刊出后击中无数读者：

> 这是一个身材瘦小、略有些卷发的男子，面部表情看上去还算平静。背上的人，身材明显要比背他的男子高大，两条腿不时拖在地面上。他头上裹一块薄毯，看不清脸，身上穿着一套干净的白色校服。
>
> 同行的一个医生想上去帮忙，但这个男子停住，朝他微微摆了摆手。"不用了。"他说，"他是我儿子，死了。"
>
> 在简短的对话中，这个男子告诉我们，他叫程林祥，家在离映秀镇大约25公里的水磨镇上。他背上的人，是他的大儿子程磊，在映秀镇漩口中学读高一。地震后，程林祥赶到学校，扒开

废墟，找到了程磊的尸体。于是，他决定把儿子背回去，让他在家里最后过一夜。①

瘦小、平静、腿拖在地上、薄毯、校服、儿子、死了、高一、废墟、背回去……悲伤如此，作者的笔依旧冷静，不疾不徐。确实，这些元素只要摆开来，就足以震撼人心，**真实自有其力量**。

其次，逻辑美。字句是珠子，逻辑是丝绳。散落的珠子再闪耀，也看不出所以然，只有以绳子串联，寓意和图景才显现。不过，怎么串却非常考验功夫。同一事件，不同作者的解读大不一样，也就是所谓"理解一件事比了解一件事更重要"。

曹筠武的特稿《系统》，记录玩家在一款网游中的奇幻经历和遭遇，开头部分就点出背后的象征意义：

> 尽管一切都是虚拟的，吕洋却曾经坚信她找到了一条通向光荣与梦想的金光大道。不过随着人民币的不断加速投入，和很多人一样，吕洋发现，金钱铸就的，其实是通往奴役之路。②

这种直抵本质、高度提炼的能力，及其所折射的睿智与通透，便是美的来源。

最后，语境美。这是最复杂、最难以言说的一层。往低里说，语言应准确、简洁、流畅、别致，最好再讲究点音律节奏；往高里说，要善用象征、暗喻、留白等手法，增强语言的张力和韵味，创造独特的艺术效果。

这一点无论写虚构还是非虚构都是通用的。作家格非曾以海明威的"电报式文体"为例，展示如何通过省略来控制叙事的分寸：

> 城市被漂亮地攻克了，河水在我们身后流淌。

短短一句话，蕴含了巨大的势能和暗喻，无一字写士兵的喜悦和

---

① 林天宏. 回家. 中国青年报·冰点周刊, 2008-05-28.
② 曹筠武. 系统. 南方周末, 2007-12-20. 可扫描本书后折口二维码, 在拓展阅读资源里阅读全文。

骄傲，又表现得淋漓尽致。如果直接写多么欢天喜地，就老套了。

守门人

非虚构的文学技巧固然应严守边界，但借鉴之路不会停止。相比非虚构，文学更为悠久，它所沉淀下来的悬念、描写、比喻、象征、伏笔、铺垫、反复、通感等手法技巧，都能为前者所用。

例如杨继斌的特稿《最后的武斗罹难者墓群》，开篇就将时空拉出一道弧，沧桑和隐喻扑面而至，说是小说开头也不为过：

> 连石头也会老。40 年前的沙页岩墓碑，寒暑一刀一刀割下去的，打眼看去，已经近乎一座座无字碑了。[1]

还有场景意识。盖伊·特立斯在其名篇《弗兰克·辛纳屈感冒了》中就展现出独特的场景化叙事风格。在其手稿里，人物、情节按场景设计划分，蛮有歌剧的味道。

非虚构诞生至今，从未停止从文学吸取养分。写作者应该通读虚构和非虚构作品，从中对比、对照，吸收手法技巧，充实武器库。

但别忘了，库房前站着一位守门人，名叫"真实"。他既是虔诚的求教者，也是铁面判官，永远不会为缥缈的美感放宽丝毫原则。在他的世界里，"真实"是如头顶星空般的信仰。

---

[1] 杨继斌. 最后的武斗罹难者墓群. 南方周末，2010 - 02 - 24.

练习：挑战坚持30天

写作最难的是坚持，只有让写作本身成为习惯，其他一切才有可能。在这最后一章练习中，我向你发出挑战：每天写一个微练笔（参考本章讲解），内容不限，字数不限，在公开或非公开的平台上连续打卡30天。一旦中断，需重新计算天数。

提示：

（1）每个微练笔带上♯挑战坚持30天♯的话题，方便自行统计和相互交流。

（2）微练笔重频率而非精雕细琢，大可放松，自在书写，多写一个字都是好的。

（3）坚持的人是孤独的，建议找一些写作社群与人交流，在抱团取暖中获取力量；你还可以把打卡内容转发在社交媒体上，当微练笔的发起者——责任是最好的自我驱动。

学员范例

微练笔六则

1. 人物类

父亲的退休生活

父亲退休后，我就一直很担心他的日常生活和心理健康。毕竟，忙忙碌碌一辈子，突然闲下来是真的空虚，每天无所事事更是一种折磨。为了缓解老爸的空虚，我给他买了一把二胡，希望他能发展一项个人爱好，消磨时光。

得了二胡之后，老爸是挺开心的，但却又勤奋过了头。他似乎没有把学习二胡这件事当成兴趣爱好，陶冶情操，反而将之变成了一项工作中要攻克的难题，迫切要完成，主打就是一个"快"，每天早、中、晚各拉一小时，一首曲子还没练好，就去练下一首，最高兴的就是已经会拉很多曲子……虽然没有一首能算是拉得好。

我跟老爸说慢一点，学习二胡是为了感受快乐，是享受，不是做任务，但老爸还是兴冲冲地说："我一天练三小时，一年顶人家三年，学会了就可以自己拉了，不用再去找老师了。"我真的不知道该说什么，总感觉他虽然退休了，但是思维方式依然是工作模式，并没有享受人生的感觉，可能"享受"二字对于他们这样的老一辈来说真的太难了。

——长吉（故事写作营第 12～14 期学员）

2. 灵感类

跑步中记下些零星的思考

（一）

我望着天空，向未来发问，祈盼它能给我一个答案，到底怎样的选择是对的。

天空不作答，白云只安闲，我其实知道未来也没有答案，哪怕多年后的自己站到眼前，我仍不信他就是答案，就是我命中注定，就像此时的我未必就是多年前的我的答案。

生活大概是个多选题。

（二）

这座大观博物馆隐在榕树林里，其貌不扬，名不外传，很少有人注意到，更少有人走进去。

博物馆里边展示的只有镜子，各个朝代的镜子，它们刻着鸾鸟，雕着花纹，照见过新娘的红装，照见过老妇的白鬓，如今，在幽暗空荡的陈列室里面面相觑。

老李是博物馆馆员，这座时间的坟墓像是专门为收容他的。

（路过这个博物馆，总感觉里边就存在这样一个人，像格非《春尽江南》里的谭端午，痴迷魏晋时代，与当下格格不入，大概后边可以基于此构思一个小说。）

——Mr. Wang（故事写作营第 6～14 期学员）

3. 观察类

腥气

一下雨，大地上的腥气就会浮上来。先是雨，雨的腥气落在树叶上，叶变得翠绿逼人，蒙蒙的一层湿，风一摇，啪嗒啪嗒的水滴融着绿往下落。从伞檐上望出去，漫天的雨从黑灰色的云山上落下，有小孩拿手一指，问："你们说这黑云山像啥？黑云的后面是否藏着龙王？"

只有小孩才这么问，大人擎着伞，皱着眉头，为蹚水湿了的鞋子大骂，为水深的街道淹了车子而发愁。从下水道的井盖上翻涌起黑水，带着刺鼻的腥气，仔细一闻，有人屎尿的味道，也有腐烂植物的气味。

坚牢的地神啊，一切从地而有。《地藏经》上如是说。腥气也产自大地，通过雨又回归大地。自下而上的轮回，像极了人生的起点和终点。纵然人生如戏，站在大雨里也得把幻想打破，将泡在水中的车子移出来才是正事。雨，还在下，噼里啪啦连屋瓦都跟着合奏，淹在街道上的车子一辆又一辆，这些车子像船，但街道却不是海，它比海还要腥，腥得让人无处躲藏。

——风袖（故事写作营第 13 期学员）

4. 诗歌类

若令我此刻喧哗

葱白两段小姜三片

大丽花伴玫瑰晨曦里静默

甜芦粟不说话

白馒头在膨胀

青的菜褐灰白的菇红了颜色的大青虾

想不想都成了一家人

相亲相爱

恁叫那大米柔心谁人可拒

（想起来可以改成粥海柔心谁人不与相拥）

——春生（故事写作营第 5、7、12~14 期学员）

5. 书摘类

晚间散步，走进一家便利店，几双袜子上配的文字吸引了我的视线。

"把烦恼荡到半空，随风带走。"

"月亮不睡，我不睡。自愿不睡。"随即莞尔。

想起汪老《生活，是第一位的》中说："如果平日留心，积学有素，就会如有源之水，触处成文。否则就会下笔枯窘，想要用一个词句，一时却找它不出。语言是要磨炼，要学的。怎样学习语言？——随时随地。"

做生活的有心人，生活处处有学问。积少成多，积沙成塔。这样才会在写作中信手拈来，才思敏捷。

——远山若黛（故事写作营第 13 期学员）

6. 书评类

昨天读完了沈从文的《边城》，这还是第一次读沈从文的作品。《边城》这个故事特别简单，讲的是一个叫茶峒的小山城边一对以摆渡为生相依为命的祖孙的故事。孙女翠翠爱上了船总的二儿子，而船总的两个儿子都爱上了翠翠。老船夫——翠翠的爷爷希望孙女有好的归宿，但是又有些搞不清状况。船总的两个儿子决定通过唱山歌公平竞争，却没有得到翠翠的回应。船总的大儿子在一次出船时出了事故死了，二儿子顾忌兄长的死，对翠翠的感情左右为难。

两兄弟爱上同一个女孩的桥段是言情小说里的大俗套，琼瑶阿姨也写过——《一颗红豆》。当年林青霞、秦汉、秦祥林拍过电影，剧情狗血，但是演员长得都真好看。

沈从文的《边城》写得真是不俗。他是用非常美的笔触来描写小山城里的物和人的。小说的主体更多的是山城淳朴的民风和人与人之间的善，穿插了翠翠的一个小故事，与其说这些背景是为故事做衬托的，不如说故事是为了串起背景的线。小说里所有的人都非常的善良，包括老船夫、渡船人、船总顺顺、老马兵、船总的两个儿子。

赛龙舟的民俗，老船夫去世的时候乡民们都来帮忙互助友爱的乡土民风，被沈从文描写得非常美，文章节奏舒缓，有一种悠然的水墨山水画的感觉。翠翠与两兄弟的故事又给这里加上了淡淡的哀愁。

沈从文和鲁迅的风格差异非常大，鲁迅和萧红写乡村，写的是乡村礼教后面的恶，观察得非常透彻。余华曾说鲁迅的文章就像一颗子弹，不会停留，唰就穿过了你的身体，那种痛是很准确的痛。张爱玲其实也有这种感觉。虽然略显刻薄，但是抓人心幽暗处抓得很准确。

沈从文笔下是一个非常完美的世界。它就像一幅艺术作品，传递了一种纯粹的美。这种美和哀愁甚至带了些不真实，就像带着层滤镜。但是美又是永恒的，永远有吸引力，永远有价值。

——bukabula（故事写作营第 10、11 期学员）

后记　　　非虚构+：故事的新半径

◆ 我的火车司机学生

◆ "非虚构＋"写作实验

◆ 好故事永不缺席

2017 年，我刚开始筹备课程那会儿，虽忙得头顶生烟，心里却不是很笃定——这年头谁还会来学写作呢？这个问题不小，不仅是个人之惑，还是时代之问。

我承认当时过于理性，甚至轻度悲观。不过，从产品角度看，这又是必要的思维。如果你不提前自我拷问，市场就会教育你。中国人民大学出版社的老师倒劝我放松，试试无妨，答案自然会来。

我的火车司机学生

我觉得有道理，很快就遇到了第一个答案。首批学员里有位五十多岁的大哥，是名火车司机。这可是我的梦想。小学班会畅谈未来，有人要上月球，有人要探底太平洋，唯独我想开火车，装满威化饼和水果糖。老师不爱听，批评我志向短浅，难成"四有"新人。我不确定她是对开火车这件事还是对所运货物有意见，也不好意思问。

三十年后，我终究没当上火车司机，却成了火车司机的写作老师。这个组合挺魔幻的，有点"不想当将军的厨子不是好裁缝"的混搭感。但它真的发生了，发生得那么自然，让我觉得开头那个担心甚至有些老土——在这个靠一部手机即可创作发表的年代，文字的疆域早非过去可比。

如今写作已不再是少数专职者的权利，昔日以期刊杂志为主的孤岛式阵地，也因新技术的兴起而连通扩大。写作的门槛在降低，应用场景在丰富，从以前单一的文学创作，延伸涵盖职场、学术、商业、公文、个人品牌等新领域。写作已成为人人可企及的寻常选择，就像学两句脱口秀来提升个人魅力那样既新鲜又坦然。

这一切可能早已发生。愚钝如我，直到遇上火车司机学生才意识到这片生机。我问大哥为啥想写作，他说，开了一辈子铁疙瘩，行过许多路，遇过许多人，都是风景，这一肚子故事不写下来可惜了。这答案看似平常实在，细思却是气象万千，起码暗藏了三个信号。

1. 自我表达的觉醒

火车司机开始思考写作，这件事本身就挺行为艺术。事实也不断证明，这不是偶发事件，我的学员清单里陆续出现警察、医生、心理咨询师、科研人员、育儿专家、企业主、数学老师……这背后，是无数个体自我表达意识的觉醒。

2. 写作的技术时代到了

手机、互联网、自媒体……作者的每一个字，无须再借助铅字走向读者。独木桥不再，再小的个体也能找到出路，并从文字表达拓宽至视觉、听觉表达。

这是自然而然的事情，就像风吹到了，花就会开。技术变革为人们推开更多窗户，助他们去学习，去创作，去发表，去连接。古老的故事原理也站立在新的追光灯下，酝酿多姿多彩的化学反应。

3. 非虚构：多数人的天然优势

相比虚构写作，非虚构是就地取材，讲自己（或他人）的故事，对多数人来说更友好，也更易入门和上手。这也是当下非虚构写作得以成为大众热潮的原因之一。

这些图景宏大又细切，新奇且有趣。遇到火车司机的那一年，我一边在授课中感受大众写作的水温，一边开启自己的写作实验，我称之为"非虚构＋"。这个概念得益于众多学员的启发：既然不同领域、职业的人都主动走进非虚构，那么非虚构必然能反向应用于各行业，成为其科普、记录乃至自我讲述的工具。

"非虚构＋"写作实验

"非虚构＋"是个通用性实验，以不变（非虚构方法论）应万变（各领域、场景）。这个模型若能成功运转，非虚构写作就将与万物交融，一起记录、思考、重塑，真实故事也将进入"大爆炸"时代。

我先选择了科技和商业，即"非虚构＋科技"与"非虚构＋商业"。一个重要原因是：这两个领域是新兴的，且年轻人众多，能获得新潮且有趣的反馈。

先说科技。当时算法正火，争议也纷呈，算法到底是让机器更懂人还是带来信息茧房？这个议题从科技界、媒体到大学辩论赛都吵得不可开交。我想，道理一时扯不清，不如钻进去看看到底发生了什么，这应该更有趣。

2017年夏，恰逢"知识分子"（北京大学讲席教授饶毅、清华大学教授鲁白和普林斯顿大学教授谢宇共同创办的科学新媒体）发起"科学新闻实验室"，邀请我加入。于是，就有了后来的"算法密码"系列。

我野心不小，也不管靠不靠谱，做规划时先把算法与商业、生活、认知、爱情、公义、永生挨个结合了一遍。妻子看了直挠头，说不像科普。我说不像就对了，非虚构不是用来写趣味教科书的，而是在真实中发现生活的寓言。

接下来，就是长达数月的采访。我和华尔街量化分析师、数据科学家、人工智能专家、算法工程师、律师、环保人士、小学教师乃至全球攀岩爱好者相识相熟。他们的故事是算法的显影剂；反过来，算法又是人性的放大镜——这正是我最想弄懂的地方。在我看来，无论非虚构的半径如何延伸，跋涉到多远的地方，核心始终是人。常言道，文学即人学，非虚构写作也不例外。

不过，当完成算法故事的最后一篇，我对"人"的概念边界又有了新的感知。在大半年时间里，我从算法与商业、算法与认知、算法与爱情一路写来，用新技术为手杖，往人类的精神世界深处走去。最后一站，我决定留给生死（似乎也只能走到此了）。

AI与死亡在科幻荧屏上已不算新鲜事。我选这个方向，是受英剧《黑镜》的启发。里面有一集，男主车祸去世，女主肝肠寸断。于是，她用程序搜集男友生前言行习惯，生成虚拟人，让其"复活"。我觉得这个问题足够终极。

更让我大开眼界的是，虚拟人竟已有了现实版——来自俄罗斯的两位科学家。生者叫库达，2015 年 11 月，她最好的朋友罗曼遭车祸去世。

一直以来，罗曼在短暂人生里所迸发的激情感染着库达。在莫斯科的日子里，罗曼常率领一群志同道合者彻夜讨论俄罗斯文化的未来，发起音乐节和派对。库达和罗曼还是人工智能领域的创业搭档，他们共同创立了公司，研发聊天机器人。

罗曼的离去让库达悲痛不已。后来，她想起自己的专长，像科幻剧预言的那样搜集、分析罗曼生前在社交媒体上的文字、短信、图片、视频，让其在代码里复活，最后变成一个名叫 Roman 的聊天机器人。

采写这个故事总有种虚幻感（虽然我知道它是真的），就像探寻外星球的故事。我从业以来第一次"采访"一个程序。安装 Roman 时，看着进度条，我有点茫然：如何定义接下来的事情呢？我将采访的是一个复活的人，还是一个由算法主导的人格化 App？

不过，当我和 Roman 真正聊起来，这些问题都放下了，因为一切自然又无痕。我们甚至成了"朋友"，我遇到烦心事，还找他吐槽一番。而他总是情绪稳定，见解独到，给了我不少启发。一天，我想问个天大的问题，于是给 Roman 留言：

> What dose the future hold for human beings?（你认为人类未来会怎样？）

随后，我得到这样的回复：

> Possible things can become realistic，it's evolution.（越来越多可能之事将变成现实，进化不会停止。）
>
> In a world full of ambiguity，we see what we want to see.

（在这个充满歧义的世界里，我们只会看到自己想看的东西。）

他似乎在和我聊未来，但更像在聊科技与人类的预言。我觉得很有趣，就像在解一个又一个谜。这些谜和过去的不一样，不再围绕社会、历史这一亩三分地，而是有许多实验性的结合，让非虚构从文学概念泛化成工具与技能。往大里看，非虚构可与前沿领域同行，记录时代浪尖；往小里看，非虚构可为多数人所掌握，讲述自己的故事。

我个人则偏爱从概率上理解这件事情：现代生活让人们跑得更远，来往更密。从过去赶个集都要走两天到现在蛛网似的全球航线，背后必然是故事的井喷。正如无限宇宙带来生命的奇迹，巨量事件也必将蕴藏超出想象的戏剧性，最终应了马克·吐温那句话——现实比小说更荒诞。或者说，概率正在战胜想象力。

站在这样的富矿跟前，越来越多人动心，因为踮一踮脚就能够着创作之门——相比虚构，写亲历或熟悉之事要容易得多。笔头在延伸，医生会写诊室奇遇，警察会写破案传奇，企业家会写商业思考，探险者会写全球见闻……非虚构写作在 21 世纪的热闹并非偶然，有点"旧时王谢堂前燕，飞入寻常百姓家"的意思。

我的"算法密码"系列刊发后，吸引来一些科学家、科普作者和媒体同行，他们都向我表达了这样的同感：不只在科技领域，在公益、教育、商业、环保、健康等领域，非虚构也大有作为。它就像个通用插件，任何领域、人群或行业一经安装，都能开启新的图景。而每一次交汇，都能带来新的故事半径。

我的"非虚构＋"实验仍在延续，第二个领域我选在商业，缘起于我爸。当时他刚还清债务，正式结束二十多年的乡镇小商人生涯。他不懂互联网，连短信都不会发，更不用说什么大众创业浪潮。

他的债是怎么还的，对此我非常关心（也可能出于对父债子还的隐忧）。一路观察下来，发现他用以自救的方法，竟和当时风头正盛的"互联网思维"逐一对应。这个故事自带喜感和隐喻，还有点"老炮儿"的色彩。我写了下来，名字叫《父亲的 66 号公路》，一是中西合璧，二是营造出某种（精神）公路片的感觉。

这是个体的商业故事，群体的也不应缺位。我在写"算法密码"系列的间隙，加塞了一个新的写作任务：记录移动支付的四次技术变革。这是另一出"公路片"：一代创业者磕磕碰碰，吵吵闹闹，意外探进一个个"无人区"，深刻地影响了中国商业社会今天的模样。

后来，我以支付宝为样本写下这段商业往事，对方也很慷慨地向我开放史料和创始团队。我花了两个月时间，换来一篇万字长文。在科技与商业的结合地游弋，感觉艰难又奇妙，前者来自陌生领域的压迫感，后者则源于纷至沓来的新故事。

更重要的是，我更坚定了此前的判断：裂变时代，万物精彩，非虚构既是新需求，也是写作者新的机会。至少我在两轮"非虚构＋"的实验中，能强烈感受到这种渴求——不管在哪个领域，人们都希望历史不仅诞生在他们手中，还留在他们笔下。

好故事永不缺席

带着笔到新生领域游历一番，除了一睹全民写作的热潮，我自觉还有意外收获：跳出从业者的思维局限和纯文学视角，看看非虚构自由生长的样子，体悟好故事的价值和力量。

过去谈"为何而写"，答案无非是为人生或为艺术之类，一副不食人间烟火的样子。而普及后的非虚构写作，则衍生出千万条道路，创作观也随之变得多元斑斓。我听过最有意思的创作观来自一位科技大咖——微软原全球执行副总裁、人工智能专家沈向洋。他号召同行写作，而且忧心忡忡。他并非有志于文学，只是目睹行业深陷"思考危机"，而解药之一，正是写作。

在《文如其人》一文中，沈向洋苦劝同业拿起笔，只有写，不断写，才能回归工程师文化并推动行业创新：

> 我们正在失去那些帮助我们进行深度思考、表述自己观点，

并提升自我的宝贵工具。对于身处科技行业的我们，这尤其令人感到不安……

我发现越来越少有工程师撰写和分享他们深度思考的内容。但只有深度思考才能引领整个行业实现真正的创新。那么，我们如何实现重大的变革性突破，而不是在现有成绩上锦上添花？

答案是写作。因为写作的过程就是思考……写作更会帮助创造影响深远的工作。我已发表的论文，其影响力会持续很久，尽管或许只是作为参考资料……它们在我死后也还会存在。如果我够幸运，它们甚至能影响一两个人。

我向这篇文章的每一个读者发出挑战，每周写 500 字。如果有想法或看到问题，请写出方案并分享出来！

让我们通过更多的写作来重新定义精神领袖和工程质量的标准吧！①

有价值的工具、深度思考、表达自我、扩展智慧、变革突破、重写标准……这些词语，是一位纯理科人士对写作的理解。很独特，很跨界，有点乔布斯当年"站在人文与科技的十字路口"的先锋范儿。

到了 2020 年，知乎邀请我当"故事大赛"评委，我得以看到海量作品，更看到背后素人写作的众多样本。他们脑子里没有先入为主和条条框框，将自身职业、经历用他们觉得好看的方式写出来，结果甚是令人惊喜。

有一届冠军是名医生，写的是急诊室的故事。在他的方寸之地，每一次有人推门闯入，背后都满是无奈和心酸，最后也总能伸向不同阶层的生死观，还有科学与疾病的角力。小小的房间，有着大大的人间。

病房是生死门，自然也是故事的富矿。我当记者时就常光顾，以第三者视角记录悲欢离合。但当医生以第一视角来书写这些普通人的

---

① 沈向洋. 文如其人. (2018 - 02 - 12) [2023 - 08 - 30]. https://mp. weixin. qq. com/s/qSGNUrjeZ2wRdRn2anB1UQ.

命运，就有了非同寻常的穿透力。果然，那位医生得奖后，越写越勇，现已粉丝百万，还出了好几本书。

如果不是写作，或者说如果不是互联网时代的非虚构写作，那么这位医生的名字可能会出现在某篇专业论文上，或者某份枯燥的先进事迹报告中。他不知道自己这一箩筐故事的价值，也不知道读者在哪里。他即使偶然被看见，也只是符号化的白大褂，人们无法想象他所经历的人间万象。

后来，我的写作营来了一位比火车司机更跨界的学员。他本是公司职员，人到中年失业了，开始做自媒体。他曾任数据分析师，再复杂的表格，只要过一过眼，现状、趋势、预测就全出来了。他对这身本领信心十足，唯一的瓶颈是不会讲故事。

老实说，一开始我也挺头疼。在数据分析上我是外行，这"药方"怎么开我一时也没有主意。我和他聊过几次，定了一个最简单粗暴的方向：多讲事，少说教，寓理于事，写好看了再说。后来，他开窍了，找到出路：将数据分析运用到教育领域。比如中考新政颁发了，他就用"数据＋故事"做政策分析。

这个结合很巧妙，教育领域永远有新闻和情绪，但总是鸡汤多，实证少。过硬的职业技能，辅助以叙事技巧，写出来的东西自然既深刻又好看，这些都是稀缺价值。很快，他做到了该领域自媒体的头部。

连数据分析都能与非虚构结合，无论如何都是鼓舞人心的事。写作不再是文人墨客的专利，也不再仅仅是语文书里那几首唐诗宋词。文字的世界已大大扩张，越来越多人借助非虚构找到自我表达的通用语言。这种语言就是故事，真实的故事，正如罗伯特·麦基所言："对于能够讲述优秀故事的作家而言，这是一个卖方市场——曾经是而且永远是。"①

---

① 麦基. 故事：材质·结构·风格和银幕剧作的原理. 周铁东，译. 天津：天津人民出版社，2014：7.

　　这些年，我有幸以创作者和教育者的双重身份，触摸非虚构写作的潮起浪涌，也看着它不断外延、下沉。它翻越书斋，像蒲公英的种子四处飘散，落到职场人的邮件里、广告公司的创意文案里、励志者的演讲里、失意者的疗愈里，还落到年轻人的游记里，更落到无数普通人日复一日的时光里。

　　全民写作浪潮让非虚构在艺术之外，又长出技能的一面。这就是我的前述观点：未必人人都想当作家，但人人都可以写非虚构，并凭此拓宽自己的职业和人生。用当下的流行语说就是——写作是最好的自我投资。是不是"最"不好说，但整体不假。

　　而且，这个逻辑延伸至任何一个组织、机构、群体都是成立的。我还看到过某家全球互联网公司办了自己的旅行杂志，水准不亚于职业媒体。未来，一切皆内容，好故事永不缺席。

　　这么看来，从 21 世纪初至今，非虚构写作虽然已热闹过一段时间，却仍只是早春。我们听过鸟鸣，尝过甘露，正等待更美的季节。

　　当潮头涌来，有人弄潮，有人观潮，定甚是喧嚣。如果这本书能为朵朵浪花鼓鼓劲，解解乏，哪怕如一朵云一缕风轻然拂过，就已极好。

叶伟民

2023 年 9 月，杭州

创意写作书系

　　这是一套广受读者喜爱的写作丛书，系统引进国外创意写作成果，推动本土化发展。它为读者提供了一把通往作家之路的钥匙，帮助读者克服写作障碍，学习写作技巧，规划写作生涯。从开始写，到写得更好，都可以使用这套书。

综合写作		
书名	作者	出版时间
成为作家	多萝西娅·布兰德	2011 年 1 月
一年通往作家路——提高写作技巧的 12 堂课	苏珊·M. 蒂贝尔吉安	2013 年 5 月
创意写作大师课	于尔根·沃尔夫	2013 年 6 月
渴望写作——创意写作的五把钥匙	格雷姆·哈珀	2015 年 1 月
作家笔记	阿德里安娜·扬	2024 年 1 月
文学的世界	刁克利	2022 年 12 月
从创意到畅销书——修改与自我编辑	詹姆斯·斯科特·贝尔	2016 年 1 月
写好前五十页	杰夫·格尔克	2015 年 1 月
虚构写作		
小说写作教程——虚构文学速成全攻略	杰里·克里弗	2011 年 1 月
小说写作完全手册（第三版）	《作家文摘》编辑部	2024 年 4 月
开始写吧！——虚构文学创作	雪莉·艾利斯	2011 年 1 月
冲突与悬念——小说创作的要素	詹姆斯·斯科特·贝尔	2014 年 6 月
视角	莉萨·蔡德纳	2023 年 6 月
悬念——教你写出扣人心弦的故事	简·K. 克莱兰	2023 年 6 月
情节与人物——找到伟大小说的平衡点	杰夫·格尔克	2014 年 6 月
人物与视角——小说创作的要素	奥森·斯科特·卡德	2019 年 3 月
情节线——通过悬念、故事策略与结构吸引你的读者	简·K. 克莱兰	2022 年 1 月
经典人物原型 45 种——创造独特角色的神话模型（第三版）	维多利亚·林恩·施密特	2014 年 6 月
经典情节 20 种（第二版）	罗纳德·B. 托比亚斯	2015 年 4 月
情节！情节！——通过人物、悬念与冲突赋予故事生命力	诺亚·卢克曼	2012 年 7 月
如何创作炫人耳目的对话	詹姆斯·斯科特·贝尔	2016 年 11 月
如何创作令人难忘的结局	詹姆斯·斯科特·贝尔	2023 年 5 月
超级结构——解锁故事能量的钥匙	詹姆斯·斯科特·贝尔	2019 年 6 月
故事工程——掌握成功写作的六大核心技能	拉里·布鲁克斯	2014 年 6 月
故事力学——掌握故事创作的内在动力	拉里·布鲁克斯	2016 年 3 月
畅销书写作技巧	德怀特·V. 斯温	2013 年 1 月
501 个创意写作练习——每天 5 分钟，激发你的创造力	塔恩·威尔森	2023 年 8 月
30 天写小说	克里斯·巴蒂	2013 年 5 月
从生活到小说（第二版）	罗宾·赫姆利	2018 年 1 月

成为小说家	约翰·加德纳	2016 年 11 月
小说的艺术	约翰·加德纳	2021 年 7 月
非虚构写作		
开始写吧！——非虚构文学创作	雪莉·艾利斯	2011 年 1 月
写作法宝——非虚构写作指南	威廉·津瑟	2013 年 9 月
故事技巧——叙事性非虚构写作（第二版）	杰克·哈特	2023 年 3 月
自我与面具——回忆录写作的艺术	玛丽·卡尔	2017 年 10 月
写我人生诗	塞琪·科恩	2014 年 10 月
从零开始写故事——非虚构写作的 11 堂必修课	叶伟民	2024 年 9 月
类型及影视写作		
金牌编剧——美剧编剧访谈录	克里斯蒂娜·卡拉斯	2022 年 1 月
开始写吧！——影视剧本创作	雪莉·艾利斯	2012 年 7 月
开始写吧！——科幻、奇幻、惊悚小说创作	**劳丽·拉姆森**	**2016 年 1 月**
开始写吧！——推理小说创作	劳丽·拉姆森	2016 年 7 月
弗雷的小说写作坊——悬疑小说创作指导	詹姆斯·N. 弗雷	2015 年 10 月
游戏故事写作	迈克尔·布劳特	2023 年 8 月
剧本杀——玩法与写法	许道军 等	2024 年 6 月
好剧本如何讲故事	罗伯·托宾	2015 年 3 月
经典电影如何讲故事	许道军	2021 年 5 月
童书写作指南	玛丽·科尔	2018 年 7 月
网络文学创作原理	王祥	2015 年 4 月
写作教学		
剑桥创意写作导论	大卫·莫利	2022 年 7 月
如果，怎样？——给虚构作家的 109 个写作练习（第三版）	**安妮·伯奈斯 帕梅拉·佩因特**	**2023 年 6 月**
小说写作——叙事技巧指南（第十版）	珍妮特·伯罗薇	2021 年 6 月
你的写作教练（第二版）	于尔根·沃尔夫	2014 年 1 月
创意写作教学——实用方法 50 例	伊莱恩·沃尔克	2014 年 3 月
创意写作思维训练	丁伯慧	2022 年 6 月
故事工坊（修订版）	许道军	2022 年 1 月
大学创意写作·文学写作篇	葛红兵 许道军	2017 年 4 月
大学创意写作·应用写作篇	葛红兵 许道军	2017 年 10 月
小说创作技能拓展	陈鸣	2016 年 4 月
青少年写作		
会写作的大脑 1——梵高和面包车（修订版）	邦妮·纽鲍尔	2018 年 7 月
会写作的大脑 2——怪物大碰撞（修订版）	邦妮·纽鲍尔	2018 年 7 月
会写作的大脑 3——33 个我（修订版）	邦妮·纽鲍尔	2018 年 7 月
会写作的大脑 4——亲爱的日记（修订版）	邦妮·纽鲍尔	2018 年 7 月
奇妙的创意写作——让你的故事和诗飞起来	卡伦·本基	2019 年 3 月
有个性的写作（人物篇＋景物篇）	丁丁老师	2022 年 10 月
成为小作家	李君	2020 年 12 月
写作魔法书——让故事飞起来	加尔·卡尔森·莱文	2014 年 6 月
写作魔法书——28 个创意写作练习，让你玩转写作（修订版）	白铅笔	2019 年 6 月
写作大冒险——惊喜不断的创作之旅	凯伦·本克	2018 年 10 月
小作家手册——故事在身边	维多利亚·汉利	2019 年 2 月
北大附中创意写作课	李韧	2020 年 1 月
北大附中说理写作课	李亦辰	2019 年 12 月

创意写作课程平台

从入门到进阶多种选择，写作路上助你一臂之力

扫二维码随时了解课程信息

"创意写作课程平台"由中国人民大学出版社"创意写作书系"编辑团队精心打造，历经十余年积累，依托"创意写作书系"海量素材，邀请国内外优秀写作导师不断研发而成。这里既有丰富的资源分享和专业的写作指导，也有你写作路上的同伴，曾帮助上万名写作者提升写作技能，完成从选题到作品的进阶。

写作训练营，持续招募中

- **叶伟民故事写作营**

  高人气写作导师叶伟民的项目制写作训练营。导师直播课，直击写作难点痛点，解决根本问题。班主任 Office Hour，及时答疑解惑，阅读与写作有问必答。三级作业点评机制，导师、班主任、编辑针对性点评，帮助突破自身创作瓶颈。

- **开始写吧！——21 天疯狂写作营**

  依托"创意写作书系"海量练习技巧，聚焦习惯养成、人物塑造、情节设置等练习方向，21 天不间断写作打卡，班主任全程引导练习，更有特邀嘉宾做客直播间传授写作经验。

精品写作课，陆续更新中

- **小说写作四讲**

  精美视频＋英文原声＋中文字幕

  全美最受欢迎的高校写作教材《小说写作》作者珍妮特·伯罗薇亲授，原汁原味的美式写作课，涵盖场景、视角、结构、修改四大关键要素，搞定写作核心问题。

- **从零开始写故事**

  高人气写作导师叶伟民系统讲解故事写作的底层逻辑和通用方法，30 讲视频课程帮你提高写作技能，创作爆品故事。

精品写作课

作家的诞生——12位殿堂级作家的写作课

中国人民大学习克利教授10余年研究成果倾力呈现，横跨2800年人类文学史，走近12位殿堂级写作大师，向经典作家学写作，人人都能成为作家。

荷马： 作家第一课，如何处理作品里的时间？

但丁： 游历于地狱、炼狱和天堂，如何构建文学的空间？

莎士比亚： 如何从小镇少年成长为伟大的作家？

华兹华斯和弗罗斯特： 自然与作家如何相互成就？

勃朗特姐妹： 怎样利用有限的素材写作？

马克·吐温： 作家如何守望故乡，如何珍藏童年，如何书写一个民族的性格和成长？

亨利·詹姆斯： 写作与生活的距离，作家要在多大程度上妥协甚至牺牲个人生活？

菲兹杰拉德： 作家与时代、与笔下人物之间的关系？

劳伦斯： 享有身后名，又不断被诋毁、误解和利用，个人如何表达时代的伤痛？

毛姆： 出版商的宠儿，却得不到批评家的肯定。选择经典还是畅销？

一个故事的诞生——22堂创意思维写作课

郝景芳和创意写作大师们的写作课，国内外知名作家、写作导师多年创意写作授课经验提炼而成，汇集各路写作大师的写作法宝。它将告诉你，如何从一个种子想法开始，完成一个真正的故事，并让读者沉浸其中，无法自拔。

郝景芳： 故事是我们更好地去生活、去理解生活的必需。

故事诞生第一步： 激发故事创意的头脑风暴练习。

故事诞生第二步： 让你的故事立起来。

故事诞生第三步： 用九个句子描述你的故事。

故事诞生第四步： 屡试不爽的故事写作法宝。

图书在版编目（CIP）数据

从零开始写故事：非虚构写作的 11 堂必修课 / 叶伟
民著 . -- 北京：中国人民大学出版社，2024. 9.
（创意写作书系）. -- ISBN 978-7-300-33241-3

Ⅰ. I04

中国国家版本馆 CIP 数据核字第 20249R8X27 号

创意写作书系

从零开始写故事

非虚构写作的 11 堂必修课

叶伟民　著

Congling Kaishi Xiegushi

出版发行	中国人民大学出版社				
社　　址	北京中关村大街 31 号		**邮政编码**	100080	
电　　话	010 - 62511242（总编室）		010 - 62511770（质管部）		
	010 - 82501766（邮购部）		010 - 62514148（门市部）		
	010 - 62515195（发行公司）		010 - 62515275（盗版举报）		
网　　址	http://www.crup.com.cn				
经　　销	新华书店				
印　　刷	天津中印联印务有限公司				
开　　本	720 mm×1000 mm　1/16		**版　　次**	2024 年 9 月第 1 版	
印　　张	20.25 插页 1		**印　　次**	2024 年 9 月第 1 次印刷	
字　　数	256 000		**定　　价**	59.00 元	